艾莉芙・夏法克

倒數10分又38秒

In the first minute following her death, Tequila Leila's consciousness began to ebb, slowly and steadily, like a tide receding from the shore. Her brain cells, having run out of blood, were now completely deprived of oxygen. But they did not shut down. Not right away...

10 minutes 38 seconds in this strange world

elif shafak

Literary Forest

有時候，
你覺得最安全的地方，
其實是最不屬於你的地方

謝佩妏・譯

獻給伊斯坦堡的女性
和伊斯坦堡——從古至今都是個陰性城市

目次

他又超越了我，早我一步離開了這個奇異世界。這並不代表什麼。對我們這種信仰物理的人來說，過去、現在和未來的分野，不過是揮之不去但也無可否認的幻覺。

——愛因斯坦對摯友米榭·貝索辭世的看法

11
1
7
8
9

6
12
5
3
4
2
10
1. 博斯普魯斯大橋
2. 妓院街
3. 加拉達塔
4. 猶太教堂
5. 聖安東尼教堂
6. 獨立大街
7. 塔克西姆廣場
8. 洲際飯店
9. 鍋爐工街
10. 金角灣
11. 無主公墓
12. 蘇菲教派苦行僧會所

結局

她生前名叫萊拉。

朋友和客人都叫她龍舌蘭．萊拉，在家和工作時都是。那棟黑檀色的房子就是她工作的地方，座落在一條鵝卵石鋪成的死巷上，離碼頭不遠，一邊是教堂，另一邊是猶太會堂，沿途很多羊肉店和烤肉店，伊斯坦堡最古老的有牌妓院就在這條街上。

不過，要是聽到你這麼說，她可能會生氣，開玩笑地用鞋子丟你——用她腳上穿的細高跟鞋。

「親愛的，什麼生前……我還沒死。」

她怎樣都不會同意你這麼說她。「生前」這個詞光想到都令她感覺渺小又挫敗，這是她最不想要的感覺。不，她堅決否認，即使這麼想的同時她心一沉，感覺到自己的心臟剛剛停止了跳動，呼吸倏然中止，無論從哪個角度看，都無法否認自己已經死了。

她的朋友都還不知道這件事。天還沒亮，大家都還在酣睡，奮力走出夢境的迷宮。萊拉多希望自己也在家，躲在溫暖的被窩中，小貓蜷在她腳邊呼嚕嚕睡得香甜。她的貓全聾全黑，只有一爪有片雪白。她叫牠卓別林先生，就是那個鼎鼎大名的查理．卓別林，因為牠就像早期電影的主角，活在自己的靜默世界裡。

龍舌蘭．萊拉願意放棄一切，只求能回到她的公寓。然而她卻在這裡，伊斯坦堡郊區的某個地方，在陰暗潮濕的足球場對面，一個手把生鏽、油漆剝落的金屬垃圾箱裡。這是有輪子的大型垃圾箱，起碼有四呎高兩呎寬。萊拉身高五呎七，還得加上她腳上足足有八吋高的紫色細高跟鞋。

她想知道好多事，腦中不斷重複播放生命的最後一刻，問自己究竟是哪裡出了錯，但終究是白費力氣，因為時間不像毛線球那樣可以拆開。她的皮膚已逐漸失去血色，變得灰白，雖然體內細胞還活蹦亂跳。她無法不注意到自己的器官和四肢起了很多變化。一般人都以為屍體跟倒下的樹木或中空的樹樁一樣，生命枯竭，意識喪失。但只要給她機會，萊拉一定會向世人證明剛好相反，屍體仍然充滿生命。

她不敢相信自己的有限生命已經結束，到此為止了。昨天她才走過佩拉區，影子飄過以軍事將領和國家英雄命名的街道——以男人命名的街道。這禮拜她的笑聲還在加拉達和庫爾圖魯斯的低矮酒館，以及托潘的悶熱小屋裡迴盪。這些都不是會出現在旅遊手冊或觀光地圖上的地方。萊拉認識的伊斯坦堡，並非觀光部希望觀光客看到的伊斯坦堡。

昨晚，她的指紋留在威士忌酒杯上，身上的香水（Paloma Picasso，朋友送她的生日禮物）殘留在絲質圍巾上。她把圍巾丟在陌生人的床上，那是豪華飯店的頂樓套房。高空中仍可見一小片昨晚的月亮，明亮而遙不可及，像殘留心中的美好回憶。她仍是這世界的一部分，體內也還有生命，怎麼會已經死去？怎麼可能已經消失，有如第一道曙光迸現隨即幻滅的夢境？短短幾個鐘頭前她還在唱歌、抽菸、咒罵、思考……即使現在她也還在思考。多麼神奇啊，她的腦袋正在全速運轉，雖然會轉多久沒人知道。她希望能回到人間告訴大家，死人不是馬上就死去，而是還能繼續思考，包括思考自己的死亡。人要是知道這件事會嚇壞了吧，她猜。如果她還活著肯定會，但她覺得讓大家知道這件事很重要。

萊拉覺得，人類對人生的重要里程碑極度缺乏耐心。首先，人們以為打從說「我願意」的那一刻起，就自動成為妻子或丈夫。事實上，學會當妻子或丈夫要好幾年。同樣的，社會也期待你一旦生了小孩，母愛（或父愛）就立刻源源湧出，但其實學會當父母可能要很久的時間，學會當祖父母也一樣。退休和老年又何嘗不是如此。怎麼可能一走出待了大半輩子、揮霍大半夢想的公司，馬上就切換好生活方式？沒那麼容易。萊拉聽說過有退休老師早上七點醒來，梳洗換裝之後，坐下來吃早餐才想起已經沒有工作。他們還在適應。

或許面對死亡也差不多。一般人以為嚥下最後一口氣之後，人就馬上成為屍體。但其實沒那麼清楚分明。好比烏黑和亮白之間還有無數色彩，因此所謂的「永恆安息」也有許多不同階段。假如今生和來世間有條界線，萊拉認為那條界線一定跟沙岩一樣可以滲透。

她正在等待日出，到時候就會有人發現她，把她從這個骯髒的垃圾箱裡弄出去。她猜當局不費吹灰之力就能查出她的身分，只要找出她的檔案就行了。這些年來，她被搜查、拍照、採指紋的次數多到她不想承認。小巷內的警局有種特殊的氣味：菸灰缸裡堆滿昨天的菸屁股、缺角紙杯裡的咖啡渣、口臭、濕抹布，還有小便斗不管用多少漂白水都除不掉的刺鼻臭味。警察和罪犯擠在同一個狹小空間裡。萊拉每次都覺得有趣，條子和犯人的死皮剝落在同一塊地板上，同一批塵蟎一視同仁地將它們吞沒。在人眼看不到的地方，對立的兩邊以最出人意料的方式合為一體。

當局一旦確認她的身分，就會通知她家人。她爸媽住在歷史悠久的凡城，離這裡有千里遠。但她不期待他們會來領回她的屍體，畢竟很久以前他們就跟她斷絕了關係。

妳讓我們蒙羞，大家都在背後議論紛紛。

所以警察得去找她的朋友。她的五個朋友：顛覆．席南、鄉愁．娜蘭、潔米拉、甄娜一二二，以及好萊塢．修美拉。

龍舌蘭．萊拉毫不懷疑朋友會用最快的速度趕來。她幾乎可以看見他們飛奔而至，步履匆促又遲疑，睜大驚愕的雙眼；悲傷剛要開始，心痛還沒，要晚一點才會出現。她難過於得讓朋友經歷顯然不會好受的折磨。但他們會幫她辦一場精采的喪禮，這令她感到安慰。樟腦和乳香；音樂和花朵——尤其是玫瑰，火紅、鮮黃、酒紅色的玫瑰……經典，永恆，無與倫比。鬱金香太貴氣，黃水仙太柔弱，百合害她打噴嚏，但玫瑰十全十美，結合了嫵媚與尖刺。

天空漸漸破曉。地平線上從東到西湧現五顏六色的光束，蜜桃貝里尼、甜橙馬丁尼、草莓瑪格麗特、霜凍尼格羅尼。不到幾秒，附近清真寺的宣禮聲在她周遭迴盪，此起彼落。遠方的博斯普魯斯海峽從藍綠色的睡夢中甦醒，打了個大哈欠。一艘漁船駛回港口，引擎噴著煙。一道大浪慵懶地沖向岸邊。這一區本來種了橄欖樹和無花果，後來全被剷平，蓋起更多房子和停車場。天將亮未亮之際，某處有隻狗吠了起來，聽來像出於責任，而非興奮。附近有隻鳥肆無忌憚地高聲啁啾，另一隻出聲回應，但音調沒那麼輕快。破曉時的大合唱。萊拉聽到一輛貨車隆隆駛過坑坑疤疤的路面，越過一個又一個窟窿。再過不久，清晨的車流就會大到震耳欲聾。生命的火力全開。

還活著的時候，龍舌蘭・萊拉對於人們津津樂道各種對末日的想像，多少感到驚訝，甚至不安。看似正常的腦袋怎麼會充滿那些瘋狂的揣測，想像著小行星、火球和彗星在地球引起浩劫？對她來說，最慘的不是世界末日。比人類文明轉眼徹底毀滅加倍恐怖的是，發現自己就算死去也不會影響世界萬物的秩序；不管有沒有我們，生命都照常運轉。這才恐怖，她一直這麼想。

微風改變了方向，掃過足球場。接著，她看到了他們：四個少年，一大早就來翻垃圾的拾荒少年。其中兩個推著塞滿塑膠瓶和壓扁鐵罐的手推車，另一個提著笨重的骯髒麻袋，屈膝垂肩跟在後面。第四個顯然是頭頭，只見他大搖大擺走在前頭，像打架時的小公雞挺起瘦稜稜的胸膛。他們有說有笑地朝她走來。

繼續走。

一行人在對街一個垃圾桶前停下，開始搜刮。洗髮精瓶子、果汁包裝盒、優格杯、蛋盒……他們把每樣寶藏拉出來堆到推車上，動作俐落又熟練。其中一個找到一頂舊皮帽，嘻嘻哈哈戴上，把手插在後口袋裡神氣活現地走了幾步，模仿某個他想必在電影裡看過的黑幫老大。頭頭馬上把帽子搶過去，戴在自己頭上，沒人敢出聲。把垃圾桶搜刮一番後，一行人準備離開，他們似乎要原路折返，萊拉大失所望。

嘿，我在這裡！

頭頭彷彿聽到萊拉的懇求，慢慢抬起頭，瞇著眼往日出的方向看。在變化萬千的光線下，他掃了一眼地平線，直到看見她才停住視線。他眉毛直豎，嘴唇輕顫。

求求你別跑。

他沒跑，反而跟其他人不知說了什麼，他們因而也目瞪口呆盯著她。她這才發現他們有多年輕，根本還是小孩，幾個小鬼頭裝大人。

頭頭上前一小步，然後再一步。他走向她的樣子，就像老鼠接近一顆從樹上掉下來的蘋果，膽怯不安又迅速堅定。走近並看清眼前的狀況後，他臉色一沉。

別害怕。

現在他已經站在她旁邊，近到萊拉甚至看得見他充血又發黃的眼睛，看得出他吸了膠。這小子還不到十五歲。伊斯坦堡假裝張開雙臂接納這些人，卻在最意想不到的時候把他們當破爛布娃娃丟到一邊。

去叫警察來，孩子。叫警察來，他們會去通知我的朋友。

他左張右望，確認沒人在看，附近也沒有監視器，隨即俯身上前，拿走萊拉的項鍊——金色的墜子中間有一小顆綠寶石。他小心翼翼觸碰墜子，彷彿它會在手中爆炸，感受金屬舒服的冰涼觸感。接著打開墜子，裡頭有張照片，他拿出照片端詳，認出是年輕時的她，還有一個綠眸長髮、笑容和善的男人，頭髮梳得像另一個時代的人。兩人看起來很幸福，像對戀人。

照片後面刻了字：達阿利和我，一九七六年春。

頭頭飛快扯下墜子，把戰利品塞進口袋。其他默默站在他背後的人，就算知道他剛剛做了什麼，也當做沒看見。他們年紀雖小，但在這城市闖蕩已經很有經驗，知道何時該機靈，何時該裝傻。

只有一個人上前一步，壯著膽子問：「她……還活著嗎？」聲音細微。

「怎麼可能，」頭頭說：「跟煮熟的鴨子一樣早就死了。」

「可憐的女人。她是誰？」

頭頭歪著頭打量萊拉，好像現在才看見她。他把她上上下下看了一遍，笑容在臉上漾開，像墨水在紙上暈染。「你看不出來嗎？白癡！她是妓女。」

「你覺得是……？」另一個男孩一臉認真地問，因為太害羞、太純真而不敢重複那兩個字。

「我說是就是，笨蛋。」頭頭半轉過身，對其他人加重語氣大聲說：「這件事會登上各大報紙，還有電視頻道！我們要出名了！記者來的時候我來負責說話，懂嗎？」

遠方有輛車催動引擎，轟轟開向高速公路，轉彎時才減速。廢氣的味道和風中的刺鼻鹽味混在一起。即使一大清早，陽光才剛拂上尖塔、屋頂及猶大樹[1]最高處的枝幹，人們已經匆匆忙忙進城，已經來不及趕到某個地方。

1 又名紫荊。

第一部　心靈

一分鐘

死後的一分鐘，龍舌蘭．萊拉的意識開始慢慢、持續地後退，像從岸邊退去的浪潮。因為缺血，她的腦細胞已經完全沒有氧氣，卻還沒關閉——沒立刻關閉。殘餘的能量啟動了無數神經細胞，彷彿第一次把所有細胞串聯起來。雖然心臟已停止跳動，她的腦袋還在抵抗，奮戰到最後一刻。她的感知清晰，觀察著身體死去的過程，但還沒準備好接受死去的事實。回憶湧現，汲汲打撈著快速奔向終點的生命片段。她記起甚至不知道自己還記得的事，還有她以為再也想不起的事。時間成了液體，快速流動的回憶相互滲透，過去和現在再也分不開。

浮現腦海的第一段記憶跟鹽有關。鹽在她皮膚上的觸感、在她舌頭上的味道。

她看見嬰兒時期的自己，赤裸，光滑，紅通通。幾秒前她才離開母親的子宮，通過濕滑的產道，被一股全然陌生的恐懼佔據。此刻她置身於充滿聲音、色彩和未知事物的房間，陽光從彩繪玻璃灑下，在被單上印下光影，再反映出陶瓷臉盆裡的水光，儘管那是冷颼颼的一月天。水面還映著一位一身秋葉色的老婦，是產婆。她把毛巾泡進水裡，然後擰乾，血從她的手臂流下來。

「真主恩賜，真主恩賜，是女孩！」

產婆拿出塞在胸罩裡的打火石，割斷臍帶。她從來不用刀或剪刀，總覺得那種冰冷俐落的工具不適合用在迎接寶寶降臨人世這種忙亂的工作上。老婦在鄰里間廣受敬重，即使特立獨行又離群索居，是地方上的奇人，也是有著雙面人格的人，一面俗世人格，一面超自然人格，而且隨時可能露出任何一面，就像拋向空中的銅板。

躺在四柱鐵床上的年輕母親重複了一聲「女孩」。她的蜜棕色頭髮一團亂，汗水淋漓，嘴巴乾粗如沙。

她早就擔心可能是女孩。這個月的某一天她到花園散步，抬頭尋找樹枝上的蜘蛛網。找到後，她用手輕戳網子，幾天後再回去檢查。如果蜘蛛把網補好，就表示會是男孩。結果蜘蛛網的破洞仍在。

年輕女人名叫碧娜，意思是「一千句甜言蜜語」。她才十九歲，今年卻覺得自己老了好多。她的嘴唇飽滿，細緻尖挺的鼻子在這一帶很少見，瓜子臉，尖下巴，深色眼珠上有藍色斑點，像椋鳥蛋。身材一向纖細的她，此時披著淺棕色亞麻睡袍，顯得更瘦。臉上有少許天花留下的淡斑，她母親曾告訴她，那是她睡著時被月光輕撫過的痕跡。她想念爸爸媽媽和九個兄弟姊妹，他們都住在離這裡七小時遠的村子。她家很窮，自從她以新娘身分進入這個家，就常有人提醒她這個事實。

要感恩啊。妳剛來這裡的時候，什麼都沒有。

現在她還是什麼都沒有，碧娜常這樣想。她的財產跟蒲公英種子一樣稍縱即逝，漂浮不定，強風或大雨一來就什麼都沒了。她總是煩惱自己隨時會被趕出這個家，如果這天到來，她要去哪裡？老家有那麼多張嘴要吃飯，她父親絕不會接她回家。她只好再嫁，但誰能保證下段婚姻更幸福、下個丈夫會更合她的意？再說，誰會想要她這種離過婚、被用過的女人？心事重重的她，像個不速之客在屋裡、在房裡、在腦海中踱來踱去，直到現在。她安慰自己，這孩子出生後一切都會改觀。她在這裡再也不會感到不自在、不安全。

碧娜不由自主瞥了門口一眼。有個女人一手扠腰、一手抓著門把站在那裡，彷彿在猶豫該去還是該留。她身材結實，下巴方正，雖然才四十出頭，手上的黑斑和薄如刀片的嘴唇周圍的紋路，卻讓她看起來比實際年齡更老。她額頭上的深紋又粗又不規則，像犁過的田地，主要是皺眉和抽菸造成的。她從早到晚抽著從伊朗走私來的菸草，喝敘利亞走私來的茶葉。一頭磚紅色頭髮（用大量埃及散沫花染的）中分，紮成一條幾乎及腰的完美髮辮，用最深的化妝墨仔細把淡褐色眼睛四周塗黑。她是碧娜的丈夫的另一位妻子，元配，名叫蘇珊。

兩個女人一度四目交接。周圍的空氣變得渾濁不定，像發酵中的麵糰。她們已經共處一室超過十二個鐘頭，現在被推向不同的世界。兩人都知道這個孩子一出生，她們在這個家的地位就會永遠改變。二房雖然年紀輕，很晚才進這個家，卻會因而被扶正。

蘇珊別開視線，但只有一下下。當她的目光轉回時，神情中多了之前沒有的堅毅。她對著嬰兒點點頭。「她為什麼沒出聲？」

碧娜的臉色發白。「對，有什麼問題嗎？」

「沒有問題，」產婆說，冷冷瞪了蘇珊一眼：「只是要等等。」

產婆用滲滲泉[2]的聖水替嬰兒擦洗，多虧有個信徒剛去朝聖回來。嬰兒身上的血水、黏液和胎脂都被抹淨。新生兒不舒服地扭來扭去，即使擦洗過後也一樣，彷彿在跟自己打架——總重三千七百一十四克的自己。

「我可以抱她嗎？」碧娜問，指尖繞著頭髮，這是她這幾年焦慮時養成的習慣。「她……她沒哭。」

「會的，這丫頭。」產婆斬釘截鐵地說完立刻咬住嘴唇，這話像惡兆般迴盪。她快速在地上啐三下，用右腳去踩左腳，這樣能阻止惡兆（如果真有的話）擴散。

房間裡所有人都用期待的眼神注視著嬰兒，包括蘇珊、碧娜、產婆和兩位鄰居，尷尬的沉默蔓延開來。

「怎麼了？告訴我實話。」碧娜說，沒有特別針對誰，聲音比空氣還細。

短短幾年內流產六次，一次比一次更慘烈、更難忘，所以這次懷孕她小心到不能再小心。她完全不碰桃子，免得皮上的絨毛蓋住寶寶。她吃的料理不放香料或香草，免得寶寶長雀斑或長痣。她絕不靠近玫瑰，免得寶寶長酒紅色胎記。她一次頭髮都沒剪過，以免把好運剪斷。她不在牆上釘釘子，以防不小心打到餓鬼的頭，把鬼吵醒。天黑之後，因為太清楚神靈都在廁所附近舉辦婚禮，所以她不去廁所，改用夜壺。兔子、老鼠，貓、禿鷹、豪豬、流浪狗，她都避而遠之。即使某天有個街頭藝人拉著一頭跳舞的熊來到他們這條街，左鄰右舍全上街看熱鬧，她也不為所動，就怕寶寶全身長毛。上街若遇到乞丐、痲瘋病人或靈車，她一定趕緊繞道或折

2 麥加聖寺的清泉。

返。每天早上她都吃一整顆榲桲，好讓寶寶長出酒窩。每天晚上睡覺她都在枕頭下放一把刀，趕走惡魔。每天日落後，她都會偷偷從蘇珊的梳子上收集她的頭髮，丟到火爐裡燒掉，削弱元配的力量。

打從一開始陣痛，碧娜就咬著一顆被陽光烤軟的香甜紅蘋果。蘋果現在擱在她床頭櫃上，慢慢變黑。之後這顆蘋果會被切成好幾片，分給鄰居不孕的女人吃，保佑她們有天也能受孕。她也已經喝了倒進丈夫右腳鞋子的石榴雪酪、在房間的四邊角落撒了茴香籽、跳過放在門邊地上的掃帚——把惡魔擋在門外的屏障。陣痛變強後，家裡的動物一一被放出籠子，以加速生產過程。金絲雀，燕雀……最後放走的是玻璃缸裡一隻驕傲又孤單的鬥魚。現在牠應該在不遠的小溪裡游泳了吧，藍得有如細緻藍寶石的魚鰭隨波擺盪。小鬥魚如果游到這個安納托利亞東部小鎮有名的鹼湖，在高濃度的碳酸鹽湖裡一定會沒命；但如果牠往反方向游，就會抵達大扎卜河，更遠甚至會跟底格里斯河交會，也就是傳說中發源於伊甸園的河流。

所有的努力，都是為了讓寶寶安全健康地降臨人世。

「我想看看她，可以把我女兒抱過來嗎？」

才剛問完，碧娜就察覺到旁邊的動靜。蘇珊打開門溜出去，安靜得有如一個掠過腦海的念頭。想必是去跟她丈夫通風報信——她們的丈夫。碧娜全身僵硬。

哈倫是個集矛盾於一身的人。前一天寬宏大量，善良仁慈，隔一天突然不聞不問，躲回自己的世界，甚至顯得冷酷無情。他是長子，父母車禍身亡、他們的世界從此崩毀後，他獨自把兩個弟妹帶大。這場悲劇塑造了他的人格，使他過度保護家人，難以信任外人。有時他會意識到自己內心破了個洞，但願能獨力把洞補好，卻從未採取行動。他愛喝酒，又畏懼宗教的禁令，喜歡和害怕的程度相當。一杯又一杯拉克酒[3]快速喝下肚後，他會跟酒友許下天花亂墜的諾言，酒醒後又愧疚萬分地對阿拉許下更天花亂墜的諾言。他或許很難控制自己的嘴，但更難控制自己的身體。每次碧娜懷孕，他的肚子也會跟著隆起，雖然不是太大，但足以讓鄰居在背後竊笑。

「那個男人又懷孕了！」他們翻著白眼說：「他不能生小孩真可惜。」

哈倫想要兒子想得快瘋了，而且不只要一個。他逢人就說他會有四個兒子，分別取名塔康、圖爾加、杜方和塔里克（意思各是英勇強壯、作戰頭盔、暴雨傾盆和通往真主之路）。他跟蘇珊結婚多年仍膝下無子，後來家中長輩找到當時才十六歲的碧娜，兩家交涉幾個禮拜後，哈倫和碧娜以宗教儀式成親。因為是非正式儀式，日後如果出狀況，世俗法庭並不會承認這場婚姻，但沒人會提到這個細節。兩人坐在見證人面前的地板上，對著鬥雞眼伊瑪目，他從土耳其文轉換到阿拉伯文時，聲音變得更加粗啞。碧娜從頭到尾都盯著地毯，但忍不住偷看伊瑪目的腳。他的襪子是淡褐色，像乾掉的泥巴，已磨得破破爛爛。他移動時，肥大的腳趾快把磨薄的布料戳破，想要逃脫。

婚禮後不久，碧娜就懷孕了，最後卻流產還差點要了她的命。深夜來襲的恐慌；灼熱的陣痛；彷彿有隻冰冷的手掐住她的鼠蹊部；血腥味；感覺自己一直在向下掉，得抓住什麼東西。

---

3 土耳其的一種茴香酒。

之後每次懷孕都是一樣，只是更嚴重。她無人可說，總覺得每一次流產，她連向這世界的一部分吊橋就會斷裂塌陷，最後只剩下一條細線把她跟這世界接在一起，維持她的理智。

等了三年後，家裡的長輩又開始對哈倫施壓。他們提醒他，《可蘭經》允許男人最多娶四個老婆，只要他公平對待每一位，而他們相信哈倫會對所有妻子一視同仁。這次長輩勸他找個農婦，就算是有小孩的寡婦也行。婚禮同樣不具正式效力，透過另一場宗教儀式輕易就能完成，跟上一次一樣低調快速。或者，他可以休了年輕的二房，再娶一個。目前為止哈倫兩個提議都拒絕了。他說養兩個老婆就夠累了，再一個會害他破產，而且他也無意拋棄蘇珊或碧娜，她們兩個他都喜歡，雖然喜歡的理由不一樣。

此刻，碧娜撐坐在枕頭上，想像哈倫在做什麼。他想必躺在隔壁房間的沙發上，一手放額頭，一手放肚子，期待嬰兒的哭聲劃破空氣。接著，她想像蘇珊走向他，腳步謹慎自制。她看見他們倆交頭接耳，姿勢自然熟練，因為多年來住在同一個屋簷下，即使沒有同床。愈想愈不安的她開口，與其對大家說，更像是喃喃自語：「蘇珊正在告訴他。」

「沒關係的。」一位鄰居安慰她。

一句話道盡千言萬語。*就讓她去傳達碧娜無法親口傳達的消息吧*。心照不宣的話在鎮上女人之間傳送，有如家家戶戶掛的曬衣繩。

碧娜點點頭，即使心中隱隱不快。那是一股她從未發洩的怒火。她瞥了一眼產婆，問：「寶寶為什麼還沒出聲？」

產婆沒回答，內心深處有不祥之感。這娃兒很奇特，不只是她安靜得令人不安。她俯身嗅了嗅寶寶，如她所料，有股不屬於這世界的味道，粉粉的，帶有麝香。

她把寶寶放在腿上，把她翻過身趴著，打她的屁股，一下、兩下。那張小臉有震驚，有痛苦，小手握成拳頭，嘴巴緊緊噘起，仍不出聲。

「怎麼了？」

產婆嘆道：「沒什麼，只是……我想她還跟他們在一起。」

「他們是誰？」碧娜問，卻不想聽到答案，急忙說：「那就想想辦法！」

老婦人想了想。讓寶寶按照自己的步調找到路比較好。大多數新生兒都能馬上適應新環境，但少數會畏縮不前，彷彿在猶豫該不該加入人類世界。誰能怪他們呢？產婆這輩子看過不少寶寶在出生前後被四面八方逼近的生命力嚇到而失去信心，默默離開這個世界。他們都說那是「kadar」，亦即「命運」，就不再多言，人總會為害怕的複雜事物取個簡單的名字。但產婆相信，有些寶寶純粹只是不想給生命機會，彷彿早就知道前方的路有多艱辛，寧可避開。他們是懦夫，還是跟偉大的所羅門王一樣睿智？誰說得準呢？

「拿鹽給我。」產婆對鄰居婦人說。

也可以用雪，如果外面堆積的新雪足夠的話。過去她曾把多名新生兒埋進新雪中，再在適當時機拉出來。急凍的震撼能打開嬰兒的肺，促進血液流通，增強免疫力。這些嬰兒長大都身強體壯，無一例外。

不一會兒，鄰人拿著大塑膠盆和岩鹽回來。產婆溫柔地把寶寶放在盆中央，用鹽片摩擦她的皮膚。一旦寶寶身上不再有天使的味道，他們就會放了她。外頭那棵白楊木的高處枝幹上有隻鳥發出啼聲，應該是冠藍鴉。牠往太陽的方向飛去時，一隻烏鴉呱叫起來。萬物都說著自己的語言，包括風，包括草地，唯獨這娃兒。

「她會不會是啞巴？」碧娜問。

產婆皺眉。「別急。」

就在這時候寶寶開始咳嗽，發出粗嘎、沙啞的聲音。她一定是吞下了一點鹽，那味道太強烈，出乎她意料。她滿臉通紅，咂著嘴，皺起臉，但還是不肯哭。多麼固執，多麼叛逆而危險的靈魂。光用鹽擦她身體還不夠，於是產婆做了決定，她得試試另一個辦法。

「再拿更多鹽來。」

家裡已經沒有岩鹽，只好用食鹽了。產婆在鹽堆中間戳一個洞，把寶寶放進去，用白色結晶體蓋住她全身，先是身體，再來是頭。

「她要是窒息怎麼辦？」碧娜問。

「別擔心，寶寶比我們更會憋氣。」

「但妳怎麼知道什麼時候要拉她出來？」

「噓，仔細聽。」老婦人說，把一隻手指放在乾裂的嘴唇上。

在鹽堆底下，寶寶張開了雙眼，盯著一無所有的雪白世界。這裡好孤單，但她已經習慣孤單。她把自己蜷起來，像幾個月以來那樣，靜靜等待時機。

直覺告訴她：我喜歡這裡，以後都不要再上去了。

心發出抗議：別傻了，幹嘛待在一個什麼事都不會發生的地方？這裡好無聊。

幹嘛離開一個什麼事都不會發生的地方？這裡很安全。直覺又說。

寶寶不知所措，只好繼續等。又一分鐘過去。空虛感在她周圍旋轉、潑濺，拍打著她的腳趾、她的指尖。

只因為妳覺得這裡很安全，不表示這是妳該待的地方。心繼續反擊：有時候妳覺得最安全的地方，其實是最不屬於妳的地方。

最後她終於做出結論。她決定聽從她的心——日後會證明這顆心總是闖禍。她的心急著要出去探索世界，不管有多少危險和困難等著她，於是她張開嘴，準備出聲。但鹽幾乎馬上滾進她的喉嚨，堵住她的鼻子。

產婆立刻伸手進盆子，把寶寶拉出來，動作俐落熟練。響亮而驚恐的哭號聲充斥房間，四個女人如釋重負地笑了。

「乖ㄚ頭，」產婆說：「怎麼現在才哭？哭吧，親愛的。永遠別為自己的眼淚感到羞恥，哭吧，讓大家都知道妳活了下來。」

老婦人把寶寶包在披巾裡，再聞一次。那個不屬於這世界的誘人味道已經散去，只留下些微痕跡，總有一天會完全消失。雖然她知道有些人到老都帶著一絲天堂的氣息，但不覺得有必要說出這件事。她踮起腳尖，把寶寶放在床上，她母親的身旁。

碧娜笑逐顏開，一顆心飛了起來。她隔著絲綢觸碰女兒的腳趾，漂亮又完美，且脆弱地教人害怕。她溫柔地捧著寶寶的頭髮，彷彿捧著聖水。一瞬間她覺得幸福而完整。「沒有酒窩。」她說，對自己傻笑。

「要我們叫你丈夫過來嗎？」一位鄰居問。

同樣道盡千言萬語的一句話。蘇珊現在一定把寶寶出生的事告訴他了，他為什麼還沒跑來？顯然是在跟元配說話，撫平她的憂慮。他一直把這件事擺在第一位。

碧娜的臉上掠過一片陰影。「好，叫他來。」

沒必要了。幾秒鐘後哈倫就出現了，低頭垂肩地從陰影走到陽光下。他有一頭逐漸灰白的頭髮，宛如心事重重的思想家。鼻子高挺，鼻孔很小；一張大臉刮得光溜溜，下垂的深褐色眼睛閃著得意的光芒。他笑咪咪走到床邊，看著寶寶、他的第二位妻子、產婆、元配，最後抬頭望天。

「阿拉，感謝祢，我的主。祢回應了我的禱告。」

「是女孩。」碧娜輕聲說，免得他還不知道。

「我知道。下一個就是男孩，我們再把他取名叫塔康。」他用食指掠過寶寶的額頭，觸感光滑又溫暖，就像被撫摸過無數次的珍貴護身符。「她很健康，這才是重要的事。我一直在禱告，對全能的真主說，如果祢讓寶寶活下來，我就此戒酒，滴酒不沾！阿拉聽到了我的祈求，祂多麼仁慈。這寶寶不是我的，也不是妳的。」

碧娜瞪大眼睛看著他，眼底閃過一絲困惑，心頭浮現不祥的預感，像感覺自己像隻就要踏進陷阱卻來不及反應的野獸。她瞄了一眼站在門邊的蘇珊，只見她的嘴唇嘣到發白，沉默不語且紋絲不動，只有腳不耐煩地敲著地板。她的舉止透露著興奮，甚至是喜不自禁。

「寶寶屬於上帝。」哈倫說。

「所有寶寶都是。」產婆低喃。

哈倫當做沒聽見。他握住年輕妻子的手，直視她的眼睛。「我們把這孩子給蘇珊。」

「你說什麼？」碧娜厲聲說，聲音在自己耳中聽起來僵硬又遙遠，像陌生人。

「讓蘇珊把她養大，她會做得很好的。妳跟我再生更多孩子。」

「不要！」

「妳不想再生更多孩子？」

「我不要讓那個女人帶走我女兒。」

哈倫吸一口氣再慢慢吐出。「別那麼自私，阿拉不會認同妳這樣。祂賜給妳一個孩子，不是嗎？妳要心懷感激，妳剛來這個家的時候，幾乎一無所有。」

碧娜搖著頭，一直搖一直搖，很難說是因為停不下來，還是那是她唯一可以掌握的小事。

哈倫靠過去抓住她的肩膀，抱住她，她才停下來，眼中的光芒變得黯淡。

「妳失去理智了。大家住在同一個屋簷下，妳每天都看得到女兒，又不是她會離妳很遠。」

這些話本來是想安慰她，可惜沒成功。她顫抖著雙手，壓住撕心裂肺的痛，把臉埋進雙手。「那我的女兒要叫誰媽媽？」

「有什麼差別嗎？蘇珊可以當她的媽媽，妳當她阿姨。等她大一點我們再告訴她實情，現在沒必要混淆她的小腦袋。等我們有了更多孩子，他們全都是兄弟姊妹，到時候會一起在這屋裡撒野胡鬧，誰是誰的都分不出來。我們就是一個大家庭。」

「誰要給寶寶餵奶？」產婆問：「媽媽還是阿姨？」

哈倫瞄了一眼老婦人，全身肌肉繃緊，尊敬和厭惡在他眼中亂舞。他從口袋掏出一堆東西：一包塞了打火機的壓扁的香菸，皺巴巴的鈔票，他用來在衣服上做修改記號的粉筆，還有腸胃藥。他把錢拿給產婆。「這給妳，表達我們的感謝。」他說。

老婦人繃著嘴收下錢。根據她的經驗，要能全身而退，很大一部分取決於兩個基本原則：知道何時該來，以及何時該走。

當鄰人開始整理東西，把染血的床單和毛巾收走時，沉默像水溢滿房間，滲入每個角落。

「我們要走了。」產婆平靜而堅定地說，兩位鄰人神情莊重地站在她的兩側。「我們會把胎盤埋在玫瑰叢下。至於這個……」她用枯瘦的手指指著丟在椅子上的臍帶。「如果妳想，我們可以把它丟到學校的屋頂上，令嬡日後就會成為老師。或者我們可以把它帶去醫院，她長大會成為護士，甚至醫生，誰知道呢。」

哈倫考慮片刻。「試試學校好了。」

婦人走了之後，碧娜轉頭去看床頭櫃上的蘋果，不看她丈夫。蘋果已經逐漸腐爛，安安靜靜地腐朽，慢得令人心痛。逐漸變黑的顏色讓她想起幫他們證婚的伊瑪目腳上的襪子。還有婚禮完後她獨自坐在現在這張床上，閃閃發光的面紗遮住她的臉，而她丈夫和賓客在隔壁房間大吃大喝。她母親完全沒教她洞房之夜該如何，有個年紀較長的伯母同情她的處境，給了她一顆藥丸讓她含在舌頭底下。吃下這個妳就不會有感覺，不知不覺就結束了。婚禮那天，她在混亂之中把藥丸弄丟了，反正她本來就懷疑那只是喉片。她從沒看過男人全裸，連照片都沒有。雖然她常幫弟弟洗澡，但她猜小男生的身體跟成熟男人應該不一樣。她在房間裡等著丈夫進門，等愈久，心裡就愈焦慮。才剛聽到他的腳步聲，她就暈倒在地上。當她張開眼睛時，只看見隔壁女人狂按她的手腕，揉著她的腳，把她的額頭弄濕。空中有股刺鼻的味道，除了古龍水和醋，隱隱還有其他味道，某個陌生的、不請自來的味道，後來她才知道是潤滑劑。

之後房間只剩下他們兩人的時候，哈倫送給她一條綁著紅緞帶和三枚金幣的項鍊。每個金幣象徵她帶來這個家的美德：年輕，順從，多產。看到她這麼緊張，他對他輕聲細語，聲音在黑暗中化開。他對她很溫柔，但也很清楚大家都等在門外。他很快把她脫光，或許是怕她再度昏倒。碧娜從頭到尾閉著眼睛，額頭直冒汗，嘴巴開始數數，一、二、三……十五、十六、十七，一直數下去，即使他叫她「別再胡鬧！」也一樣。

碧娜不識字，只會數到十九。每次數到最後一個數字，碰到牢不可破的屏障時，她就會吸一口氣，重頭再數一遍。經過感覺無止境的十九之後，他下床走出房間，門沒關。蘇珊衝進來打開燈，無視於她赤裸的身體，還有空氣中的汗水和性交過的氣味。元配拉開床單檢查，顯然很滿意，不發一語就走出去。之後碧娜一個人獨守洞房，薄薄的陰霾像雪花落在她的肩上。現在回想這一切，她不小心發出怪聲，要不是裡頭藏了太多痛苦，那很可能是笑聲。

「別這樣，」哈倫說：「又不是——」

「是她的意思，對吧？」碧娜打斷他，史無前例的頭一次：「是她剛剛想到的？還是你們兩個已經計畫了好幾個月？背著我？」

「妳不知道自己在說什麼。」他語氣震驚，但可能是因為她的語氣，而不是她說的話。他用左手去摸右手背的汗毛，兩眼空洞無神。「妳還年輕，蘇珊漸漸老了，她永遠不會有自己的孩子，就當送給她一份禮物。」

「那我呢？誰來送我禮物？」

「當然是阿拉啊。祂已經送了，妳看不到嗎？不要不知感恩。」

「為這個感恩？」她動了一下，動作模糊，可能指任何事——現在這個情況，或是這個對她來說愈來愈像一張老地圖上另一個偏遠地方的小鎮。

「妳累了。」他說。

碧娜哭了起來。那不是憤怒或怨恨的淚水，而是無可奈何、心灰意冷的淚水，跟失去強大的信念不相上下。她胸中的空氣沉重如鉛。來到這個家時她還是個孩子，現在她有了自己的孩子，卻不能養育自己的女兒，陪她一起長大。她伸手抱住膝蓋，久久沉默不語，這個話題就此闔上。然而，事實上卻從未闔上，反而像個傷口袒露在他們的生活中，從未癒合。

窗外，有個小販推著推車經過，拉高嗓門歌頌他賣的杏桃多麼香甜多汁。屋裡的碧娜不由納悶，真奇怪，現在又不是甜桃的季節，而是颳冷風的季節。她一陣哆嗦，小販似無所覺的冷風彷彿鑽進牆縫，將她包圍。她閉上眼睛，但就算眼前一片黑也毫無幫助。她看見雪球堆成駭人的金字塔，甚至像雨打在她身上，又濕又硬，因為裡頭混雜了小石子。一顆雪球打中她的鼻子，接著更多雪球密集又快速地飛過來。另一顆打中她的下唇，嘴唇裂開。她張開眼睛，倒抽一口氣。這是真的，還是她在作夢？她不確定地摸摸鼻子，流血了，她的下巴也有血絲。真奇怪，她又想。怎麼會沒人看到她有多痛呢？如果沒人看到，是不是就表示這全是她的腦袋想像出來的？

這不是她第一次跟精神疾病交會，卻是她印象最鮮明的一次。即使多年之後，每當碧娜納悶自己的理智何時又如何像摸黑爬出窗外的小偷溜走時，她都會回想起這一刻。她相信是這一刻讓她從此一蹶不振。

當天下午，哈倫把寶寶高舉在半空中轉向麥加的方向，對著她的右耳誦唸召喚信徒禱告的宣禮詞。

「妳，我的女兒，聽憑阿拉旨意，將成為這個屋簷下眾多子女的第一個。妳有漆黑如夜的眼睛，所以我要把妳命名為萊拉，但妳不會是平凡的萊拉。我也要把我母親的名字給妳，妳的奶奶是個值得尊敬的女人，她虔誠無比，相信妳以後也一樣，所以我要給妳『艾菲』這個名字，意思是純潔無暇。我還要給妳『卡蜜』這個名字，意思是十全十美，妳將會端莊賢淑，純淨如水……」

哈倫頓了頓，懊惱地想起不是所有的水都一樣純淨。為了確保上天不會弄錯，誤解他的意思，他另外補充，音量大過預期：「泉水……清澈無污染的泉水……凡城的每個母親都會責罵自己的女兒：『妳為什麼就不能像萊拉一樣？』丈夫也會對妻子說：『妳為什麼不能生個像萊拉的女兒！』」

同時間，寶寶一直要把拳頭塞進嘴裡，每次失敗，嘴唇就會扭曲，像在扮鬼臉。

「妳會讓我以妳為榮，」哈倫接著說：「忠於妳的信仰，忠於妳的國家，忠於妳的父親。」

寶寶終於發現自己的拳頭太大，灰心地放聲大哭，彷彿決心要彌補之前的沉默似的。她很快被抱到碧娜身旁。碧娜毫不猶豫開始餵她喝奶，熱辣辣的感覺在她的乳頭周圍一圈圈散開，像在空中繞圈的猛禽。

後來寶寶睡著了。等在一旁的蘇珊輕手輕腳走到床前，不敢出聲。她把寶寶從她母親身邊抱走，避免跟碧娜眼神接觸。

「她哭了我再抱她回來。」蘇珊說，噓噓口水。「別擔心，我會好好照顧她。」

碧娜沒答腔，一張臉跟古老的瓷盤一樣蒼白憔悴。身上除了微弱但不會有錯的呼吸聲，毫無一絲生命氣息。她的子宮，她的心，這棟房子……甚至傳說有很多心碎的戀人在裡頭溺斃的古老湖泊，一切的一切都空洞又乾涸。除了她又腫又痛、滲出奶水的乳房。

此刻，房間裡只剩下她和丈夫，碧娜等著他開口說話。她想聽到的不是道歉，而是承認她遭受的不公平待遇，還有這對她造成的嚴重傷害。但他也沉默。所以，一九四七年一月六日，在人稱「東方之珠」的凡城，有個女娃兒出生在一夫二妻的家庭裡，被命名為萊拉．艾菲．卡蜜。這名字多麼自信、高調、毫不含糊，到頭來卻是一大錯誤。因為她雖然確實有雙漆黑如夜的眼睛，不負「萊拉」這個名字，但不久就證明其他兩個名字一點都不適合她。

她絕非十全十美，從一開始就不是，她身上很多缺點都像地下伏流，貫穿她的生命。事實上，她就是不完美的化身——從她學會走路開始。至於純潔，日後時間將會證明，不是她的問題，但純潔也不是她的強項。

她本來要成為高尚賢淑的的萊拉．艾菲．卡蜜。但幾年之後，當她孑然一身、身無分文來到伊斯坦堡；當她第一次看見大海，驚嘆那延伸到地平線的藍色汪洋有多浩瀚；當她發現她的捲髮在潮濕的空氣裡有多毛躁；當某天早上她躺在陌生的床上，在她從未看過的男人身旁醒來，胸口重到她以為自己再也無法呼吸；當她被賣到妓院，被迫每天在一個地上放著綠色塑膠桶承接每逢下雨必漏水的房間裡接十到十五名客人……種種一切之後，她就會成為五個知心好友、一個永恆的戀人，以及許多客人口中的龍舌蘭．萊拉。

當大家問她（常有人問起），為什麼她堅持把Leyla拼作Leila，是不是這樣更有西方或異國風情，她會笑著說：有天她走進市集，用yesterday（昨天）的y換了infinity（無限）的i，就是這樣。

然而到最後，這些對登出她遇害新聞的報紙都沒有差別。大多報紙覺得用名字縮寫就夠了，根本沒寫出她的全名。所有報導幾乎都附上同一張照片，也就是萊拉中學時的快照，上面的她已經模糊難辨。編輯當然可以選一張近期的照片，甚至警局檔案裡的大頭照，但擔心她的大濃妝和養眼的乳溝可能觸動當局的敏感神經。

她的死訊登上一九九〇年十一月二十九日的全國晚間新聞。這則新聞前面是聯合國安理會決議對伊拉克進行軍事干預的冗長報導，還有英國鐵娘子含淚下台的後續效應；希臘和土耳其在西色雷斯的暴力衝突之後關係持續緊張，土耳其人的商店慘遭洗劫，科莫蒂尼的土耳其領事和伊斯坦堡的希臘領事雙雙被驅逐；東西德統一之後西德和東德足球隊得以合併；國內將已婚女性必須取得丈夫同意才能出外工作的憲法廢除，以及儘管受到全國各地吸菸者的強烈抗議，土耳其航空仍決定禁菸。

新聞尾聲，螢幕下方跑過一條鮮黃色字幕。妓女陳屍市區垃圾桶，本月第四起，伊城性工作者人人自危。

兩分鐘

心跳停止後兩分鐘，萊拉的腦袋回想起兩種相互衝突的滋味：檸檬和糖。

一九五三年六月。她看見六歲的自己，一頭栗色捲髮散落在她蒼白瘦弱的臉蛋周圍。無論她的胃口多驚人，尤其愛吃果仁蜜餅、芝麻糖和其他可口點心，她還是瘦得像蘆葦。家中唯一的小孩，孤單寂寞的小孩。精力充沛，東奔西跑，永遠靜不下心，成天像掉到地上的西洋棋轉來轉去，總有一天會排成一盤令人埋頭苦思的棋局。

他們在凡城的家大到連輕聲細語都會發出回音。影子在牆上舞動，有如在幽深洞穴裡。一道迴旋長梯從客廳通到一樓平台。入口鋪的磁磚是一系列令人眼花繚亂的圖案：孔雀開屏；放在葡萄酒杯旁的輪狀乳酪和辮子麵包；一大盤一大盤剖開的石榴，露出紅寶石的微笑；整片對著移動的日光歪扭脖子的向日葵，宛如明知愛終究會教人失望的戀人。萊拉為這些圖案著迷。有些磚塊裂了或缺角，有些被粗糙的石灰覆蓋，但圖案仍然鮮豔可見。萊拉猜測這些圖案合起來在訴說一個故事，一個古老的故事，但怎麼都猜不透是什麼故事。

走道上，油燈、牛脂蠟燭、陶瓷碗和其他藝術品排列在鍍金壁龕裡。地板上鋪著流蘇地毯，阿富汗人、波斯人、庫德人和土耳其人編織的地毯，各種你想得到的顏色和圖案都有。萊拉會在不同房間裡閒逛，把東西貼在胸口，感覺它們的表面，像仰賴觸覺的盲人，有的刺刺的，有的滑滑的。有些房間塞滿東西，奇怪的是，即使在這樣的房間裡她仍有空空的感覺。主客廳裡有個落地式大鐘，報時的時候黃銅鐘擺來回擺動，轟轟的鐘聲太響亮、太雀躍。萊拉常覺得喉嚨癢癢的，擔心自己會不會吸進了長年累積的灰塵，雖然她知道每樣物品都擦得乾淨溜溜還磨光打蠟。管家每天都來，一週會有一次大掃除；每個季節的開始和結束，還會有更徹底的大掃除。要是有哪裡沒掃到，碧娜阿姨一定會發現，然後用小蘇打粉擦洗，嚴格要求她所謂的「比白還白」的境界。

母親說過，這房子的前屋主是個亞美尼亞醫生和他的妻子，他們有六個小孩，全都熱愛唱歌，聲音從低到最高都有。醫生人緣很好，允許病患偶爾來家裡借住。他堅信音樂連人類靈魂最嚴重的傷都能治好，所以他規定病人無論有無天分都要玩一樣樂器。病患彈奏樂器時（有些不堪入耳），他的女兒會一起合唱，整間屋子會像洶湧大海上的木筏搖搖晃晃。這些都是第一次世界大戰爆發前的事。過不久，他們一家人拋下一切，說消失就消失。有一段時間萊拉無法理解他們去了哪裡，為什麼不再回來？他們發生了什麼事？醫生和他的一家人，還有高大樹木製成的各種樂器。

後來，哈倫的祖父瑪穆德攜家帶眷搬了進來。瑪穆德是權大勢大的庫德族將軍，這房子是鄂圖曼政府嘉獎他驅逐當地亞美尼亞人有功而賜他的獎賞。他堅定而忠誠地遵照伊斯坦堡下達的命令，一刻未曾猶豫。只要當局認定某些人是叛徒，他必將之驅逐到代爾祖爾的沙漠地區（能存活下來的寥寥可數），就算對方是他的老鄰居、老朋友也一樣。證明對國家的忠誠後，瑪穆德成了大人物。當地人欣賞他完美對稱的八字鬍、他黑得發亮的皮靴，還有他宏亮飽滿的聲音。他們尊敬他，跟自古以來心狠手辣的高位者受人尊重的方式一樣——恐懼有餘，愛戴不足。

瑪穆德決定把屋裡的一切保留下來，於是就原樣維持了一陣子。但謠傳亞美尼亞人逃出城之前，因為無法帶走貴重物品，便把金銀財寶藏在附近的角落。過不久，瑪穆德一家人開始挖寶，花園、庭院、地窖……每個角落都翻遍，卻什麼都沒找到。於是他們開始撬牆壁，完全沒想到就算真的挖到寶，那也不是他們的東西。等他們終於放棄時，房子成了斷垣殘壁，必須裡裡外外重新整修。萊拉知道她父親小時候目睹過當時的盛況，至今也仍然相信這房子某個角落就藏著一箱金幣或數不清的寶藏。有些夜晚，閉上眼睛墜入夢鄉時，她會夢到珠寶在遠處閃閃發亮，就像夏天草叢裡的螢火蟲。

並不是說萊拉小小年紀就很愛錢，她更想要口袋裡有一條榛果巧克力或一片Zambo口香糖，包裝紙上還印著戴大圓耳環的黑人女性。她父親會大老遠從伊斯坦堡訂購這些零食給她。所有新奇有趣的東西都在伊斯坦堡，萊拉又妒又羨，那是個充滿神奇事物的城市。她告訴自己，有天她一定要去那裡。這是她對自己許下的承諾，她誰都沒說，就像牡蠣把珍珠藏在心裡。

萊拉喜歡端茶給她的娃娃喝，喜歡觀察冷水溪裡的鱒魚游泳，喜歡盯著地毯看，直到上面的圖案活過來；但她最喜歡的還是跳舞。她希望有天能成為有名的肚皮舞孃。父親要是知道她的想像有多鉅細靡遺，應該會嚇到。一閃一閃的亮片，錢幣舞裙，叮鈴鈴的手指鈸，觀眾看得如癡如醉，跟著一起打拍子愈打愈快，她隨著咚咚咚的高腳鼓扭臀搖擺，快速轉圈圈把結尾帶向高潮。光用想的她都會心跳加速。但爸爸總是說，跳舞是撒旦用來迷惑人類的無數老把戲之一。惡魔利用醉人的香水和閃亮的首飾先誘惑本來就脆弱多感的女人上鉤，再透過女人引誘男人步入陷阱。

爸爸是個紅牌裁縫師，專做歐式仕女流行服飾，例如連身裙、合身洋裝、圓形裙、圓領女襯衫、削肩背心、緊身褲。軍官、公務員、海關、鐵路工程師和香料商的太太都是他的常客。除了衣服，他還販售大量的帽子、手套和貝雷帽——但這些柔滑時髦的配件，他絕不允許自家女眷配戴。

因為父親反對跳舞，所以母親也一樣反對。但萊拉發現，周圍沒人時，媽媽的態度似乎就會動搖。只有她們兩人時，媽媽彷彿變了一個人。她會任由萊拉鬆開一頭紅棕色長髮，再梳整成辮子；會在她臉上塗厚厚一層雪花膏，用凡士林加煤粉把睫毛塗黑；而且不吝於給女兒擁抱和讚美，還會製作五顏六色的小絨球，把七葉果串在繩子上，甚至跟她玩牌。有其他人在，她絕對不會做這些事。碧娜阿姨在的時候，她尤其保留。

「妳阿姨要是看到我們很開心，心裡可能會難過，」她母親說：「妳別在她面前親我。」

「可是為什麼？」

「她沒有小孩。我們不想傷她的心，對吧？」

「沒關係，媽咪，我可以親妳們兩個。」

母親吸了口菸。「別忘了，小心肝，妳阿姨的腦袋病了，就跟她母親一樣，我聽別人說的。那是天生的，是家族遺傳的瘋病，看來他們每一代都有。我們得小心，別害她難過。」

阿姨難過時有自殘的傾向。她會扯下一束束頭髮，猛抓臉頰，摳皮膚摳到流血。母親說萊拉出生那天，不知是因為嫉妒還是其他反常的原因，阿姨站在門口打自己的臉。有人問她為什麼打自己，她說街上賣杏桃的小販從窗戶丟雪球打她。一月哪來的杏桃！全都說不通，大家都擔心她腦子壞了。這和其他很多故事萊拉已經聽過好多次，每次都聽得津津有味。

但阿姨身上的傷有些不像她故意弄的。她就像剛學走路的小孩一樣笨手笨腳，一下手指被火紅的煎鍋燙傷，一下膝蓋撞到家具，或是睡覺時從床上摔下來、手被碎玻璃割傷。她全身上下都是慘不忍睹的瘀青和紅腫發炎的傷口。

阿姨的情緒搖擺不定，就像落地鐘的鐘擺。有時候活力充沛，有用不完的精力，整天忙這忙那。這時她會拚命清掃地毯，把每個平面都用抹布擦過，用熱水燙前一晚才洗過的床單，一連刷好幾小時的地板，把家裡上上下下都噴過難聞的消毒水。她的雙手紅腫乾裂，就算固定擦綿羊油也沒用。照她這樣一天洗幾十次手還覺得不夠乾淨，手要不粗糙都難，但沒有什麼真的乾淨。其他時候她又累到動彈不得，連呼吸都很吃力。

也有時候，阿姨似乎什麼都不在乎，輕鬆自在、容光煥發地跟萊拉在花園裡玩好幾個小時。兩人一起在花朵盛開的蘋果樹上綁絲帶，叫它們「芭蕾女伶」；開心地用柳條編小籃子或用雛菊編花冠；在下次宰牲節預備獻祭的公羊角上綁緞帶。有一次她們偷偷把綁在棚子裡的公羊的繩子剪斷，公羊卻未如她們的預期逃之夭夭。繞來繞去尋找一陣青草之後，牠又回到原位，覺得比起陌生的自由呼喚，被綁住的熟悉感覺比較安心。

阿姨和萊拉喜歡把桌布折成長袍，喜歡研究雜誌上的女人，模仿她們直挺的姿勢和自信的笑容。所有模特兒和女演員之中，她們最崇拜的是麗塔．海華斯。她的睫毛像箭，眉毛像弓，腰比玻璃杯還細，皮膚光滑如絹絲。她或許是每個鄂圖曼詩人追尋的答案，但只有一個小小的缺陷：她生在錯誤的時代，而且遠在美國。

儘管對麗塔．海華斯的生活好奇不已，兩人也只能癡癡看著她的照片，因為她們都不識字。萊拉還沒上學，阿姨則是從沒上過學。碧娜阿姨從小長大的村落沒有學校，她父親也不准她跟哥哥弟弟每天走布滿車轍的路來回鎮上。他們家沒有那麼多雙鞋，而且她得照顧弟弟妹妹。

不像阿姨，母親不但識字，而且以此為傲。她看得懂烹飪書上的食譜，還會翻閱牆上一天一張的日曆，甚至留意報紙上的文章。是她把世界上發生的事說給他們聽：埃及一群軍官宣布埃及成為共和國；美國處決了被控從事間諜活動的一對夫妻；東德有幾千人上街抗議政府政策卻遭蘇聯佔領軍鎮壓。遙遠得彷彿是另一個國度的伊斯坦堡舉辦了選美比賽，妙齡女郎穿著一件式泳裝走上伸展台，宗教團體上街譴責選美傷風敗俗，但主辦單位仍堅持辦到底。他們說國家要步上文明有三大要點：科學、教育，還有選美。

每當蘇珊大聲唸出這些報導時，碧娜就會速速別開視線。她左邊太陽穴上的青筋一跳一跳，表達沉默而堅定的痛苦。萊拉很同情阿姨，在她的柔弱中找到熟悉甚至令人安心的東西。但她也感覺到，這件事她不會站在阿姨這邊太久，她很期待快點去上學。

大約三個月前，在頂樓的雪松木櫃後面，萊拉發現有扇搖搖晃晃的門通往屋頂。一定有人把門微微打開，讓清新涼爽的微風吹進來，捎來路邊的野生蒜頭的味道。從此之後她幾乎每天都會爬上屋頂。

每次她俯看底下雜亂延伸的小鎮，豎起耳朵捕捉在遠方粼粼湖水上翱翔的靴雕，或在淺灘上嘎嘎覓食的火鶴，或在赤楊間吱喳穿梭的燕子，她都很確定只要她肯試，一定能飛得起來。怎麼樣才能長出翅膀，在天空中自在輕盈地飛翔？這一帶是蒼鷺、白鷺、白頭鴨、高蹺鴴、紅翅沙雀、蘆葦鶯、白喉翡翠，以及紫水雞（當地人俗稱「蘇丹鳥」）的棲息地。有兩隻鸛霸佔了煙囪，一次啣回一根小樹枝，在裡面蓋了很壯觀的鳥巢。現在牠們不見了，但她知道牠們有天還會回來。阿姨說，鸛很念舊，跟人不一樣；一旦把一個地方當做家，就算離開千里遠，也還是會回來。

每次從屋頂下來，萊拉都會躡手躡腳，免得被人發現。她確定要是被母親逮到，麻煩就大了。

但一九五三年六月的那個下午，母親忙到沒空管她。家裡來了好多人，全是女人。一個月固定有兩天這樣，一天是讀經日，一天是除腿毛日。如果是前者，就會有一名老伊瑪目來家裡講道唸經。左鄰右舍的婦女會安靜恭敬坐著聽講，膝蓋併攏，用布包住頭，聚精會神思考。到處蹓躂的小孩要是發出一丁點聲音，就會馬上被制止。

除腿毛日就完全相反。因為周圍沒有男人，女人穿著暴露，懶洋洋坐在沙發上，腿開開，露出手臂，眼底閃現壓抑很久的調皮眼神。她們吱吱喳喳說個沒完，罵罵咧咧，聽得年紀最小的女人臉紅得像大馬士革玫瑰。萊拉不敢相信這些母老虎就是目不轉睛聽伊瑪目講經的同一批女人。

今天又到了除腿毛日。女人坐在地毯、腳凳和椅子上，把整個客廳擠滿，手裡抓著糕餅或茶。一股甜膩的味道從廚房飄出來，蜂蠟正在爐火上噗噗沸騰。檸檬、糖和水。材料都混好之後，大家就會開始除毛，動作快速又認真，撕下貼布的瞬間會痛到縮起來。但現在時候還未到，她們正在閒話家常，大吃大喝。

從走廊上看著那些女人，萊拉一時之間看呆了，在她們的動作和互動中尋找自己未來的蛛絲馬跡。當時她相信，長大之後她就會跟她們一樣，腿邊挨著幼童，手裡抱著嬰兒，要服從丈夫，要把家裡打理得井井有條，這就是她的人生。母親告訴過她，她出生時，產婆把她的臍帶丟到學校屋頂上，期望她長大當老師。爸爸也曾如此希望，但後來改變了想法。前一陣子他遇到某個教長，對方跟他說，女人最好待在家裡，少數得出門時也要遮住身體。沒人想買被其他客人摸過、捏過或弄髒的番茄。市場上的番茄最好還是仔細包裝並妥善保存。教長說，女人也一樣。頭巾就是她們的包裝，是保護她們免於被人觸碰或窺視的盔甲。

因此，母親和阿姨開始包頭，不像附近鄰居的婦女，多半追隨西方流行把頭髮梳成蓬鬆的鮑伯頭、燙成小捲，或往後梳成優雅的包包頭，像奧黛麗．赫本。母親出門時都披上黑袍，阿姨則用鮮豔的雪紡頭巾緊緊綁住下巴。兩人都竭盡所能不露出一點髮絲。萊拉相信自己很快就會跟隨她們的腳步。母親跟她說，那天到來時她會陪她上市集，買最漂亮的頭巾和相配的長大衣給她。

「我還可以在底下穿我的肚皮舞衣嗎？」

「妳這傻丫頭。」母親笑著回答。

萊拉沉浸在自己的思緒裡。此刻她輕手輕腳越過客廳，走向廚房。母親從一大早就在裡頭忙，烤千層酥餅、煮茶和準備蜂蠟。萊拉怎麼也想不透，怎麼會有人把這種香甜可口的東西塗在毛毛腿上，而不是像她這樣開心地吃進肚子裡。

一走進廚房，她驚訝地發現有人在裡面。碧娜阿姨獨自站在工作台前，手握著鋸齒長刀，刀身映射著下午的陽光。萊拉擔心她會傷害自己。阿姨這陣子得當心點，因為她不久前才宣布她（又）懷孕了。沒人談論這件事，因為怕引起邪惡之眼的注視，招致厄運。根據之前的經驗，萊拉猜想接下來幾個月當阿姨的肚子愈來愈大，旁邊的大人都會當做她小腹隆起是因為食量太大或長期腹脹。目前為止每次都是如此。阿姨的肚子愈大，別人愈對她視而不見，彷彿在他們眼前逐漸消失，就像把照片放在大太陽下的柏油路上。

萊拉小心地上前一步，站在原地觀察。

阿姨彎身站在看似一堆沙拉前，似乎沒發現她。她盯著攤在工作台上的報紙，銳利的眼睛襯著蒼白的皮膚炯炯有神。她嘆了口氣，抓起一把萵苣，開始在砧板上有節奏地切起來，刀影快到一片模糊。

「阿姨？」

手停住。「嗯？」

「妳在看什麼？」

「士兵。我聽說他們要回來了。」她指著報紙上的照片，一瞬間她們兩人都站在那裡盯著底下的文字，試著理解排列得像步兵團的黑點和曲線。

「哦，那妳弟弟很快就會回家了。」

阿姨有個弟弟是被派往韓國的五千名土耳其士兵之一，他們去幫美國人支援正義的韓國人對抗邪惡的韓國人。但土耳其軍人不會英文也不會韓文，美國軍人大概除了自己的語言，其他語言也都不懂，所以萊拉很納悶，這些荷槍實彈的男人到底要怎麼溝通，如果無法溝通，他們要怎麼理解彼此？但現在不適合問這些問題。因此她露出燦爛的笑容，問：「妳一定很興奮吧？」

阿姨繃起臉。「為什麼要？誰知道我什麼時候才能見到他……如果見得到的話。已經好久了，我爸媽、兄弟姊妹……我都很久沒見了。他們沒錢出門，我也不能去看他們。我想念我的家人。」

萊拉不知如何回應。她一直以為他們就是阿姨的家人。善於察言觀色的她，知道快點換話題才明智。「妳在幫客人準備食物嗎？」

她邊問邊打量切碎堆在砧板上的萵苣，在一截截綠葉中發現某個東西，不由得倒抽一口氣。是粉紅色的蚯蚓，有些切成一段段，有些還在蠕動。

「呃……那是什麼？」

「給寶寶吃的，他們很愛。」

「寶寶？」萊拉腸胃一緊。

看來母親說的沒錯，阿姨的腦袋真的病了。萊拉的目光掃過地板，看見阿姨沒穿鞋子，腳底乾裂，周圍長滿硬皮，彷彿跋涉很遠才到這裡。萊拉在這個念頭上逗留片刻：或許阿姨會夢遊，每晚都沒入沙沙細響的黑夜中，天亮前才趕回來，呼吸在冷冽的空氣中化為白霧。或許她偷溜進花園柵門，爬上排水管，跨過陽台欄杆溜進臥房，從頭到尾都閉著眼睛。要是有天她忘了回家的路呢？

假如阿姨有在睡夢中上街漫遊的習慣，爸爸應該會知道。可惜萊拉不能去問他。這是家裡的許多禁忌話題之一。萊拉不懂為什麼她跟母親睡一間房，父親跟阿姨睡樓上的另一個房間。她問起的時候，母親說阿姨怕孤單，因為她會夢到跟惡魔打鬥。

「妳要吃那個嗎？」萊拉問：「吃下去會不舒服。」

「我？不是！是給寶寶的，我不是說了嗎？」碧娜看萊拉的眼神像停在她手指上的瓢蟲一樣令人意外、一樣溫柔。「妳還沒看到他們嗎？就在屋頂上，妳不是常去嗎？」

萊拉驚訝地抬起眉毛，她從沒懷疑過阿姨可能會去她的祕密基地。儘管如此，她並不擔心。阿姨有種幽靈般的氣質，她不會佔有物品，只是從中間飄過去。無論如何萊拉都很確定屋頂上沒有寶寶。

「妳不相信我對吧？妳覺得我瘋了。大家都覺得我瘋了。」

她的口氣有點受傷，一雙美麗的眼睛湧出悲傷，萊拉吃了一驚。她對自己的想法感到慚愧，想要彌補她。「才沒有呢。我一直都相信妳！」

「真的？相信一個人是很嚴肅的事，不能說說就算。如果妳是認真的，無論如何都要支持那個人，即使其他人說了那個人的壞話。妳做得到嗎？」

萊拉點點頭，開心地接受這個挑戰。

阿姨滿意地笑了笑。「那麼我就告訴妳一個祕密，一個天大的祕密。妳答應我不會告訴別人？」

「我答應妳。」萊拉立刻說。

「蘇珊不是妳的母親。」

萊拉的眼睛睜大。

「妳想知道妳真正的母親是誰嗎？」

沉默。

「生下妳的人是我。那天很冷，卻有一個人在街上賣甜桃。很奇怪吧？他們要是發現我跟妳說這件事，一定會把我送回村裡或把我關進精神病院，我們就再也見不到對方了。妳懂嗎？」

萊拉點點頭，表情麻木。

「好，那就把嘴巴閉緊。」

阿姨回頭切菜，一邊哼著歌。大鍋子噗噗沸騰，客廳的女人嘰嘰喳喳，茶壺叮叮咚咚碰撞著茶杯……連院子裡的公羊都咩咩唱著自己的歌，想加入大家的合唱。

「我有個點子，」碧娜阿姨突然說：「下次客人來的時候，我們把蟲蟲放在蜂蠟裡。想想那些女人半裸著身體在屋裡跑來跑去，蟲蟲黏在她們腿上的樣子！」

她哈哈笑到眼睛噴淚，身體往後一斜，絆到水桶，把水桶打翻，裡頭的馬鈴薯滾了一地。

萊拉忍不住笑了。她試著放鬆下來。阿姨一定是在說笑。不然呢？家裡沒人把阿姨的話當真，她為什麼要？阿姨說的話，就跟青草上的露水或蝴蝶的嘆息一樣虛飄飄。

萊拉當場就決定忘了她聽到的話。這肯定是正確的決定，但懷疑的種子擾亂了她的心。有部分的她想揭開另一部分的她還沒（甚至永遠不會）準備好面對的真相。她不禁有種感覺，她跟阿姨之間的事還沒解決，那就像收訊不佳的無線電波傳來的模糊訊息，一串話雖然傳送過來，卻無法形成連貫的句子。

大約半小時後，萊拉抓著一匙蜂蠟坐上屋頂的老位子，雙腿像一對耳環掛在屋簷上。雖然已經好幾個禮拜沒下雨，磚塊還是很滑，她移動時小心翼翼，知道自己要是掉下去可能摔斷骨頭；就算沒有，母親也不會放過她。

犒賞完自己後，萊拉像馬戲團走鋼索的人一樣專心，慢慢移往屋頂另一邊她很少去的角落。她在中途停住，正要回頭就聽到一個聲音。那聲音微弱又模糊，像飛蛾在拍打提燈。接著，聲音突然變大。一千隻蛾。她好奇地往那個方向走。就在那裡，一堆紙箱後面的大鐵籠裡有好多好多鴿子。籠子兩邊都放了乾淨的水和食物，底下鋪的報紙有幾滴鳥糞，此外都很乾淨。有人很用心在照顧牠們。

萊拉邊笑邊拍手。心中油然而生一股柔情，搔著她的喉嚨，就像她最愛喝的汽水。她有種想保護阿姨的心情，儘管（或是因為）她是那麼的脆弱。但這種感覺很快被困惑淹沒。假如碧娜阿姨說對了鴿子的事，那她還說對了什麼？如果她真的是她的母親呢？她們有一樣圓圓的朝天鼻，一樣睡醒就打噴嚏，彷彿對第一道日光微微過敏。她們都會邊在麵包上塗奶油和果醬時邊吹口哨，吃葡萄會吐籽，吃番茄會吐皮。她努力想她們還有什麼共同點，但有個想法不斷浮現腦海：這些年來她一直很害怕那些綁架小孩、逼他們去當乞丐的假吉普賽人，但或許她應該害怕的人就在自己家裡。或許是他們把她從她母親懷中搶走。

這是她第一次在心中拉開距離，從遠處觀察自己和家人。她的發現讓她不安。她一直以為他們是個正常的家庭，跟世界上的所有家庭一樣，現在她不確定了。要是他們跟別人不太一樣，甚至錯得離譜呢？現在的她還不知道，童年不是隨著青春期到來、身體開始變化而結束，而是當她終於能夠用外人的眼光看自己生命的那一刻。

萊拉恐慌起來。她愛母親，不想去想她壞的一面。她也愛父親，雖然有時也怕他。她抱著自己尋求安慰，吸進一大口空氣，思考著自己的處境。她再也不知道要相信什麼、要往哪個方向走了。她彷彿在森林裡迷了路，路在她面前跳來跳去，變成好多條。家裡誰比較可靠？父親、母親，還是阿姨？萊拉左顧右盼像在尋找答案。一切都沒變，但從此以後什麼都不再一樣。

當檸檬和糖的味道在她舌頭上結合時，她心中也同樣也五味雜陳。多年之後她會把這一刻當做她發現事情並非表面所見的開端。就好像酸可能藏在甜的後面，反之亦然。每顆理智的頭腦都有一絲瘋狂，而瘋狂深處也閃爍著理智的種子。

至今她都會避免在阿姨面前表現對母親的愛，從現在開始，她也得對母親隱藏她對阿姨的愛。萊拉漸漸發現，愛永遠都得藏起來，只能在關上門之後表現，之後就不能再提起。這是她從大人身上學到的唯一一種愛，日後這將讓她付出慘痛的代價。

三分鐘

心跳停止後三分鐘，萊拉想起了荳蔻咖啡——強勁，濃烈，漆黑。一種總會讓她聯想起伊斯坦堡妓院街的味道。這竟然會接在她對童年的回憶之後，真是奇怪。但人類的記憶就像深夜尋歡作樂的人，喝了太多杯，再怎麼努力都很難保持直線，腳步踉蹌左右顛倒，拐來彎去到頭都昏了，完全不講道理，而且隨時會癱倒。

因此萊拉想起了一九六七年九月，港口附近的一條死巷，卡拉柯伊港區近在咫尺，金角灣就在旁邊，夾在兩排有牌妓院之間延伸而去。附近有一家亞美尼亞學校、一座希臘教堂、一間塞法迪猶太教會[4]、一間蘇菲派會堂，一個俄羅斯東正教禮拜堂，都是早被遺忘的歷史遺址。這區原本是繁榮的濱海商業區，聚集了富裕的黎凡特和猶太社群，後來成為鄂圖曼的金融和航運中心，如今卻見證著另一種很不一樣的交易。無聲的訊息在風中傳送，金錢到手跟易手的速度一樣快。

港口周邊永遠擁擠不堪，行人都得像螃蟹一樣橫著走路。穿迷你裙的年輕女性手挽手一起走；司機對著車窗破口大罵；咖啡館的實習生端著擺滿小杯子的茶盤忙進忙出；觀光客揹著笨重的背包兩眼無神地東張西望，彷彿才剛醒來；擦鞋童用刷子咚咚咚敲著黃銅盒，盒子上面貼了女明星的照片，愈後面的照片愈養眼。小販削掉鹽漬黃瓜的皮，擠出新鮮的泡菜汁，翻烤著架上的雞豆，彼此呼來喝去；路上的汽車駕駛沒來由地狂按喇叭。菸草、汗水、香水、油炸食物，偶爾還有大麻菸（雖然是非法的）的味道，跟鹹鹹的海風混在一起。

後街和小巷紙滿為患。社會主義、共產主義和無政府主義的海報貼在牆上，邀請無產階級和農民加入即將展開的革命。這些海報常遭人毀損，被塗上極右派口號、噴上他們的標誌：在弦月中嚎叫的狼。手抓破爛掃把、一臉疲憊的清道夫撿起地上的紙張，知道他們一轉身，新傳單就會如雨飄落，光想就全身無力。

從港口走個幾分鐘，經過一條陡峭大街，就會來到這條妓院林立的街道。一扇需要重新上漆的鐵門把這裡跟外面的世界隔開。門前站著幾個八小時輪一班的警察。有些擺明了痛恨這份工作，鄙視這條臭名昭彰的街道和走進來的男男女女。他們用粗魯的舉止表達無聲的譴責，目不轉睛盯著擠在門口想進來卻又不肯排隊的男人。相反的，有些警察把這當做一般的工作，日復一日純粹奉命行事。也有的暗自羨慕嫖客，希望跟他們角色互換，哪怕只有幾小時都好。

萊拉待的妓院是那一帶最老的妓院之一。門口就一盞閃爍不定的日光燈，好似擦亮一千支小火柴，再一支接著一支熄滅。空氣中瀰漫著廉價香水味，水龍頭卡著陳年水垢，天花板長年被香菸燻黃，上面黏著尼古丁和焦油。整片基牆布滿縱橫交錯的裂縫，有如充血眼睛上的血絲。萊拉房間窗外的屋簷下，掛著一個空空的黃蜂窩，圓圓一個，薄如紙張，神祕無比。一個

4 塞法迪猶太人是指西班牙裔的猶太人。

隱藏的小宇宙。有時她會有伸手去摸的衝動，想撬開蜂窩，揭開裡頭的完美結構。但每次她都會告訴自己，她無權破壞自然想要保持完整無缺的東西。

這是她在同一條街上的第二個落腳處。第一個她完全待不下去，所以一年不到她就做了一件空前甚至絕後的事：她打包了少少的家當，穿上她的體面外套，走出去投奔隔壁妓院。這件事把這個社群分成兩個陣營，一派說她應該立刻被送回原來的地方，不然其他老鴇的女兒就會有樣學樣，把不成文的職業道德視為無物，以後大家都會無法無天。另一派說，基於良知，任何一個尋求庇護的人都不應該被拒絕。最後，第二家妓院的老鴇被萊拉的大膽和她可能帶來的豐厚收入打動，對她產生好感也接納了她。不過她還是付了一大筆錢給原本的老鴇，致上她最誠摯的歉意，並承諾絕不會再讓這種事發生。

新老鴇是個身材豐滿、步伐堅定、擦了胭脂的臉頰像皮包掀蓋一樣下垂的女人。她喜歡稱每個走進店門的男人叫「我的帕夏[5]」，無論對方是不是常客。每隔幾個禮拜她就會上一間名叫「裂隙」的髮廊，把頭髮染成不同深淺的金色。一雙隔得很開的凸眼好像隨時都很驚訝，其實很少有事讓她驚訝。密密麻麻的微血管從她的大鼻子頂端擴散出去，就像蜿蜒流向山腰的溪流。沒人知道她的真實姓名。妓女和嫖客在她面前都叫她「好嬤嬤」，背地裡叫她「壞嬤嬤」。她是個還算不錯的嬤嬤，但凡事都有不知節制的傾向：她抽太多菸，太常咒罵，太常大吼，簡直就是「太過」的代表，什麼都要最多最大最強。

「我們啊，十九世紀就成立了。」壞嬤嬤很愛吹噓，語氣輕快又驕傲。「創立者不是別人，正是偉大的阿布都─阿吉茲蘇丹王[6]。」

以前她在辦公桌後面放了一張蘇丹王的裱框肖像。後來，有個極端民族主義傾向的客人當著大家的面教訓她。他斬釘截鐵地要她別再胡說八道，利用「我們高貴的祖先和光榮的歷史」來招攬客人。

「征服過三大洲五大洋的堂堂大蘇丹，怎麼會在伊斯坦堡開一家髒店？」他咄咄逼問。

壞嬤嬤支支吾吾，緊張地絞著手帕。「呃，我想是因為……」

「誰管妳怎麼想？妳是歷史學家還是什麼？」

壞嬤嬤揚起她剛修過的眉毛。

「還是妳是大教授！」男人咯咯發笑。

壞嬤嬤的肩膀一沉。

「一個無知的女人沒資格扭曲歷史。」男人說，收起了笑容：「妳最好搞清楚，鄂圖曼帝國沒有合法的妓院。如果有少數女性想做這種見不得人的生意，想必是基督徒或猶太人，不然就是不信神的吉普賽人。因為我告訴妳，沒有一個規矩的回教女人肯做這種下流的勾當。她們寧可餓死也不會出賣自己，直到現在。現在這個時代，是道德淪喪的時代。」

自從被教訓過後，壞嬤嬤就把阿布都─阿吉茲蘇丹王的肖像畫拿下來，換上一張黃水仙和柑橘的靜物畫。但第二幅畫剛好比第一幅畫小，所以牆上仍然可見蘇丹肖像畫的畫框輪廓，像

5　帕夏是對高官的尊稱。
6　一八六一到一八七六年統治鄂圖曼帝國。

模模糊糊畫在沙灘上的地圖。

至於那個嫖客，下次他出現時，嬤嬤鞠躬又陪笑，親切熱情地招待他，還介紹他一個沒錯過算他三生有幸的辣妹。

「我的帕夏，她就要離開我們了。明天早上她就要回鄉。這孩子已經把債務還清，我能怎麼樣呢，難不成要說她下半輩子會後悔莫及？所以我跟她說：『恭喜妳，妳也可以為我們其他人祈禱。』」

那是謊言，一個厚顏無恥的謊言，那個女人是要離開沒錯，卻是為了完全不同的原因。她最近一次去醫院時，淋病和梅毒檢查都是陽性，不但不能工作，還得暫時離開妓院，直到完全康復為止。壞嬤嬤收下那個男人的錢放進抽屜時，完全沒提到這些細節。她沒忘記此人曾對她多無禮。沒人可以這樣跟她說話，尤其是在她的員工面前。因為壞嬤嬤可不像故意失憶的伊斯坦堡，她的記性好得很，從不會忘記自己吃過的虧，等到適當的時機來臨，她就要對方加倍奉還。

妓院裡面顏色灰暗，黯淡的褐，污濁的黃，剩湯般淡而無味的綠。傍晚的宣禮聲一在城市的鑲鉛圓頂和歪斜屋頂上迴盪，壞嬤嬤就會打開電燈，一串靛青、洋紅、淡紫、暗紅的光溜溜燈泡，將整個地方瞬間籠罩在詭異無比的光線下，像被瘋癲的小精靈給親了一口。

門口貼了一大張手寫公告，還加了金屬框。走進來的每個人一眼就會看見。

市民同胞請注意！

想要避免感染梅毒或其他性病，務必遵守下列事項：

1. 跟小姐進房間之前，查看她的健康證明，確保她身體健康！
2. 請戴套。務必每次都使用新套。本店販售價格公道的保險套，請洽女老闆購買。
3. 若你懷疑自己可能染病，請勿在此逗留，直接去找醫生。
4. 性病可以預防，只要你下定決心保護自己，保護自己的國家！

工作時間從早上十點到晚上十一點。萊拉一天有兩次休息時間，下午半小時，晚上十五分鐘。壞嬤嬤不贊成晚上休息，但萊拉說她一天不喝足量的荳蔻咖啡就會嚴重偏頭痛，堅持不肯讓步。

每天早上一開門，她們就會在門口玻璃窗後面的木椅和矮凳上就坐。新來的跟老鳥從舉手投足就能分辨。新人雙手放腿上，眼神空洞渙散，像剛在陌生地方醒來的夢遊者。老鳥則是漫不經心地在裡頭走來走去，一下摳指甲，一下搔癢，一下搧風，或是對著鏡子檢查儀容，或幫對方綁辮子。她們不怕跟人視線交會，會滿不在乎地看著漫步經過的男人，有的成群結隊，有的兩兩一組，有的孤身一人。

曾有人建議可以邊做針線活或織毛線邊等客人上門，但壞嬤嬤不以為然。

「編織……什麼餿主意！妳想讓男人想起家裡的黃臉婆嗎？還是更慘，想起家裡的娘？那怎麼行！我們要給他們家裡沒有的東西，而不是更多同樣的東西。」

這是這條死巷上十四家妓院的其中一家，客人的選擇多得是。他們會走來走去，停下來睨一眼，抽菸思考，衡量他們的選擇。如果需要時間斟酌，他們會停在小販前來一杯鹽漬黃瓜汁，或吃份俗稱「妓院油條」的油炸點心。根據經驗，萊拉知道一個男人如果前三分鐘沒拿定主意就沒望了，三分鐘之後他的注意力就會轉移到其他事情上。

大多妓女都不會出聲攬客，認為只要偶爾送個飛吻、拋個媚眼、露露乳溝或鬆開併攏的腿就足夠。壞嬤嬤不贊成她的女孩顯得太心急，說這樣反而顯得很廉價；但也不能裝酷，好像對自己的價值缺乏自信。總之，必須要維持一種「微妙的平衡」。雖然壞嬤嬤自己不太懂得拿捏平衡，但她希望員工展現她自己極度缺乏的特質。

萊拉的房間在二樓右邊的第一間。大家都說是「這房子最好的位置」。不是因為它裝潢精美或看得到博斯普魯斯海峽，而是因為如果出了事，樓下很容易就能聽到她的求救聲。走廊另一頭的房間最糟，就算妳喊破喉嚨也不會有人跑來救妳。

萊拉在房門前放了一張半圓形腳踏墊讓客人擦鞋。房間的家具很少。一張雙人床，上面鋪了印花床罩和相配的波浪床裙，佔去了大半空間。床邊有個櫃子，上鎖的抽屜裡放著她的信件和其他小東西，雖然不值錢，但對她有特殊的紀念價值。窗簾被陽光曬得破舊褪色，是切片西瓜的顏色，那些像西瓜籽的黑點其實是香菸燒穿的痕跡。一角有個裂痕斑斑的洗手台和瓦斯爐，有個咖啡壺顫巍巍擱在爐上。旁邊是一雙拖鞋，藍絲絨配上綢緞玫瑰花，鞋尖還有珠珠。這雙鞋是她最漂亮的東西。牆邊有個關不上的胡桃木衣櫃，上層掛衣服，下層是一堆雜誌、一個塞滿保險套的餅乾盒，還有一條很久沒用、有股霉味的毯子。一面鏡子掛在對面牆上，邊框夾著明信片：有抽細雪茄的碧姬・芭杜；穿著獸皮比基尼擺姿勢的拉寇兒・薇芝；披頭四和他們的金髮女友跟一名印度瑜伽士坐在地毯上，還有世界各地的照片。流經某個首都的河流在晨光下閃閃發光；雪花覆蓋的巴洛克式廣場；被夜晚燈光裝飾得有如珠寶盒的大道。這些都是萊拉沒去過但渴望能去看看的地方，有柏林、倫敦、巴黎、阿姆斯特丹、羅馬、東京……

這間房間很多方面都得天獨厚，顯示出萊拉的地位。其他女孩的房間都沒那麼舒適。壞嬤嬤很喜歡萊拉，一來是她老實又努力，二來是她跟壞嬤嬤幾十年前拋在巴爾幹半島的妹妹像得不可思議。

萊拉被帶來這條街的時候才十七歲。先是被一對警察都認識的詐騙雙人組賣到第一家妓院。那大概是三年前的事，雖然感覺好像是上輩子。她從不提那時候的事，就像從來不提自己為什麼逃家或怎麼來到伊斯坦堡流落街頭，身上只有五里拉和二十庫魯斯。她把記憶當做一座墓園，她的生命片段都埋在那裡，在不同的墓穴底下，她無意再把它們挖出來。

流落街頭的前幾個月很慘，那些日子像一條繩子把她跟絕望綁在一起，有好幾次她都想一了百了。安靜又快速地自我了斷，應該可以做到。當時一點小事都會讓她心神不寧，每個聲音在她耳中都像雷鳴。即使投靠壞嬤嬤之後，雖然到了一個比較安全的地方，她還是覺得自己會撐不下去。廁所的惡臭、廚房的老鼠屎、地下室的蟑螂、客人嘴裡的破洞、其他妓女手上的疣、嬤嬤上衣的食物污漬、嗡嗡飛來飛去的蒼蠅，全都讓她不由自主地發癢。晚上躺在枕頭上，她會聞到類似銅的隱約氣味，後來她才知道是腐肉的味道。她害怕那味道鑽進指甲，滲入血液。她相信自己染上了可怕的病。看不見的寄生蟲爬上她的皮膚和皮膚底下。妓女每週都會去附近洗一次土耳其浴，她在那裡把身體搓洗到發紅發燙，回到妓院後還把枕頭和床罩都拿去燙過。但還是沒用。寄生蟲之後又會出現。

「可能是心理的，」壞嬤嬤說：「我以前看過。妳聽好，我這裡很乾淨。妳要是不喜歡就回去。但我告訴妳，那都是妳想像出來的。告訴我，妳母親也有潔癖嗎？」

萊拉聞言一怔。從此身體再也不癢。她最不願想起的就是碧娜阿姨，還有凡城那棟冷冷清清的大房子。

萊拉房裡的唯一一扇窗戶對著後面的建築物：一個小院子，裡頭有一棵白樺，後面是一棟破爛不堪的建築物，除了一樓的家具工廠，其他都空著。工廠約有四十個男人，一天工作十三小時，吸進灰塵、亮光漆和他們不知其名的化學藥劑。其中一半都是非法移民，沒一個有保險，而且多半不到二十五歲。這不是一份可以久做的工作，燃燒樹脂產生的毒氣毀了他們的肺。

監督這些工人的是一個大鬍子工頭，話很少也從來不笑。每到星期五，他一戴上無邊帽、抓起念珠走去清真寺，工人就會打開窗戶，伸長脖子偷看樓上的妓女。妓院的窗簾都拉上，他們能看到的不多卻還是不死心，盼著能瞄到一眼婀娜的臀部或裸露的大腿。大家互相吹噓自己看到多撩人的畫面，樂得咯咯發笑。因為從頭到腳都是灰塵，他們笑起來臉上都是皺紋，頭髮也灰灰土土，但看起來不像老人，反而更像卡在兩個世界之間的幽靈。院子另一邊的女人多半不理他們，但偶爾會有人不知出於好奇還是同情，突然間出現在窗前，倚在窗台上，豐滿的胸部靠著手臂，靜靜抽著菸，直到手中的香菸快燒完。

有幾個工人有副好嗓子，喜歡唱歌，輪流帶頭唱。在一個他們無法完全理解或掌控的世界裡，音樂是唯一免費的享樂。因此他們盡情高歌，歌聲激昂，用庫德文、土耳其文、阿拉伯文、波斯文、普什圖文、喬治亞文、索卡西亞文、俾路支文對著窗邊的女性剪影唱情歌，那神祕的身影更像幻影，不像真實的血肉。

有一次，萊拉被那美麗的歌聲打動，一向緊緊拉上窗簾的她，第一次打開窗簾，往家具工廠看去。只見一個年輕男子站在那裡，抬頭直直看著她，口中唱著她聽過最悲傷的情歌，訴說一對相約私奔卻被洪水沖走的愛侶。他有雙杏眼，亮得有如磨光的鐵，下巴線條突出，中間有道深溝。萊拉印象最深刻的是他那溫柔的眼神，毫不被貪婪遮蔽的眼神。他對她微笑，露出一口潔白無瑕的牙齒，她忍不住也對他笑。這個城市不斷讓她感到驚訝，純真的片刻藏在最黑暗的角落裡，如此捉摸不定，等到她發現那些片刻有多純淨時已消失無蹤。

「妳叫什麼名字？」他對著風大聲問。

她跟他說了名字。「那你呢？」

「我？我還沒有名字。」

「每個人都有名字。」

「是沒錯……但我不喜歡我的名字。妳可以暫時叫我希齊……意思是『無』。」

下週五她開窗打探時，那個年輕男子已經不見，下下週也不見人影，她猜他永遠不會回來了。一個只有頭和上半身的陌生人，像一幅來自不同世紀的畫，框在窗台裡，彷彿別人想像的畫面。

然而，伊斯坦堡不斷讓她驚訝。整整一年後兩人會巧遇，只不過這一次希齊變成了女人。

這時候，壞嬤嬤開始派萊拉去服務有頭有臉的顧客。妓院本身雖然經過政府核准，所有交易全都合法，但妓院之外就不是了——而且免稅。拓展新事業的同時，壞嬤嬤也承擔了可觀的風險，雖然利益也很可觀。一旦被逮到，她就會被起訴，甚至吃上牢飯。但她相信萊拉就算被逮，也不會跟警察洩漏她為誰工作。

「妳的嘴巴跟蛤蜊一樣緊對吧？乖女孩。」

有一晚，警察突襲博斯普魯斯海峽兩邊的多家夜總會、酒吧和酒販，許許多多未成年酒客、毒蟲和性工作者被補。萊拉跟一個高大健壯的女人關在一間牢房裡。對方丟下「娜蘭」這個名字之後就窩到角落裡隨口哼著歌，用長長的指甲在牆上敲節奏。

要不是那首歌很耳熟，萊拉大概也認不出她。就是那首情歌！她的好奇心被挑起，轉頭仔細打量那個女人，觀察她炯亮而溫暖的棕色眼睛、方正的下巴，還有下巴上的裂痕。

「希齊？」萊拉難以置信地倒抽一口氣。「妳記得我嗎？」

女人把頭歪向一邊，表情片刻間難以捉摸。接著，一抹可愛的笑容在她臉上漾開，她跳起來，頭差點撞上低矮的天花板。

「妳是妓院的那個女孩！妳怎麼會在這裡？」

那晚在警局，兩人在髒兮兮的床墊上都睡不著，在一片漆黑中聊到東方漸白，跟彼此作伴。娜蘭說，他們第一次見面的時候，她只是暫時在家具工廠工作，存錢要去做變性手術，但手術比她預期的更辛苦更花錢，而且幫她動整型手術的醫生是個不折不扣的混球。但她都盡量不抱怨，至少沒太大聲抱怨，因為媽的，她下定決心一定要堅持到底。她從小到大都困在一個陌生的身體裡，就像外國字在舌頭上的感覺。她出生在中安納托利亞一個以種田和養羊維生的富裕家庭，為了修正全能的上帝犯下的大錯而來到這座城市。

天亮時，雖然坐了一夜背好痠，兩腿也重得像木頭，萊拉卻有種身上的重量減輕的感覺。她幾乎忘了這種蔓延全身的輕盈感。

一被釋放，兩人直接走去一家千層酥餅店，迫切需要來一杯茶。一杯之後又喝了好多杯。從此兩人一直保持聯絡，經常約在同一家角落點心店碰面。後來發現分開時也有好多事想跟對方說，於是開始通信。娜蘭常寄明信片給萊拉，後面用原子筆潦草寫著字，一大堆拼字錯誤。萊拉喜歡用信紙和鋼筆，字跡細心工整，跟當年她在凡城的學校裡學寫字一樣。

偶爾她會放下筆想起碧娜阿姨，回想起她對字母的沉默恐懼。萊拉寫過很多次信回家，但從沒收到回信。她很好奇家人怎麼處理她的信，藏在盒子裡眼不見為淨，還是全都撕了？郵差把信收回來了嗎？如果是的話，又送去哪裡？一定有個隱密的地方收容那些沒人要也沒人讀的信。

娜蘭住在一間潮濕的地下室公寓，位在鍋爐工街，離塔克西姆廣場不遠。裡頭的地板斜一邊，窗框變形，牆壁傾斜，設計得怪裡怪氣，建築師當初設計時一定是亢奮過頭。她跟其他四個變性女人住在一起，還有兩隻名叫土蒂和福蒂的烏龜。每次下大雨，水管都好像要裂開，不然就是馬桶的水像要滿出來，幸好根據娜蘭的觀察，土蒂和福蒂都很會游泳。

「無」這個暱稱不太適合娜蘭這麼堅定果決的女人，所以萊拉決定叫她「鄉愁」。不是因為她很懷舊，其實能拋開過去她高興都還來不及，而是因為她在城市裡嚴重適應不良。她想念鄉村生活和鄉下的各種氣味，渴望能露宿在寬闊的天空下，不用再隨時隨地提心吊膽。

熱情，果敢，對敵人殘忍，對摯愛忠誠。鄉愁·娜蘭，萊拉最勇敢的朋友。

鄉愁·娜蘭，五個朋友之一。

娜蘭的故事

曾經有段很長的時間，娜蘭名叫奧斯曼，是安納托利亞區某農家的夭子。他的生活洋溢著新翻泥土和野生香草的氣味，每天都很忙碌，要犁田、養雞、照顧乳牛、確保蜜蜂能捱過寒冬……一隻蜜蜂從出生工作到死，短短一生只能製造出一茶匙的蜂蜜。奧斯曼不由得想，自己有生之年能創造些什麼。這個問題讓他打從內心感到興奮和恐懼。村裡很快就天黑。天黑之後，哥哥姊姊一睡著，他就會從柳條燈旁邊的床上坐起來，慢慢地跟著腦中的旋律扳著手指，在對面牆壁上形成舞動的黑影。他在自己編造的故事中永遠都是主角，有波斯女詩人、中國公主或是俄羅斯女皇，角色變化萬千，但有件事從不改變：他永遠是女生，而不是男生。

學校跟家裡是兩個世界。課堂不是編故事的地方，注重的是紀律分明和反覆演練。因為拼不出某些字、記不住詩句或背不出阿拉伯文禱詞，他要趕上其他同學很吃力。老師對他很沒耐心，他是個冷酷嚴厲的男人，拿著一把木尺在教室裡走來走去，誰不乖就用木尺處罰。

每個學期他們都要演愛國話劇，受歡迎的同學會爭取土耳其戰爭英雄的角色，其他同學就只能演希臘軍隊。奧斯曼不介意當希臘士兵，反正上場沒多久就死了，之後只要躺在地上直到結束。但他很介意經常被人取笑，還有每天受到的霸凌。一切都是因為有天他光著腳丫，有個男同學剛好看見他塗了指甲油開始的。奧斯曼是娘娘腔！一旦被貼上標籤，你就等於每天早上在額頭正中央畫個牛眼走進教室。

他們家有錢有地，並不是沒有能力把小孩送去更好的學校，但他父親不信任都市和都市人，寧可兒女留在家裡務農。奧斯曼對植物和香草如數家珍，就像都市小孩對流行歌手和電影明星如數家珍一樣。鄉下的生活安定平穩，前因後果很好掌握：人的脾氣好壞取決於收入的多寡，收入的多寡取決於收成，收成取決於四季，四季則掌握在阿拉的手裡，而阿拉誰都不用依靠。奧斯曼唯一踏出這個循環是離家去服兵役的時候。他在軍中學會清步槍、填充子彈、挖戰壕、從屋頂上丟手榴彈，都是他希望自己永遠不會再需要用到的技能。每天晚上回到跟四十三個士兵同住的宿舍，他都好想重溫以前的影子戲，但宿舍裡既沒有空白的牆壁，也沒有可愛的油燈。

退伍回家之後，他發現老家絲毫沒有改變，但他已經不是從前的他。他一直知道自己內心是個女人，但辛苦的軍隊生活把他的靈魂輾平，反而讓他有了活出真實自我的勇氣。好巧不巧，就在這個時候他母親覺得他該找個人結婚、讓她抱孫了，雖然她早有了好幾個孫子。儘管他一再拒絕，她仍然積極地幫他物色對象。

大喜之日，賓客隨著鼓聲的節奏拍手，新娘在樓上的房間等他，衣帶輕解。奧斯曼趁機溜了出去，頭上傳來鵰鴞的叫聲和石鴴的哭聲，熟悉得有如他自己的呼吸。他跋涉十二哩遠走去最近的車站，跳上第一班開往伊斯坦堡的火車，再也不曾踏進家門。一開始他露宿街頭，到衛生條件差、名聲不佳的澡堂當按摩師，過不久，他開始在海德爾帕夏車站清廁所。奧斯曼對人類同胞的大多數認知，就是從最後這份工作來的。人不該輕易發表對人性的高見，除非他們在公共廁所工作過幾個禮拜，親眼看過人可以任性到什麼程度：毀損牆上的水龍頭、打斷門把、到處亂塗鴉、尿在毛巾上、在每個地方留下各種穢物，因為反正有人會來清理。

這不是他想像中的城市，當然也不是他想在大街小巷中遇到的人。但只有在伊斯坦堡這裡，他才能把自己的外表變成內心真正的樣子，於是他留了下來，堅持到最後。

奧斯曼從此消失，現在只剩下娜蘭，而且再也無法回頭。

四分鐘

心跳停止後四分鐘，一段短暫的記憶浮現萊拉的腦海，讓她想起西瓜的氣味和滋味。一九五三年八月。幾十年來最熱的夏天，母親是這麼說的。萊拉思考著「十年」的概念。十年有多長？時間從她指間像絲帶一樣溜走。一個月前，韓戰結束，阿姨的弟弟安全返家。然而阿姨有其他事要擔心。這次懷孕跟上次不一樣，似乎很順利，除了一天到晚孕吐，因為噁心得太厲害，她連吞下食物都有困難，天氣熱更是雪上加霜。爸爸提議全家一起去度假，到地中海附近換換環境，還邀了他的弟弟妹妹一起同行。

一行人擠進一輛小巴士，前往東南岸的某個漁村。總共有十二個人。叔叔坐副駕駛座，陽光輕快地在他臉上閃爍。他說著學生時代的趣事，故事都說完後就開始唱愛國歌曲，還慫恿大家跟著一起唱，連爸爸都加入了。

叔叔又瘦又高，平頭，藍灰色眼睛，睫毛很長還往上翹，大家都說他長得很帥。看得出從小到大被人這樣讚美對他造成的影響：他身上有種家裡其他人明顯缺少的從容自信。

「看看我們，了不起的阿卡蘇家族上路了！我們可以自己組一支足球隊。」叔叔說。

跟母親坐在後座的萊拉大聲說：「足球隊是十一個人，不是十二個人。」

「是嗎？」叔叔說，回頭看她：「那我們當球員，妳當球隊經理指揮我們，看要我們做什麼事。聽候妳差遣，小姐。」

萊拉眉開眼笑，對於終於能當老大感到興奮。叔叔一路上都開心地配合演出。每到一處休息站，他就替她開門，拿飲料和餅乾給她吃。午後下了小雨，之後他還抱她跨過路上的水窪，免得她弄髒鞋子。

「她是球隊經理還是示巴女王[7]？」在一旁看著的爸爸問。

叔叔說：「她是我們足球隊的經理，也是我心中的女王。」

大家聽到這個答案都會心微笑。

車程漫長又緩慢。司機抽著手捲菸，裊裊輕煙包圍住他，在他頭上輕輕描出龍飛鳳舞但沒人讀的字跡。外頭的陽光猛烈毒辣，車裡的空氣又濁又悶。萊拉把手壓在腿下，免得滾燙的塑膠椅套燙傷她的大腿後側，但過了一會兒她累到乾脆放棄。她真希望自己穿長裙或寬鬆的紗瓦來，而不是棉質短褲。幸好她記得戴草帽。這頂帽子一邊印了紅色櫻桃，看起來超級可口。

「我們換帽子。」叔叔說。他戴著白色的窄邊軟呢帽，雖然已經磨舊，但很適合他。

「好啊！」

天黑之後，萊拉戴著新帽子望著窗外模糊掠過的高速公路，掠過的車燈很像她在花園裡看到蝸牛留下的銀色黏滑痕跡。公路後面，小鎮的街燈閃閃發亮，這裡那裡一簇房屋，還有清真

7《舊約聖經》中曾拜見所羅門王的非洲女王。

寺和尖塔的剪影。她很好奇哪些家庭住在那些房子裡；哪些小孩（如果有的話）正看著他們的小巴士，猜想他們要去什麼地方。終於抵達目的地時已經很晚，萊拉睡著了，胸前抱著那頂軟呢帽，她映在窗上的倒影瘦小又蒼白，飄過一棟棟建築物。

看到他們要住的地方時，萊拉吃了一驚，有點失望。破破爛爛的紗窗遮住每扇窗，牆上爬滿霉斑，花園裡的踏腳石冒出蕁麻和刺刺的雜草。但看到院子裡有木頭浴盆她很興奮，他們可以把水打進裡面。沿路往上走，有棵巨大的桑樹聳立在田野中。風從山上吹來、打在樹上的時候，紫色桑椹就會紛紛落下，弄髒他們的衣服和手。房子雖然不舒適，但感覺很新奇刺激。

她的堂哥堂姊都是叛逆任性的青少年，他們說萊拉年紀太小，不適合跟他們睡一間。她也不能跟母親睡，因為她的房間小到連放行李箱都很勉強。所以萊拉只好去跟堂弟堂妹睡，他們有的還會尿床，或在睡夢中哇哇哭或咯咯笑，看他們夢到什麼而定。

半夜裡，萊拉清醒地躺在床上，睜大眼睛一動也不動，留意著每個吱嘎聲、每抹掠過的黑影。聽蚊子嗡嗡飛的聲音，八成是已經穿過紗網上的破洞。牠們聚集在她的頭邊，在她耳中嗡嗡響，等到黑暗四合就會一起溜進房間——除了蚊子，還有她叔叔。

「妳睡著了嗎？」他第一次進來時坐在床邊問，壓低聲音，像在講悄悄話，免得吵醒堂弟堂妹。

「嗯……沒，還沒。」

「很熱吧？我也睡不著。」

萊拉覺得奇怪，他為什麼不去廚房，那不就可以給自己倒杯冰水。冰箱裡有一碗西瓜，當宵夜正適合，多涼快啊。萊拉知道有些西瓜大到可以放一個寶寶進去還有空位，但她沒說出口。

叔叔點點頭，彷彿看穿她的想法。「我不會待太久，就一下下……如果殿下允許？」

她擠出笑，但臉部僵硬。「嗯，好。」

他迅速拉開被單，躺到她旁邊。她聽到他的心跳聲，又快又響。

「你是來看托爾加的嗎？」尷尬片刻之後，萊拉問。

托爾加是叔叔最小的兒子，他睡在窗邊的嬰兒床上。

「我想看看大家是不是都好好的。不過我們別說話，免得吵醒他們。」

萊拉點點頭。有道理。

叔叔的肚子叫了一聲。他難為情地笑了笑。「喔，我一定是吃太飽了。」

「我也是。」萊拉說，但其實沒有。

「真的嗎？我來看看妳的肚肚有多大。」他拉起她的睡衣。「我可以把手放在這裡嗎？」

萊拉沒回答。

叔叔開始繞著她的肚臍畫圈。「嗯，妳怕癢嗎？」

萊拉搖搖頭。一般人的腳和胳肢窩都很怕癢，她是脖子，但她不會說的。她總覺得如果把弱點告訴別人，別人一定就會把它當做攻擊的目標。她沉默不語。

一開始圈圈很小，動作很輕，但後來圈圈變大，還碰到她的私處。她難為情地躲開。叔叔靠得更近，身上有她不喜歡的味道——嚼過的菸草、酒精、炸茄子。

「妳一直是我的最愛，」他說：「我相信妳一定知道。」

是這樣嗎？他讓她做足球隊的經理，可是……叔叔發現她的困惑，用另一隻手摸她的臉。

「妳想知道我為什麼最愛妳嗎？」

萊拉靜待著，很好奇答案會是什麼。

「因為妳不像其他人那麼自私，是個聰明又可愛的女孩。永遠別改變，答應我妳不會改變。」

萊拉點點頭，心想要是堂哥堂姊聽到叔叔這樣讚美她，一定會不高興。真可惜他們不在這裡。

「妳相信我嗎？」他的眼睛在黑暗中有如黃寶石。

於是她再度點頭。更大之後，萊拉會痛恨自己此刻的這個動作，一個無條件服從年齡和權威的動作。

他說：「等妳大一點，我會保護妳，不讓男生欺負妳。妳不知道男生有多壞，我不會讓他們接近妳的。」

他親親她的額頭，就像每年新年他們全家來拜年，叔叔給她糖果和零用錢時那樣的親吻。然後他就走了。那是第一晚。

隔天晚上他沒出現，萊拉已經準備忘了這整件事。但第三天晚上他回來了，這次笑得更燦爛。空氣中有股辣辣的味道，因為他擦了鬍後水嗎？一看見他進來，萊拉立刻閉上眼睛裝睡。

他輕輕拉開被單，貼在她身旁。他又把手放在她的肚子上，這次圈圈畫得更大更久，搜尋著、索求著他早就相信屬於自己的東西。

「昨天我沒辦法來，妳嬸嬸不舒服。」他說，像在為失約道歉。

萊拉聽得到走廊過去的房間傳來母親的鼾聲。爸爸和阿姨睡樓上靠近浴室的大房間，萊拉偷聽到他們說，阿姨整晚一直在奇怪的時間醒來，自己睡一間房比較好。這表示她就再也不會在睡夢中跟惡魔搏鬥了嗎？還是，惡魔終究贏得了這場戰爭？

「托爾加尿床。」萊拉脫口而出，睜開了眼睛。

她不知道自己為什麼這麼說，她從沒看過那個小男生尿床。

就算叔叔嚇了一跳，他也沒表現出來。「我知道，小寶貝，我會處理，妳不用擔心。」

他的呼吸熱熱的，貼在她的脖子上。他有鬍渣，害她皮膚好癢。萊拉想起爸爸用來把木頭搖籃（他為即將出生的寶寶做的）磨光的砂紙。

「叔叔——」

「噓，我們不能吵到別人。」

我們。他們成了一國的。

「抓著。」他說，把她的手推到他的睡褲前面，往他的兩腿中間移動。萊拉縮起身體，把手抽回來。叔叔抓住她的手腕，再次把她的手往下推，口氣受挫又惱怒。「我說抓著！」

萊拉從手掌下感覺到他的勃起。他扭著身體，發出呻吟，咬著牙，身體前後擺動，呼吸加速。萊拉躺著一動也不動，整個人嚇呆了。她根本沒有再碰他，但她不認為他知道。他發出最後一次呻吟，停止擺動，大聲喘息。一股強烈的氣味瀰漫空中，床單濕了。

「看看妳對我做了什麼。」聲音恢復正常之後他說。

萊拉一頭霧水又困窘。直覺告訴她這是錯的，永遠都不應該發生。都是她的錯。

「妳這調皮的丫頭。」叔叔說，表情嚴肅，甚至悲傷。「看起來那麼純真可愛，其實只是面具對吧？妳骨子裡跟其他人一樣骯髒，不懂規矩。看妳把我騙得團團轉。」罪惡感將萊拉刺穿，她痛到難以動彈，淚水湧上眼眶。她忍住不哭卻還是哭了，淚眼汪汪。

他注視她片刻。「好了好了，看妳哭我會受不了。」

萊拉幾乎馬上收住眼淚，但絲毫沒有好過一點，反而更糟。

「我還是愛妳。」他的嘴貼上她的嘴。

以前從沒有人親過她的嘴，她全身麻木。

「別擔心，我不會告訴任何人。」他說，把她的沉默當做默許：「但是妳得證明妳值得信任。」

好長的一個詞。值得信任。她甚至不太確定是什麼意思。

「那表示妳絕對不會告訴別人。」叔叔說，比她腦中的想法快了一步：「這表示這會是我們之間的祕密。世界上只有兩個人知道，就是妳跟我，不會有第三個人。告訴我，妳守得住祕密嗎？」

當然。她心裡已經藏了太多祕密，這只是另外一個。

長大之後，萊拉會一再問自己，他為什麼選擇了她。他們家是大家庭，有很多其他人選，她不是其中最漂亮或最聰明的。她甚至不覺得自己有哪裡特別。她反覆思考這個問題，直到有一天才發現這個問題有多糟糕。問「為什麼是我？」就等於問「為什麼不是別人？」，她討厭這樣的自己。

一棟裝了青苔色窗遮的度假小屋，橫木柵欄的盡頭就是一片鵝卵石沙灘。女人忙著煮飯、掃地和洗碗，男人在一旁玩牌、下棋、堆骨牌。小孩跑來跑去沒人管，把芒刺植物往彼此身上丟，黏得到處都是。滿地都是踩爛的桑椹，椅墊上都是西瓜汁留下的污漬。

一棟海邊的度假屋。

那年萊拉六歲，她叔叔四十三歲。

一回到凡城，萊拉就開始發燒。她嘴裡有金屬味，肚子悶悶地痛，體溫高到碧娜和蘇珊合力把她抱進浴室，泡進冷水裡，但燒還是不退。她被移到床上，額頭放著泡過醋的毛巾，胸前敷洋蔥糊，背上敷燙過的甘藍菜葉，全身敷馬鈴薯切片。每隔幾分鐘，他們就用蛋白抹她的腳底。整間房子跟夏天快收攤的魚市場一樣臭。沒有一個方法有效。她語無倫次，磨著牙齒，時而清醒時而昏睡，火星在眼前飄來飄去。

哈倫去請鎮上的理髮師過來。除了理髮，他也幫人割包皮、拔牙和灌腸，但他剛好去出急診。於是哈倫只好去請女藥師。這對他來說是不容易的決定，因為他不喜歡那個女人，那女人也看他不順眼。

沒人確定她真實的姓名，大家都叫她女藥師，一個大家都認為很怪異的女人，卻具有一定的權威。身材粗壯，目光炯炯，包包頭跟她的笑容一樣繃，身穿合身套裝，頭戴俐落小帽，語氣中有習慣別人都聽她指示的自信。她支持政教分離、現代化，還有許許多多來自西方的東西。堅決反對一夫多妻，從不隱藏自己對享齊人之福男人的反感。在她眼中，哈倫和他的大家庭代表的迷信和對科學時代的抗拒，就是她為這個分裂國家設想的美好未來的相反。

儘管如此，她還是來了，身旁跟著兒子席南。這孩子跟萊拉差不多年紀，是單親媽媽靠自己的力量養大的獨生子，這在這裡是聞所未聞的事。鎮上的人常對他們指指點點，有時語帶輕蔑，甚至嘲弄，但還不敢太明目張膽。儘管喜歡竊竊私語，大家還是很尊敬女藥師，也常在意想不到的時候亟需她的幫助。因為如此，這對母子就這樣活在社會邊緣，大家尊重他們卻從未真正接納他們。

「這樣多久了？」女藥師一抵達就問。

「從昨天晚上開始……我們試過了想得到的各種方法。」蘇珊說。

站在她旁邊的碧娜點點頭。

「看得出來你們做了什麼——用洋蔥和馬鈴薯。」女藥師嗤之以鼻地說。

她嘆口氣，打開她的黑色皮袋，很像鎮上理髮師帶去男生割禮上的袋子。她拿出幾個銀色盒子、一個注射器、玻璃瓶，還有量匙。

男孩躲在母親的裙子背後，伸長脖子盯著躺在床上發抖冒汗的女孩。

「媽媽，她會死嗎？」

「噓，別胡說，她不會有事的。」女藥師說。

萊拉這時才把頭轉向一邊，尋找著聲音的來源。她看見女人和她拿在空中的針筒，針尖上的小水珠像顆碎鑽閃閃發亮，她哭了出來。

「別怕，我不會傷害妳的。」女藥師說。

萊拉想說什麼卻使不上力。她眼皮亂顫，昏了過去

「好，你們誰可以幫我一下嗎？我們得讓她翻身側躺。」女藥師說。

碧娜立刻站出來。也想幫忙的蘇珊尋找著可做的事，最後決定在床頭櫃上的水盆裡倒進更多醋，刺鼻的味道瀰漫空中。

「走開，」萊拉對床邊的剪影說：「叔叔走開。」

「她說什麼？」蘇珊困惑地皺起眉頭問。

女藥師搖搖頭。「沒什麼，她出現了幻覺，可憐的孩子。打了針就好了。」

萊拉的哭聲變得慘烈，發自內心的粗嘎啜泣聲。

「媽媽，等一下。」男孩說，臉上滿是擔憂。

他走到床邊，俯身貼近萊拉的頭，小小聲在她耳邊說話。「打針的時候妳要抱住一樣東西，我家裡有貓頭鷹玩偶，還有猴子，不過還是貓頭鷹最棒。」

他說話時，萊拉的哭聲減弱，變成長而緩的嘆息，最後安靜下來。

「如果妳沒有玩具，可以抓我的手，我沒關係。」

他小心地抓起女孩的手，動作很輕柔，幾乎就像沒有生命的玩偶。但是當針刺進去時，她卻緊扣住他的手不放，嚇了他一跳。

打完針，萊拉立刻睡著，睡得又深又沉。她發現自己在一片鹽沼裡，獨自在蘆葦叢中跋涉，更遠是浩瀚的大海，海浪洶湧起伏，互相撞擊。她看見叔叔在遠方的一艘漁船上大喊，儘管氣候惡劣依然從容地划著船，前進的速度跟心跳一樣快。她驚恐地想要回頭，腳卻陷在黏黏的泥土裡，難以動彈。就在這個時候，她感覺到身旁有個令人安心的力量：女藥師的兒子。他一定從頭到尾站在那裡，手中抓著一個帆布袋。

「這個給妳。」他說，從袋子裡拿出一條閃亮錫箔紙包裝的巧克力棒。收下後，她雖然感到不安，卻覺得自己漸漸放鬆下來。

燒退了之後，她睜開眼睛，終於能喝一點優格湯。萊拉立刻問起男孩的事，全然不知他們很快就會再見，而這個安靜而聰明、有點拙、心地善良又無比害羞的男孩，日後將成為她人生中的第一個知己。

席南，為她遮風擋雨的大樹，她的避風港，她生命經歷的見證者，她渴望成為的一切，也是她永遠無法成為的一切。

席南，五個朋友之一。

席南的故事

他們家就在藥房的樓上。一層小公寓，一邊對著牛羊在滿足吃草的牧場，另一邊對著一座古老破舊的墓園。早上，他的房間沐浴在陽光下，但太陽西沉就轉成一片陰暗，這就是他放學回家的時候。每天，他都會用掛在脖子上的鑰匙開門，等母親下班回家。廚房流理台上會備好簡單的飯菜，因為他母親沒時間弄複雜的東西。她會在他的書包裡放小點心，通常是起司和麵包，還有不管他怎麼抗議都還是太常出現的雞蛋。班上男同學都會取笑他的午餐盒，抱怨那個味道，還幫他取了「蛋塔」這個綽號。其他同學的飯盒都是家裡準備的正式午餐：葡萄葉捲飯、甜椒鑲飯、碎肉千層餅等等。他們的母親都是家庭主婦。席南總覺得這個鎮上每個人的媽媽都是家庭主婦，除了他以外。

其他同學都來自大家庭，常說兄弟姐妹堂姊表弟或爺爺奶奶的事，他家卻只有他和他母親。自從去年春天父親心臟病發猝逝之後就只剩下他們兩個。母親到現在還睡在同一個房間，他們的臥房。有一次他看到她一手撫摸著另一邊床單，彷彿在摸索以前她依偎的身體，另一手觸摸著自己的脖子和胸部，被一股席南還不了解的渴望淹沒。她的五官扭曲，過一會他才發現她在哭。他感到一陣心痛，還有無能為力的戰慄。那是他第一次看見母親哭。

父親曾經是土耳其軍隊的一員。他相信進步、理性、西化、啟蒙，這些字席南都不完全理解，卻因為常常聽到而有種安心的感覺。父親常說，這個國家有天會變得文明又進步，跟歐洲國家平起平坐。人改變不了地理，他說，但可以扭轉命運。雖然這個東部小鎮的人多半都蒙昧無知，被宗教信仰和僵化的習俗所縛，但只要接受適當的教育，他們就能擺脫過去。父親一直如此相信，母親也是。兩人拚命工作，新共和國的一對模範夫婦，決心要一起打造燦爛的未來。一個是軍人，一個是藥師，兩人都意志堅定，勇敢無畏。而席南就是他們兩人的結晶、他們的獨生子，具備他們最大的優點和上進心，儘管他很怕自己跟他們不像，無論個性或外表都是。

父親又高又瘦，頭髮滑順如玻璃。席南有好多次拿髮蠟和梳子站在鏡子前，想要模仿父親的髮型。他用過橄欖油、檸檬汁、鞋油，有一次還用過奶油，結果弄得狼狽不堪。沒有一樣有效。誰會相信臉胖嘟嘟、手腳笨拙的他，會是笑容完美、英姿煥發的軍人生下的兒子？父親或許過世了，但卻無所不在。席南不認為自己要是走了，會在世界留下這麼大的空缺。他不時會看見媽媽哀傷而疲憊地看著他，他不禁想，媽媽可能在納悶為什麼死的是他父親，而不是他。這種時候他會覺得自己又醜又孤單，幾乎難過到全身麻木。然而，就在他最孤單的時候，母親會走過來抱住他，滿溢著對他的溫柔關愛，讓他為自己的想法感到愧疚；除了愧疚，也有點鬆了口氣。儘管如此，他心裡仍有股不安，擔心自己無論多麼努力、改變了多少，終於還是會辜負母親的期望。

他望向窗外，偷偷掠一眼就轉回來。墓園讓他害怕。裡頭有種繚繞不去的怪味，尤其是秋天，世界變成黃褐色的時候。他們的家族裡，一代又一代男人太早死去。他父親、祖父、曾祖父……無論多麼努力控制自己的感受，他還是躲不掉不祥的預感：不久就會輪到他埋在那裡。母親常去墓園打掃父親的墓、種花，或坐在那裡什麼也不做，這時他會從窗口偷看她。他從沒看過母親沒化妝或頭髮沒梳好，所以看見她坐在泥土上，枯葉黏住她的衣服，他會忍不住瑟縮，有點怕她，彷彿她變成了陌生人。

附近每個人不分老幼都來過藥房。偶爾，披著黑色布卡[8]的女人也會拖著小孩走進來。有一次他聽到有個女人要找不會再生小孩的藥方。她說她已經生了十一個小孩。媽媽給她一小盒東西就打發她走了。一個禮拜後，那女人跑回來抱怨說肚子很痛。

「妳全部吞進肚子？」媽媽驚訝地問：「那些保險套？」

席南在樓上豎起耳朵，定住不動。

「那不是給妳的，是給妳丈夫用的！」

「我知道。」女人說，語氣困倦：「但我怎麼說他都不肯用，所以我就想說不如我自己吃了，說不定有幫助。」

媽媽氣炸了，那女人走了之後還不斷自言自語。

「愚蠢無知、頭腦簡單的鄉下人！像兔子生一窩！沒受教育的人永遠多過受過教育的人，這個貧窮的國家要什麼時候才能現代化？我們生一個小孩，用心把他養大。他們生十個，要是照顧不來呢？就讓他們自生自滅！」

母親對生者不像對死者那麼溫柔。但席南認為，人應該對生者比對死者溫柔才對，因為畢竟他們才是努力了解這世界的人，不是嗎？頭上黏著奶油的他、那個吃了保險套的農婦……大家都有點茫然、脆弱、缺乏自信，無論有沒有受過教育，現不現代，西不西方，是大人還是小孩。這是他的想法。比方他自己就覺得跟各方面都不完美的人在一起，比較舒服自在。

8 **burqa**，伊斯蘭女性穿的罩袍，從頭到腳遮住身體，只露出眼睛。

五分鐘

心跳停止後五分鐘，萊拉想起弟弟出生那一天。這段記憶伴隨著香料燉羊肉的味道而來——孜然、茴香子、丁香、洋蔥、番茄、尾肥油，還有山羊肉。

她七歲那年，弟弟降臨人世。塔康，眾人期待已久的兒子。爸爸欣喜若狂，這麼多年來他等的就是這一刻。二老婆一開始分娩，他就灌下一杯拉克酒，把自己鎖在房間裡，四肢大張躺在沙發上好幾個小時，緊張地咬著下唇，手撥念珠，跟萊拉出生那天一樣。

那是一九五四年三月某個異常和煦的一天。雖然寶寶下午就出生了，但萊拉到晚上很晚才能去看寶寶。

她撥著頭髮，小心翼翼地接近搖籃，擺出她早已決定好的表情——她下定決心不要喜歡弟弟，這個入侵她生命的不速之客。但眼神一落在他那玫瑰花蕾般的小臉、柔軟的臉頰，還有黏土般有小酒窩的膝蓋上，她就知道自己不可能不愛弟弟。她安安靜靜地等著，彷彿期望聽到他主動跟她打招呼。他的五官很特別，像個旅人，被甜美的旋律深深吸引，或許會停下腳步專心傾聽聲音從哪來，所以她很努力要了解他。她驚訝地發現，弟弟跟家裡其他人都不同，鼻子扁塌，眼睛微微往上吊，神情有點像長途跋涉好不容易來到這裡。這讓她更加愛他。

「阿姨，我可以摸他嗎？」

坐在四柱鐵床上的碧娜露出微笑。她眼睛下方有深色眼袋，顴骨上的細緻皮膚似乎繃得很緊。整個下午產婆和鄰居都陪在她身旁。現在她們走了，她很享受跟萊拉和兒子作伴的寧靜時光。

「當然可以啊，親愛的。」

搖籃是爸爸用櫻桃木刻成的，塗上深藍色漆，手把上掛著邪惡之眼[9]串珠。每次外面有貨車經過，喀喀晃動窗戶，珠子反射車燈的強光就會慢慢轉動，像自成一個太陽系的行星群。

萊拉伸出食指去摸寶寶，寶寶立刻抓住她，把手指拉向他柔軟的嘴巴。

「阿姨妳看！他不想要我走。」

「因為他愛妳啊。」

「是嗎？可是他都還不認識我。」

碧娜眨了眨眼。「他一定在天上的學校看過妳的照片。」

「什麼？」

「妳不知道嗎，在七重天上有所很大的學校，裡頭有好幾百間教室。」

萊拉笑了笑。對阿姨來說，沒受過正式教育一直是她的遺憾，這一定是她想像中的天堂。如今萊拉已經開始上學，知道學校是什麼樣子，當然完全不認同阿姨的話。

9 土耳其常見的護身符，俗稱「藍眼睛」。

「在那裡，學生是還沒出生的寶寶。」碧娜接著說，對萊拉心裡的想法一無所知：「但長黑板前面擺的不是課桌椅，而是搖籃。妳知道為什麼嗎？」

萊拉把遮住眼睛的一束頭髮吹開，搖了搖頭。

「因為黑板上是男男女女、大人小孩的照片……很多很多照片，讓每個寶寶選擇自己想加入的家庭。妳弟弟一看到妳的照片，就跟值班的天使說：『就是她！我想要她當我的姊姊！請把我送去凡城。』」

萊拉臉上的笑容漾開。她從眼角瞥見一根羽毛飄走，或許是躲在屋頂上的鴿子，或是從頭上飛過的天使留下的。雖然她對學校的看法仍有保留，但她決定喜歡阿姨版本的天堂。

碧娜說：「從今以後，我們永遠不分開，妳跟我還有寶寶。還記得我們的祕密嗎？」

萊拉猛吸一口氣。從去年的除腿毛日之後，沒人再提起這件事。

「以後我們會告訴妳弟弟，生妳的人是我，不是蘇珊。那麼我們三個人就會共同擁有一個大祕密。」

萊拉想了想。根據她的經驗，祕密應該是兩個人之間的事，正思考時，門鈴聲響起，在屋裡發出迴響。她聽到母親打開門，說話聲在走廊裡放大，是熟悉的聲音。叔叔嬸嬸帶著三個兒子來恭喜他們了。

客人一走進房間，萊拉的臉色隨即暗下來。她後退一步，放開弟弟的柔嫩小手，皺起眉毛，兩眼直直盯著順時鐘繞著波斯地毯邊緣走、形成完美對稱的黏鹿。這些鹿讓她想起她跟其他學童穿著黑色制服揹著書包，每天早上排成一列走進教室。

萊拉靜靜坐在地板上，盤起腿端詳地毯。近看她才發現不是所有的鹿都照規矩走。是不是有一頭鹿站著不動，前蹄懸在半空中，頭往後轉，似乎想往反方向柳樹林立的蓊鬱山谷跑去？她瞇起眼睛研究這頭任性的鹿直到視線模糊，最後那頭鹿彷彿神奇地動了，朝她奔來，雄偉的鹿角映著陽光閃閃發亮。她吸一口青草香，往那頭鹿伸長了手，要是她能跳上牠的背，騎著鹿逃離這個房間就好了。

這時候沒人注意到萊拉，大家都圍繞在寶寶周圍。

「他是個小胖子，對吧？」叔叔說，輕輕把塔康從搖籃裡抱起來。

寶寶全身軟綿綿，脖子看起來很短，有什麼不對勁，但叔叔假裝沒注意到。「他長大會是摔角手，我的姪子。」

爸爸撥了撥濃密的頭髮。「我可不想要他當摔角手，我兒子長大會當大臣！」

「拜託別碰政治。」母親說。

大家哈哈大笑。

「我啊，叫產婆把他的臍帶拿去市長辦公室。假如不行，她答應我會把它藏在花園裡。所以我兒子有天要是成為這個地方的市長，大家可別太驚訝。」

「你們看，他笑了。我想他也同意。」嬸嬸說，今天她擦了鮮豔的粉紅色口紅。

大家輪流誇獎塔康，把他傳過來傳過去，咕嘰咕嘰或嗯嗯啊啊逗著他玩。

爸爸的視線落在萊拉身上。「妳怎麼那麼安靜？」

叔叔好奇地轉向萊拉。「對啊，我的寶貝姪女今天怎麼都不說話？」

她沒回答。

「過來加入我們。」叔叔抓抓下巴，每次要耍嘴皮子或說好玩的故事時，她就會看到他做這個動作。

「我在這裡就好了……」她愈說愈小聲。

叔叔的眼神從好奇變成近似猜疑。

看到他這樣打量她，萊拉突然一陣焦慮，腸胃開始翻攪。她慢慢站起來，把重心從一腳換到另一腳，讓自己鎮定下來。她把裙子的前面拉直，之後雙手一動也不動。

「爸爸，我可以走了嗎？我還有功課。」

大人都同情地對她笑。

「沒關係，親愛的，」爸爸說：「去念書吧。」

萊拉走出房間，地毯蓋住她的腳步聲，上面有頭鹿落了單，孤伶伶地站在那裡。她聽見叔叔背著她小聲地說：「上天保佑她！可憐的孩子，她在吃寶寶的醋啊。」

隔天早上，爸爸找玻璃工訂做了一個邪惡之眼，那顆珠子比天空還藍，比跪墊還大。塔康出生後的第四十天，他殺了三頭山羊分送給窮人。有一陣子他是個快樂又驕傲的男人。

過了幾個月，塔康的嘴裡冒出兩顆米粒。既然已經長出第一顆牙，就到了決定這孩子未來職業的時候了。鄰居的婦女全被邀來。她們來的那天，穿著不像讀經日那樣保守，也不像除腿毛日那樣大膽。今天她們的穿著介於兩者之間，象徵母愛和家庭生活。

塔康的頭上展開一把白色大傘，大家把一盆煮熟的麥仁往上面倒。寶寶看見麥子從頭上嘩啦啦灑下來，表情有點驚訝，但大家都很慶幸他沒哭。他通過了第一關考驗，長大會成為一個強壯的男人。

現在他坐在地毯上，周圍放著各式各樣的東西，有一疊鈔票、一副聽診器、一條領帶、一面鏡子、一串念珠、一本書和一把剪刀。如果他選錢，他就會成為銀行家；如果選聽診器，就是醫生；如果選領帶，就是政府官員；如果選鏡子，就是理髮師；如果選念珠，就是伊瑪目；如果選書，就是老師；如果他爬向剪刀，那他長大就會跟隨父親的腳步，成為裁縫師。

女人圍成一個半圓，微微靠向前，屏息以待。阿姨的表情專注無比，兩眼直楞楞盯著一個目標，像是隨時要出手打死蒼蠅。萊拉忍住笑，瞄了弟弟一眼，只見他吸著大拇指，全然不知自己站在人生的十字路口上，正在選擇自己將來的命運。

「過來這裡，寶貝。」阿姨指著書說。她兒子長大要是當上老師，甚至校長，不是很好嗎？每個禮拜她都會去學校看他，驕傲從容地走進校門，終於能在一個她從小嚮往卻被排除在外的地方受到歡迎。

「不不不，這裡。」母親指著念珠說。在她的認知裡，沒什麼比家族出了個伊瑪目更大的榮耀，這種好事能讓他們全家都更接近上帝。

「妳瘋了嗎？」一個鄰居老婦人尖聲說：「每個人都需要醫生。」她用下巴指著聽診器，眼睛跟著寶寶移動，用甜滋滋的聲音說：「過來這裡，好孩子。」

「我會說啊，律師賺得比誰都多，」坐她旁邊的女人說：「看來你們忘了。我沒看到這裡有放憲法。」

她們說話時，塔康用一雙困惑的眼睛瀏覽著周圍的東西。因為沒有一樣有興趣，他把頭轉向客人。就在這時候他看到了靜靜站在他後面的萊拉。寶寶的表情立刻變得柔和。他把手伸向姊姊，扯斷萊拉的手鍊（咖啡色皮繩和藍色緞帶交叉編織而成），把它舉向空中。

「哈！他不想當老師……或伊瑪目，」萊拉咯咯笑著說：「他想當我！」

小女孩笑得如此純真可愛，大人儘管失望也覺得應該跟她一起開懷大笑。

塔康從小就體弱多病，肌肉張力和控制力都很弱，稍微活動一下就很累。他在同年齡中個子算小，身體似乎沒有按照比例長大。時間愈久，大家都看得出來他跟一般小孩不一樣，只是沒人敢當眾說出口。一直到他兩歲半爸爸才答應帶他去醫院。萊拉堅持要跟他們一起去。

抵達醫生的診療室時，雨下得正大。爸爸把塔康放在一張罩著床單的床上。寶寶的視線從爸爸移到萊拉又回到爸爸身上，下唇往下拉，準備哇哇大哭。萊拉數不清第幾次感到一股愛意湧上心頭，如此強大而無助，幾乎讓人心痛。她輕輕把手放在弟弟溫暖的圓肚上，對他微笑。

「我了解你們的煩惱。令子的狀況我很遺憾，但這種事就是會發生。」檢查過塔康後，醫生說：「這樣的孩子沒有學習能力，再怎麼試也意義不大，畢竟他們壽命也不長。」

「我不懂。」爸爸奮力控制自己的聲音。

「這孩子有蒙古症，你從沒聽說過嗎？」

爸爸怔怔看著遠方，沉默不動，好像他才是問問題的人，正在等對方回答。

醫生摘下眼鏡，對著光線舉起鏡片。他一定是覺得很乾淨了，所以才又戴回臉上。「你兒子不正常。你不可能現在才知道吧？畢竟從外表就看得出來，我實在不懂你為什麼會這麼驚訝。我可以請問你太太在哪裡嗎？」

爸爸清清喉嚨。他不打算跟這個自以為是的男人說，除非非常必要，他不准年輕的妻子踏出家門一步：「她在家。」

「她應該跟你一起來才對，她了解狀況非常重要，你得跟她談一談。西方有專門為這種孩子設置的機構，他們一輩子都會住在那裡，不會打擾到任何人。但我們這裡沒有那種支援，所以必須由你太太來照顧他。這工作並不輕鬆。告訴她別跟孩子太黏，他們通常活不到青春期就死了。」

一字一句聽在耳裡的萊拉心跳加速，對著男人橫眉怒目。「閉嘴，你這個笨蛋、壞人！為什麼要說那些可怕的話？」

「萊拉……注意妳的行為。」爸爸說，雖然口氣或許不像平常那麼嚴厲。

醫生表情困惑地轉向女孩，好像忘了她的存在。「別擔心，孩子，妳弟弟什麼都不懂。」

「他懂！」萊拉大吼，聲音像碎裂的玻璃：「他什麼都懂！」

醫生被她的激動情緒嚇了一跳，舉手要拍拍她的頭，但一定又改變心意，因為他很快又把手放下。

爸爸把塔康的狀況當做對他的懲罰，相信一定是他做錯了什麼事激怒上帝。他正在為自己過去和現在犯下的罪孽受罰。阿拉傳達的訊息既響亮又清楚，如果他還不肯接受，就會有更壞的事發生。從以前到現在他都白活了，只想著他希望真主做的事，從沒想過真主希望他做的事。萊拉出生那天他不是發誓不再喝酒，最後卻出爾反爾？他這輩子都活在言而無信和虎頭蛇尾之中。現在他終於讓「自我」閉嘴，準備開始贖罪。徵詢過教長之後，他接受他的建議，決定不再製作歐式女性服飾。他要把才能發揮在更有意義的事情上，再也不做迷你裙或短裙。無論他還剩下多少生命，他都要讓更多人懂得恐懼上帝，因為他親眼見證過當人不再恐懼祂時受到的沉重打擊。

他的兩個老婆可以照顧他的兩個孩子，爸爸的婚姻生活到此結束，性生活也是。現在他才發現性跟錢一樣，會把事情變複雜。他搬到房子後面一間陰暗的房間，命人把家具都搬走，只留下床墊、毯子、油燈、木櫃，還有幾本教長仔細挑過的書。他的衣服、念珠和沐浴巾收在櫃子裡。所有舒適的用品都要放棄，包括枕頭。爸爸就跟許多很晚才皈依的信徒一樣，急著彌補他所謂的墮落歲月，渴望說服周圍的人都信神——他的神。他甚至想要有自己的門徒，就算沒有很多，起碼幾個也好。或者就一個忠心耿耿的追隨者。有誰比他女兒更適合這個角色？畢竟她正快速長成叛逆少女，態度一天比一天粗魯無禮。

要不是塔康一生下來就有唐氏症（幾年後世人對這種病的稱呼），爸爸說不定會把他的期望和失望更平均分配在兩個小孩身上，但以目前的狀況，只得全都落在萊拉身上。一年年過去，這些期望和失望也不斷增加。

一九六三年四月十三日，萊拉十六歲，養成了密切留意世界新聞的習慣，一來因為她對其他地方發生的事很感興趣，二來這樣她就不會只想著自己到處受限的生活。這天下午，她看著攤在廚房桌上的報紙，唸新聞給阿姨聽。在遙遠的美國，有個勇敢的黑人因為抗議同胞所受的不平等待遇而被捕，罪名是：未經核准舉辦示威遊行。報紙上有張他的照片，底下寫著：「馬丁．路德．金恩入獄！」他穿著體面的西裝搭配深色領帶，臉微微歪向攝影機。吸引萊拉目光的是他的手。他優雅地把手舉在半空中，手掌弓起，彷彿抱著一顆隱形的水晶球，儘管水晶球上沒浮現未來，他仍然答應自己絕不能放手。

萊拉慢慢把報紙翻到國內新聞。安納托利亞區有數百名農民因為不滿貧窮和失業而走上街頭，很多人被捕。報上說，安卡拉政府決心鎮壓叛亂，以免重蹈鄰國伊朗國王的覆轍。伊朗國王巴勒維把土地分給沒有地產的農民，期望藉此贏得他們的效忠，結果未能如願。出產石榴和裏海虎的國度民怨沸騰。

「嘖嘖，這世界跑得跟阿富汗獵犬一樣快，」萊拉唸完新聞之後，阿姨說：「到處都是苦難和暴力。」

阿姨瞥了一眼窗外，對遠在天邊的世界感到害怕。害怕被踢出家門，是她輩子永無止境的恐懼之一，即使過了這麼久、生了兩個小孩，那恐懼也絲毫未減。她還是沒有安穩的感覺。塔康今年已經九歲，溝通能力卻像三歲小孩。他正坐在她腳邊的地毯上玩著一球毛線，那是最適合他的玩具，因為沒有銳角也沒有危險的零件。這個月來他一直不舒服，老是嚷著胸口痛，一再感冒又讓他的身體更弱。最近他雖然體重增加不少，皮膚卻還是像病人一樣蒼白。萊拉看著弟弟，臉上的笑容帶著擔憂，好奇弟弟知不知道他永遠無法像其他小孩一樣。她但願他不知道，為了他自己好。知道自己與眾不同，心裡一定很難受。

當時他們都不知道，這將是萊拉或家裡任何一個人最後一次唸出報上的新聞。如果說世界一直在改變，爸爸也一樣。他的教長過世後，他一直在尋找新的心靈大師。初春時，他開始去凡城外郊參加塔里卡的誦經會。那裡的傳教士比他小十歲，是個嚴肅、眼睛顏色像乾草的男人。雖然塔里卡源自於歷史悠久的蘇菲教派，信奉愛、和平和無我的神祕主義教條，現今卻成了僵化、狂熱和傲慢的聚集地。過去，「聖戰」被視為對抗自我的畢生抗戰，如今卻只代表對抗異教徒的戰爭——而異教徒又無所不在。「政教在伊斯蘭中本來就是一體的，要怎麼樣分開？」傳教士問。或許這種刻意的二元分立在西方行得通，因為他們酗酒、道德低落，但在東方卻行不通，因為我們喜歡任何事都有上帝的指引，政教分離說穿了就是讓撒旦統治。塔里卡教徒會使盡全力抵抗，總有一天要終結這種人造政權，回復上帝創造的伊斯蘭教法。

為了達成這個目標，每個教徒都要為上帝的大業開路，傳教士建議就從他們的私生活開始。教徒有責任確保自己的家庭，也就是他們的妻小，都按照神聖的教誨生活。

就這樣，爸爸在家裡掀起了一場聖戰。首先，他立了一套新規矩。萊拉再也不能到女藥師家看電視。從今以後她不准讀任何讀物，尤其是西方刊物，包括每個月都以一位女明星當封面的《哈雅特》雜誌。歌唱比賽、選美活動、體育競賽全都傷風敗俗，裙子超短的花式溜冰選手都是罪人，游泳選手和體操選手穿的緊身衣都在挑起虔誠信徒的淫蕩思想。

「那些女孩在空中翻滾，全身光溜溜！」

「可是你以前也喜歡運動啊。」萊拉提醒他。

「以前是我走偏了，」爸爸說：「現在我打開了眼睛，阿拉不希望我在荒野中迷路。」

萊拉不知道父親指的「荒野」是什麼。他們明明住在城市，雖然不是大城，但終究還是城市。

每當他們父女倆坐在廚房餐桌上，中間放著一堆宗教小書，爸爸就會說：「我這是在幫妳，有天妳就會感激我。」

每隔幾天，母親就會用她禱告時那種輕柔而可憐的聲音提醒萊拉，她早就該把頭髮包起來了。時候已到，她們該一起去市集選塊上好的布料，母女倆之前就說好了，只不過萊拉不再覺得有義務這麼做。她不只不肯戴頭巾，還把自己的身體當做人形模特兒，隨心所欲地打扮、擺放和塗抹。她用檸檬汁和甘菊茶把頭髮和眉毛漂白，當廚房裡的檸檬和甘菊神祕消失後，她就改用母親的散沫花。如果不能染成金髮，何不染成紅髮？後來母親神不知鬼不覺把家裡的散沫花全部丟掉。

有天上學途中，萊拉看到一名庫德族女人的下巴有個傳統刺青，她靈機一動，下週就在右腳踝上印了一朵黑玫瑰。刺青用的墨水來自當地部落流傳幾百年的配方：柴火燒出的煤灰、高山山羊的膽囊汁液、鹿脂和幾滴母奶。針每刺一下她就縮一下，但還是忍住痛，皮膚碎成千百片不知為什麼讓她有活著的感覺。

萊拉在筆記本貼當紅歌手的照片，儘管爸爸說音樂是違反教律的東西，西洋音樂更是如此。就因為他這麼說而且完全沒得商量，最近萊拉開始只聽西洋音樂。在這個與世隔絕的偏遠城市，要一直注意歐美流行金曲榜有時很難，但她不放過每一次機會。她尤其喜歡貓王，他長相英俊，皮膚黝黑，看起來更像土耳其人，不像美國人，讓她倍感熟悉親切。

她的身體變化很快。腋下長出毛，雙腿之間一叢黑，新皮膚，新氣味，新感受。她的胸部變得像陌生人，一對勢利鬼，鼻尖抬得老高。每天她都會照鏡子檢查自己的臉，又好奇又不安，好像有點期待另一個人會回望她。她一逮到機會就化妝，把整齊的辮子放下來，穿上緊身裙，最近甚至從母親的菸草袋裡偷菸來抽。她在班上沒有朋友，其他同學不是覺得她奇怪就是覺得她可怕，她分辨不出來是哪一個。他們用她聽得到的音量說她的八卦、叫她爛蘋果。萊拉無所謂，反正她也躲著他們，尤其是那些受歡迎但很毒舌、還用不屑的眼光瞪她的女生。她的成績很差。爸爸似乎也不在乎。反正她很快就會結婚，有自己的家庭，所以他不期望女兒當上模範生，只期待她當個端莊乖巧的女孩。

直到今天，她在學校唯一的朋友就是女藥師的兒子。兩人的友誼經過時間的考驗，就像一年比一年茁壯的橄欖樹。席南天生膽小內向，卻是個數字高手，每次數學都考第一。他也沒有其他朋友，不像大部分同儕那樣血氣方剛。在強勢的人旁邊，比方老師、校長，特別是他母親，他通常安靜少話，躲進自己的世界。但跟萊拉在一起就不同了。兩人在一起時，他有說不完的話，聲音激動又亢奮。每次下課和午休，他們都會去找對方，一男一女坐在角落裡。其他女生圍成一圈或去玩跳繩，男生踢足球或打彈珠，他們兩個則是不停聊天，無視於其他人指責的目光，畢竟這是個男女有別的小鎮。

席南讀了所有他找得到的兩次世界大戰的資料，對戰爭的名稱、砲轟的日期、反抗英雄等等都如數家珍。他對齊柏林飛船瞭如指掌，也知道這個名字的由來就是設計它的德國伯爵。萊拉很喜歡聽他說這些故事，他說得口沫橫飛，她幾乎看見飛船從他們頭上飄過去，飄向大湖，圓筒狀的巨大陰影掠過清真寺的尖塔和圓頂。

「有天你也會發明一樣東西。」萊拉說。

「我？」

「對啊，而且比那個德國伯爵的發明更強，因為他發明飛船是為了殺人，但你的發明會幫助人。我相信你一定會做出很了不起的事。」

只有萊拉認為他將來會出人頭地。

席南尤其對密碼和破解密碼感到好奇。每次說到戰爭期間祕密傳遞消息的反抗份子，他就會興奮得眼睛發亮。他稱之為「顛覆廣播」。他並不是在意廣播的內容，而是對無線電的力量深深著迷。黑暗中有個堅定樂觀的聲音對著空氣說話，相信遙遠的某處會有人願意聽他說。

爸爸完全不知道這個男孩不斷提供萊拉書刊雜誌和報紙，這些她在家都再也看不到。因此她才知道英國今年大冰封[10]；伊朗女性獲得了投票權；美軍在越南打仗並不順利。

「你跟我說的那些地下電台，」兩人坐在操場上唯一的一棵樹下時，萊拉說：「我在想，你不就像那樣嗎？多虧有你，我才知道世界上發生的事。」

他臉色一亮。「我是你的顛覆廣播。」

上課鐘聲響起，該回教室了。萊拉站起來拍拍身上的灰塵，說：「或許我應該叫你顛覆・席南。」

「妳說真的？我很喜歡！」

鎮上唯一女藥師的獨生子就這樣得到了「顛覆」這個綽號。有一天，就在萊拉逃家之後沒多久，席南也會跟隨她一路從凡城前往伊斯坦堡。所有對現實不滿和懷抱夢想的人，最終都會來到這座城市。

六分鐘

心跳停止後六分鐘，萊拉從記憶庫中捕捉到燒柴爐灶的氣味。一九六三年六月二日。叔叔的長子要結婚了，未婚妻來自靠絲路貿易致富的家庭。那一帶很多人都知道，只是不愛在外人面前提起：絲路貿易不只有絲綢和香料，還有罌粟。從安納托利亞到巴基斯坦、阿富汗到緬甸都種了大片罌粟，枝葉隨風搖曳，鮮豔的色彩在貧瘠的土地中更顯叛逆。蒴果滲出乳白色汁，神奇汁液一滴滴流下來，其他人發了大財，農民卻還是苦哈哈。

婚禮在凡城最豪華的飯店舉行，沒人在奢華的婚禮上提起這件事。賓客狂歡到凌晨，太多人吞雲吐霧，會場就像著了火。爸爸每次看到有人踏進舞池就一臉不以為然，但最讓他皺眉的是手挽手跳傳統哈萊舞、扭臀的樣子好像從不知道「莊重」兩個字怎麼寫的男男女女。儘管如此，為了給弟弟面子，他並沒有發表意見。他對弟弟情深義重。

隔天，雙方家屬在一家照相館集合。新人在一連串塑膠背景牆（有艾菲爾鐵塔、大笨鐘、比薩斜塔，還有一群抬頭面向日出的紅鶴）前留下傳世的結婚照，穿著昂貴的新裝直冒熱汗。

10　一九六二至六三年的冬天破了英國百年來的低溫紀錄。

萊拉從旁邊打量著這對幸福佳偶。新娘是身材纖細、深色頭髮的年輕女性，穿著剪裁合身的珍珠禮服，手握一束白色梔子花，腰間繫條紅腰帶，象徵和宣示自己的貞潔。在她旁邊，萊拉感到陰霾籠罩，彷彿巨石壓在胸前。有個念頭不請自來：她永遠無法穿那種禮服。她聽過有關新娘的各種傳聞，說她們在新婚之夜被發現不是處女，丈夫如何把她們拖去醫院詳細檢查，腳步聲在漆黑巷弄裡發出空洞的回音，鄰居從蕾絲窗簾後面偷偷打量，後來她們又如何被退回娘家，任由家人以自認為適合的方法處罰，再也無法真正成為社會的一份子；受盡羞辱顏面盡失，年輕的臉龐空了一塊……她撕著無名指上的一塊皮，直到它流血。熟悉的疼痛感反而讓她平靜下來。有時她會用家裡切蘋果或柳橙的刀子劃自己的大腿和上臂，這樣就沒人看見，表皮在閃亮的刀片下微微捲起。

那天叔叔無比自豪。他穿著灰色西裝，搭配白色絲質背心和花領帶。照全家福時的時候，他一隻手放在兒子的肩上，另一隻手扣住萊拉的腰。沒人發現。

從照相館回家途中，阿卡蘇家族在一家糕餅店停下來。店裡有漂亮的庭院，遮蔭下擺了桌椅。剛出爐的千層酥餅香味誘人，從窗戶飄散出來。

叔叔幫大家都點了東西，大人喝熱茶，小孩喝冰檸檬水。如今兒子娶了有錢人家的千金，叔叔一有機會就擺闊炫富。不久前他才給哥哥家買了一部電話，好讓兩家更常聯繫。

「也給我們送點吃的來。」叔叔對服務生說。

幾分鐘後，服務生端著飲料和一大盤肉桂捲過來。萊拉心想，要是塔康在，他一定會馬上伸手抓一塊，憨直的眼睛開心地亮起來；他的快樂如此純真，毫不掩飾。他為什麼不能一起來？塔康從沒出過門，連山寨艾菲爾鐵塔都沒去過，除了小時候那次出門去看醫生，他從未看過花園籬笆以外的世界，連瞄一眼都沒有。有鄰居來家裡，他就被關進房間，避免外人窺探。因為塔康整天都待在家，阿姨也只能待在家。萊拉和阿姨已不再親密，彷彿每過一年她們的距離就愈遠。

叔叔倒了茶，對著光線打量杯子，啜了一口之後他搖搖頭，招手叫服務生過來。他傾身向前，一個字一個字彷彿很吃力地說：「看到這個顏色了嗎？根本就不夠深。茶裡面放了什麼？香蕉葉嗎？喝起來像洗碗水。」

服務生急忙道歉，收走茶壺，幾滴水灑在桌布上。

「真是的，笨手笨腳，」叔叔說：「左手右手都搞不清楚。」他轉向萊拉，聲音突然變柔和。「學校怎麼樣？妳最喜歡哪一科？」

「都不喜歡。」萊拉聳聳肩說，眼睛盯著茶漬不放。

爸爸皺起眉頭。「這樣跟長輩說話對嗎？沒大沒小。」

「沒事，」叔叔說：「她還小。」

「還小？她母親在她這個年紀早就結婚，忙到手指都破皮了。」

母親直起背脊。

「時代不同了。」叔叔說。

「我的教長說，有四十種跡象顯示末日將近，其中之一就是年輕人變得無法無天，現在不就是這樣嗎？男生留蘑菇頭，接下來會是什麼？跟女生一樣留長頭髮？我一直叫我女兒要當心，這世界道德敗壞得太嚴重。」

「還有什麼跡象？」嬸嬸問。

「我一時想不到全部，還剩下三十九個，有一個是山崩地裂，還有海水倒灌。對了，還有世界上的女人比男人多。我送你一本書，上面全都解釋得清清楚楚。」

萊拉從眼角餘光發現，叔叔正盯著她看。她轉過頭，動作有點太大，就在這時候她看見一家人走過來，看起來是個幸福的家庭：一個笑容跟幼發拉底河一樣開闊的女人，一個眼神和善的男人，兩個頭上用緞帶綁著蝴蝶結的女孩。他們在找位子，最後選了他們隔壁桌。萊拉注意到那個母親撫摸著小女兒的臉頰，在她耳邊說悄悄話，逗得她咯咯笑。大女兒則跟父親在研究菜單。全家人一起選糕點，問彼此想吃什麼。每個人的意見似乎都值得參考。他們一家人緊緊相繫，難分難捨，像砌在一起的石頭。看著他們，萊拉感到痛苦，那種感覺來得突然又猛烈，她不得不垂下眼睛，害怕嫉妒會寫在臉上。

這時服務生端來一壺新茶和一組乾淨的茶杯。

叔叔抓起杯子啜了一口，嫌惡地噘起嘴。「你們竟然有臉把這個叫做茶，它連熱度都不夠。」他兇巴巴地說，在這個溫和有禮的男人身上施展他新發現的權力。

服務生縮起身體，像被叔叔的憤怒搥打的鐵釘，連聲道歉並衝回店裡。彷彿過了很久他才端著第三壺茶回來，這次茶熱到有裊裊白煙不斷飄到空中。

萊拉觀察男人慘白的臉，他倒茶時看起來好累，累成這樣卻還是不敢不聽話。這時候，萊拉從他的舉止認出了熟悉的無助，無條件對叔叔的權力和權威投降，她比任何人都對這件事有罪惡感。衝動之下，她站起來抓起茶杯。「我想喝茶！」

大家還來不及說話，她就啜了一口，舌頭和上顎燙得她眼睛噴淚。儘管如此她還是努力把茶吞下去，斜著嘴對服務生笑。「這茶很好！」

服務生緊張地看看叔叔又看看萊拉，含糊道聲謝謝就走了。

「妳以為自己在幹嘛？」叔叔說，語氣裡的訝異多過生氣。

母親出面緩頰。「她只是——」

爸爸打斷她：「別護著她，她的行為就像瘋子。」

萊拉的心一緊。此時此刻眼前這一幕，就是她一直隱隱察覺卻告訴自己並不存在的現實。爸爸跟叔叔站在同一邊，而不是她這邊，這點永遠都不會改變。她現在明白了，爸爸的第一反應永遠都是幫他弟弟說話。她咬住被她撕得坑坑疤疤的下唇，要到以後，很久很久以後，她才會回想起這一刻，把這看似瑣碎平常的一刻當做將臨之事的前兆。有生以來她第一次覺得那麼孤單。

自從爸爸不再幫洋派的客人做衣服後，家裡開始捉襟見肘。去年冬天，這麼大的房子只有幾間房間能生火，不過廚房永遠都很溫暖。全家人一年到頭在廚房消磨很多時間。母親在裡頭去糠皮，泡豆子，在燒柴爐灶上準備三餐。阿姨在一旁盯著塔康，因為如果不看緊他，他就會扯破衣服、摔得很慘，或把東西往嘴裡塞，幾乎把自己噎死。

「妳最好搞清楚，萊拉，」那年八月，萊拉在餐桌上讀書時，爸爸對她說：「人死之後，獨自躺在墓穴裡時，會有兩個天使來找我們，一個藍天使，一個黑天使，分別叫做蒙卡爾和納基爾，被拒絕者和拒絕者。他們會叫死者背誦《可蘭經》文，一字一句都要正確。如果背錯三次，妳就會下地獄。」

他指著碗櫃，彷彿地獄就在排列在櫃子上的一罐罐醃黃瓜之間。

考試讓萊拉很緊張，她幾乎每科都不及格。聽爸爸說話時，她忍不住想：那一刻到來時，藍天使和黑天使會怎麼測驗她的宗教知識？會是口試還是筆試？是申論題還是選擇題？答錯就會扣分嗎？是當場就知道成績，還是得等全部成績打完？如果是後者，要等多久？成績會由最高單位公布嗎？比方罪有應得和萬劫不復最高委員會。

「那加拿大人、韓國人或法國人怎麼辦？」萊拉問。

「什麼怎麼辦？」

「就……你知道，他們多半都不是穆斯林。他們死後會怎麼樣？我是說，天使總不能叫他們背我們的禱告詞吧？」

爸爸說：「為什麼不行？每個人拿到的問題都一樣。」

「可是其他國家的人又不會背《可蘭經》，不是嗎？」

「沒錯。不是虔誠穆斯林的人都通不過天使的考驗，直接下地獄。所以我們才得把阿拉的教誨盡量傳給更多人，這樣才能拯救人類的靈魂。」

有一瞬間，他們靜靜聽著木柴在爐灶裡嗶剝燃燒的聲音，它們彷彿正用自己的語言急急對他們訴說一些事。

「爸爸……」萊拉坐直，「地獄裡最可怕的是什麼？」

她以為他會說爬滿蛇蠍的地窖、散發硫磺味的滾燙熱水，或是札哈烈的刺骨嚴寒；他也可能回答被迫喝下熔化的鉛，或吃下枝幹上掛著惡魔頭顱而不是香甜水果的欑楛樹。但頓了頓之後爸爸卻說：「是上帝的聲音……不斷吶喊的聲音日復一日發出恐嚇。祂告訴罪人，他們曾經有過贖罪的機會卻仍讓祂失望，所以現在必須付出代價。」

萊拉雖然定住不動，腦袋卻在快速飛轉。「上帝不會原諒他們嗎？」

爸爸搖搖頭。「不會。就算有天祂決定原諒，也是在每個罪人都受過最嚴厲的懲罰之後。」

萊拉望向窗外。天空變成斑駁的灰，有隻鵝獨自飛向湖泊，竟悄無聲息。

「要是……」萊拉吸進一大口氣再慢慢吐出來。「假如你做錯了一件事，你知道那是錯的，但你真的不是故意的，那會怎樣？」

「沒辦法，上帝還是會懲罰你，但如果只有一次，祂或許會手下留情。」

萊拉挑著手上的肉刺，拇指湧出一小滴血。「要是不只一次呢？」

爸爸搖搖頭，皺起眉頭。「那就會萬劫不復，沒有任何藉口，永遠脫離不了地獄。現在妳聽起來或許覺得很殘忍，但有天妳會感謝我的。教妳明辨是非是我的責任。妳還年輕純潔的時候就得知道這些事，明天可能就太遲了。若枝椏彎曲，樹也會長歪。」

萊拉閉上眼睛，感覺胸口逐漸形成硬塊。她還年輕，卻不覺得自己純潔。她做了壞事，不只一次，不只兩次，而是很多次。叔叔還是繼續碰她。每次家族聚會，叔叔就會想辦法接近她。但幾個月前發生一件她不知如何形容的事，現在回想，萊拉又一陣噁心。當時爸爸去動腎結石手術，母親得去醫院陪他大概一星期。阿姨跟塔康在她的房間裡，什麼都沒聽到。那一整個禮拜，叔叔每天晚上都去找她。第一次之後就沒再流血，但每次都很痛。每次她躲著他，叔叔就會提醒她，這一切都是當初她在那棟瀰漫切片西瓜甜味的度假屋先開始的。

我以前常納悶，天啊，這麼天真可愛的小女孩，竟然那麼喜歡這樣玩弄男人的心……記得那天妳在巴士上的樣子嗎？一路上咯咯笑個不停，想引起我的注意？還有，妳為什麼穿那件短褲？晚上為什麼讓我上妳的床？妳可以趕我走，我就會走，但妳沒有。妳可以去跟妳爸媽睡，但妳沒有，每天晚上妳都在等我。妳有沒有問過自己為什麼？我知道為什麼，妳也知道。

她開始相信自己很髒，而且怎麼洗也洗不掉，就像掌心的紋路。而此時此刻，爸爸告訴她，知道一切也看見一切的阿拉永遠不會原諒她。

羞恥和自責一直常伴萊拉左右，長久以來，這兩片陰影到哪裡都跟著她。但這是她第一次感受到前所未有的憤怒。她的腦袋像著了火，全身每條肌肉繃緊，她不知道如何控制熊熊燃燒的怒火。她不想跟這個發明各種審判和處罰人類的方法，卻在人類需要祂時袖手旁觀的上帝有任何瓜葛。

她站起來，椅腳刺耳地刮過地磚。

「妳要去哪裡？」爸爸張大眼睛。

「去看看塔康。」

「我還沒說完，我們還在學習。」

萊拉聳聳肩。「我不想學了，好無聊。」

爸爸全身一縮。「妳說什麼？」

「我說好無──聊。」她故意把字像嘴裡的口香糖一樣拉長。「上帝上帝上帝！這些廢話我聽夠了。」

爸爸撲向她，舉起右手，又突然收回去，手不停顫抖，眼中透著失望。他的臉一垮，皺紋浮現，像乾掉的泥土一樣碎裂。他知道自己差點甩她耳光，萊拉也知道。

爸爸從沒打過萊拉，以前和之後都沒有。他雖然有很多缺點，但從沒動過粗或脾氣失控。所以他永遠會認為自己之所以那麼反常，衝動到想出手打她，都是萊拉的錯。

她也一樣自責，往後幾年仍然如此。當時這是她的習慣，無論做什麼或想什麼都擺脫不了無所不在的罪惡感。

那天下午的記憶深深烙印在她的腦海中。即使多年之後的此刻，淪落到伊斯坦堡外郊的金屬垃圾桶裡，腦袋逐漸關閉之際，她仍然記得燒柴爐灶的味道，還有那強烈刺骨的悲傷。

七分鐘

腦袋奮力掙扎之際，萊拉想起了泥土的味道——乾乾苦苦，像粉筆。

她在跟顛覆．席南偷偷借來一本過期的《哈雅特》雜誌上，看過一個身穿黑色泳裝、腳蹬黑色細高跟鞋的金髮女郎開心地搖著一個塑膠圈。照片底下寫著一行字：美國模特兒在丹佛用小蠻腰搖呼拉圈。

這張照片引起兩個孩子的興趣，雖然兩人感興趣的理由不同。顛覆不懂怎麼會有人穿高跟鞋和泳裝只為了站在一片綠色草皮上。引起萊拉注意的卻是那個圈圈。

她的思緒飄回十歲那年的春天。跟母親前往市集途中，萊拉看見一群男生在追一個老人。那群男生抓到他之後大叫大笑，用粉筆在他周圍畫了一個圈。

「他是亞茲迪人[11]。」媽媽說，看見萊拉臉上的驚訝表情。「他不能自己走出去，要有人幫他擦掉圈圈才可以。」

「哦，那我們去幫他。」

母親臉上的困惑多過不悅。「為什麼要？亞茲迪人很邪惡。」

「妳怎麼知道？」

「怎麼知道什麼？」

「知道他們很邪惡？」

母親拉著她的手往前走。「因為他們崇拜撒旦。」

「妳怎麼知道？」

「大家都知道啊。他們被詛咒了。」

「誰詛咒他們？」

「上帝啊。」

「可是他們不是上帝創造的嗎？」

「當然是。」

「上帝創造了亞茲迪人，後來又因為他們是亞茲迪人而生氣……沒道理啊。」

「好了，走吧！」

回程時，萊拉堅持要走同一條路，只是想看看那個老人還在不在。看到他已經不見人影，圈圈有部分被擦掉，她鬆了一大口氣。或許那全是母親胡說的，老人輕易就走出了圈圈，但也有可能他得等某個人來放他自由。幾年後的現在，當萊拉看著金髮女郎腰上的圈圈時，她又想起這件事。把一個人隔離禁錮起來的圈圈，對另一個人來說竟會象徵著終極的自由和純粹的喜悅？

---

11 同族通婚、信仰一神教的非穆斯林族群。

她把想法跟顛覆說了之後，他說：「別再叫它圈圈了，那是呼拉圈！我叫我媽從伊斯坦堡買一個給我。我一直求她，最後她終於訂了兩個，一個給她，一個給妳。東西剛送來。」

「給我？」

「呃，其實是給我的，但我想把我的送妳！是亮橘色的。」

「謝謝，可是我不能接受。」

顛覆很堅持。「拜託……妳不能當做禮物收下嗎……為了我？」

「可是你要怎麼跟你媽說？」

「沒關係，她知道我有多在乎妳。」他的臉從脖子紅到臉頰。

萊拉最後讓步了，雖然她知道她父親一定會不高興。

要把呼拉圈帶回家而不被發現並不容易。呼拉圈放不進書包也塞不進衣服。她想過要把它埋在花園的樹葉下幾天，但這不是好辦法。最後她趁沒人把呼拉圈滾進廚房門，再快速跟它跑進浴室。進了浴室，她對著鏡子，學那個美國模特兒搖呼拉圈，實際做比想像的更難。她得練習才行。

她從腦中的音樂盒挑出貓王的一首歌，腦中響起貓王的深情歌聲，但她半個字都聽不懂。一開始她沒有想跳舞，但她要怎麼拒絕貓王的粉紅色外套和黃色褲子，這些顏色在這個小鎮如此的不尋常，尤其在男人身上，簡直像在挑釁，有如反抗軍的旗幟。

她打開母親和阿姨放化妝品的櫃子，在瓶瓶罐罐的藥丸和乳霜之間發現一個寶物：一條口紅，鮮紅色口紅。她塗了很多在嘴唇和臉頰上。鏡子裡的女孩用陌生人的眼睛看她，彷彿隔著一片毛玻璃。一瞬間，她在鏡中瞥見自己未來的幻影。她想看看那個既熟悉又無法掌握的女人快不快樂，但那個影像稍縱即逝，不留半點痕跡，就像清晨葉片上的露珠。

要不是阿姨在吸走廊上的長條地毯，萊拉就永遠不會被發現。她就會聽到爸爸一向沉重的腳步聲。

爸爸對她大吼，整張嘴像束口袋綁緊。他發出的怒吼聲在地上迴盪，幾秒前貓王的經典舞步才在同一片地板上重現。他用一種如今她已經司空見慣的失望眼神瞪著她。

「妳這是在做什麼？這個圈圈妳從哪裡弄來的？」

「那是禮物。」

「誰送的禮物？」

「一個朋友。爸爸，這又沒什麼。」

「是嗎？看看妳的樣子，妳是我女兒嗎？我已經認不出妳了。我們拚了命地栽培妳，我不敢相信妳竟然把自己弄得像……妓女！那就是妳希望自己成為的樣子嗎？像個該死的妓女！」

他用粗啞刺耳的聲音把那兩個字說出口，讓她全身上下打了個冷顫。她從沒聽過這兩個字。

那天之後，萊拉就沒再看過那個呼拉圈，雖然她偶爾會想爸爸把它怎麼了，但她問不出口。丟到垃圾桶？還是送給別人？難道是埋了，期望把它變成另一個鬼魂？萊拉愈來愈懷疑，這棟房子已經有太多鬼魂。

對亞茲迪老人來說是禁錮的形狀，對美國妙齡模特兒卻象徵著自由的圈圈，從此成為東部小鎮某個女孩的傷心回憶。

一九六三年九月。徵詢過教長之後，爸爸決定既然萊拉的行為已經失控，結婚之前還是待在家裡比較好。事情已成定局，萊拉怎麼抗議都沒用。即使學期才剛開始，畢業之日已經不遠，萊拉被迫休學。

星期四下午，萊拉和顛覆最後一次一起走路回家。男孩落後她幾步，表情挫敗，嘴唇因絕望而扭曲，雙手插在口袋裡。他不斷踢著路上的小石子，背包在肩上盪來盪去。

走到萊拉家時，兩人停在柵門前，一瞬間都沉默無語。

「我們得在這裡說再見了。」萊拉說。這個夏天她胖了些，臉頰變得圓潤。

顛覆抓抓額頭。「我會叫我媽去找妳爸談。」

「拜託不要，我爸會不高興。」

「我不管，他這樣對妳太不公平了。」他聲音哽咽。

萊拉轉過頭，只因為她受不了看到他哭。「如果你不去上學，那我也不去了。」顛覆說。

「別傻了。還有千萬別把這件事告訴你媽，爸爸看到她會不高興。你知道他們處不來。」

「如果我去找妳父母談呢？」

萊拉不由得微笑，她知道這個害羞內向的朋友要提出這個建議需要多強大的意志力。「相信我，那也改變不了什麼，不過我很感激……真的。」她腸胃一緊，突然一陣噁心，身體顫抖起來，早上支持她堅持下去的決心彷彿都棄她而去。每次感情上進退兩難時，她都會速戰速決，不想拖拖拉拉。

「好了，我得走了。我們會再見面的。」

他搖搖頭。學校是未婚男女唯一可以互動的地方，除此之外，就沒有了。

「我們再想辦法。」她說，感覺得到他的懷疑。她輕輕親他的臉頰一下。「別這樣，開心點。保重！」

她頭也不回地快速跑走。這幾個月突然長高的顛覆還不習慣自己的高度，在原地站了很久。接著，他也不知道為什麼開始在口袋裡塞小石子，然後是一般大小的石頭，愈大愈好，每次增加重量，他的心情就更加沉重。

萊拉進門之後直接走去花園，坐在她跟阿姨曾用絲帶裝飾的蘋果樹下。芭蕾女伶。她在上面的枝幹上還看得到一小片布料在風中飄揚。她把手放在溫熱的泥土上，試著什麼都別想，接著抓起一把泥土放進嘴裡慢慢地嚼。酸液湧上喉嚨。她又抓起一把泥土，這次更快吞下肚。

幾分鐘後，萊拉走進屋子，在廚房的椅子一屁股坐下，沒發現正在煮牛奶製作優格的阿姨此刻正盯著她瞧。

「妳吃了什麼？」阿姨問。

萊拉低下頭，舔舔嘴角，舌尖碰到卡在牙齒間的沙粒。

「過來這裡，嘴巴張開我看看。」

萊拉張開嘴巴。

阿姨眯起眼睛又睜大。「那是……土嗎？」

萊拉沒說話。

「妳在吃土嗎？我的天啊，妳為什麼要做這種事？」

萊拉不知如何回答。她從沒問過自己這個問題。但此刻她想了想，有個念頭掠過腦海。

「有次妳告訴我妳們村裡那個女人的故事，妳還記得嗎？妳說她吃土、碎玻璃……甚至還有小石子。」

「對，可是那個可憐的農婦，她是因為懷了身孕——」阿姨吞吞吐吐地說。她斜眼打量萊拉，像在檢查燙過的襯衫哪裡沒燙好。

萊拉聳聳肩。一種滿不在乎的全新感受抓住她，這種麻木的感覺她以前從沒有過。她覺得什麼都不重要，甚至從來都不重要。「或許我也是。」

其實她根本不知道懷孕初期的症狀是什麼。這就是沒有女性朋友或姊姊的問題。她沒人可問。她想過去問女藥師，好幾次試圖提起這個話題，但每次適當時機來臨時，她都鼓不起勇氣。

阿姨的臉頓時失去血色，但她選擇輕鬆帶過。「親愛的，我可以跟妳保證，要懷孕妳得先認識男人的身體才行。人不會摸摸樹就懷孕。」

萊拉敷衍地點點頭，給自己倒了杯水，先漱漱口再喝水。把杯子放下來之後，她用冷冷的低沉聲音說：「可是我知道啊……我很了解男人的身體。」

阿姨豎起眉毛。「妳說什麼？」

「我是說，叔叔算男人吧？」萊拉繼續對著杯子說。

阿姨的動作停住。銅鍋裡的牛奶慢慢沸騰，萊拉走去爐邊把火關上。

隔天，爸爸想私下跟她談一談。兩人坐在廚房餐桌前，之前他也在這張桌上教她用阿拉伯文禱告，告訴她黑天使和白天使會到墓穴給人考試的故事。

「妳阿姨跟我說了一件很令人不安的事……」爸爸頓住。

萊拉沉默不語，把顫抖的雙手藏在桌子底下。

「說妳吃了泥土。別再那麼做了，這樣肚子會長蟲，聽到沒？」爸爸的下巴歪向一邊，緊咬著牙，彷彿在咀嚼看不見的東西。「還有，妳不應該亂說話。」

「我沒有亂說話。」

在窗前的灰白光線下，爸爸看起來比平常蒼老，不知為什麼也更瘦小。他表情嚴肅地凝視著她。「有時候腦袋會讓人分不清真假。」

「如果你不相信我，就帶我去看醫生。」

他臉上掠過絕望的神情，但很快就被新的嚴厲表情取代。「醫生？好讓全鎮的人都知道這件事？不可能。妳懂嗎？不准妳跟陌生人說。這件事交給我。」

接著他匆匆加上一句話，好像在背誦之前記住的答案。「這是家務事，我們一家人會一起找出解決的方法。」

兩天後他們又圍坐在餐桌前，這次多了母親和阿姨。她們手裡拿著揉皺的面紙，眼睛哭得又紅又腫。早上，她們倆都問過萊拉月經的日期，月經已經兩個月沒來的萊拉好累，斷斷續續說著她昨天早上開始流血，但這次不太對勁，因為身體又重又痛，她只要移動就好像有根尖刺扎進五臟六腑，害她無法呼吸。

母親聽到後暗自鬆了口氣，很快轉移話題。阿姨則用悲傷的眼神看著她，從萊拉的流產看到過去的自己。「會過去的，」她低聲溫柔地說：「很快就過去了。」這是多年來第一次有人跟萊拉提起女性身體的奧祕。

接著，母親用盡可能簡短的話語告訴她，她再也不用害怕懷孕了，這樣也好，算是不幸中的大幸，他們都應該把這件事拋到腦後，從此別再提起，除了祈禱時感謝上帝在最後一刻仁慈出手。

「我跟我弟弟談過了，」隔天下午爸爸說：「他了解妳還年輕……一時糊塗。」

「我沒有。」萊拉盯著桌布，用手指描著細緻的刺繡。

「他跟我說妳在學校跟那個男生走得很近。我們都被蒙在鼓裡，但其他人顯然都在背後議論紛紛。女藥師的兒子，老天啊！我從來就不喜歡那個鬼鬼祟祟又冷漠的女人。我早該猜到的，有其母必有其子。」

萊拉感覺自己的臉都紅了。「你是說顛覆……席南？別把他扯進來。他是我的朋友，我唯一的朋友，他是個善良的男生。叔叔騙人！」

「住嘴。妳應該學會尊重長輩。」

「你為什麼從來都不相信我——相信你的女兒？」她覺得全身無力。

爸爸清清喉嚨。「聽我說，我們先都冷靜下來。這件事必須用明智的方式來解決。我們已經開過家庭會議。妳堂弟托爾加是個好孩子，他答應要娶妳。你們先訂婚——」

「什麼？」

托爾加，在那棟度假屋裡跟她同房的小孩，晚上他父親在她肚子上畫圈圈時，他就睡在旁邊的嬰兒床上。這個男孩現在被家裡的長輩選為她未來的丈夫。

母親說：「我們知道他年紀比妳小，但無所謂。我們會公布訂婚的消息，這樣大家就知道你們已經互訂終生。」

「對，這樣就能堵住那些惡劣的嘴巴，」爸爸接著說：「之後你們再舉辦宗教婚禮，過幾年你們想的話也可以舉辦正式婚禮。在阿拉眼中，宗教婚禮就足夠。」

萊拉用比她自覺更平穩的聲音說：「你們如何用阿拉的眼睛來看？我一直很好奇。」

爸爸把一隻手放在她的肩上。「我知道妳很擔心，但現在用不著擔心了。」

「如果我拒絕嫁給托爾加呢？」

「妳不會這麼做的。」爸爸說，臉繃得更緊。

萊拉轉向阿姨，眼睛睜大。「那妳呢？妳相信我嗎？因為我是相信妳的，記得嗎？」

有一瞬間萊拉以為她會點頭，只要些微的表示就已足夠。但阿姨沒有點頭，反而說：「我們都愛妳，萊拉親愛的。我們都希望生活能回歸正常。妳父親會把事情處理好。」

「處理好？」

「不許妳對妳阿姨沒大沒小。」爸爸說。

「哪個阿姨？我以為她是我母親。是還不是？」

沒人回答。

「這個家充滿了謊言和欺騙。我們的生活從來就不正常。我們不是正常的家庭……你們為什麼要一直假裝？」

「夠了，萊拉！」母親說，眉頭皺得更深：「大家都在幫妳。」

萊拉一字一句地說：「我不這麼想。我認為你們是在保護叔叔。」

她的心臟幾乎要從胸口跳出來。這些年來，她一直擔心要是她告訴父親關上的門後發生了什麼事會有什麼後果。她很確定爸爸絕不會相信她的話，畢竟他很愛他弟弟。但現在她的心在往下沉，終於明白了。事實上爸爸確實相信她，所以他才沒有氣到全身發抖跑去找女藥師理論，要求她兒子娶她被玷污的女兒；所以他才想盡辦法把事情壓下來，關起門來自己解決。爸爸知道誰說了實話，誰又在說謊。

一九六三年十一月。接近月底時，塔康病得很重。流感引發肺炎，但醫生說主要是他的心臟快不行了。婚事因此暫延。阿姨擔心到要發狂，萊拉也是，雖然這些日子以來她對周圍一切愈來愈麻木，表達心裡的感受對她來說也愈來愈難。

嬸嬸常來家裡幫忙，帶來自己做的燉菜和一盤盤果仁蜜餅，彷彿是去安慰喪家。有時候萊拉覺得她用近似憐憫的眼神看她。叔叔沒有出現，是他還是爸爸的決定，萊拉永遠不得而知了。

塔康過世那一天，他們把家裡的窗戶全部打開，好讓他的靈魂與光同行，呼吸得以變成空氣，剩下的部分也能平靜地飛走。像隻受困的蝴蝶，萊拉心想。弟弟在這個家裡就是這樣的存在。她擔心他們全都讓這個美麗的孩子失望了，一個一個都是，包括她自己，尤其是她自己。

那天下午，在光天化日之下萊拉離家出走。她已經計畫了一段時日，時機出現時她立刻抓住，腦袋開始全速運轉。她擔心自己要是遲疑，即使只遲疑一秒都可能失去信心。所以她走了出去，不作二想，堅定無比。她沒有從廚房的門溜出去，因為大家都在那裡，家屬、鄰居、男男女女，兩性能自由互動的場合只有婚禮或喪禮。伊瑪目開始吟誦《可蘭經》第一章時，賓客的聲音變小。「指引我們走向筆直的道路。這條路上沒有曾經激起祢的怒火或誤入歧途的人，只有受祢寵愛之人。」

萊拉走去房子前面打開大門。這扇門堅固無比，還打了門栓和鐵鍊，但竟然非常地輕。

她在袋子裡放了四顆煮得很老的水煮蛋，還有大約十二顆冬天的蘋果。她直接走去女藥師的藥房，但不敢進去，只在外面晃來晃去，然後慢慢穿越藥房後面的古老墓園，一邊唸著墓碑上的死者姓名，好奇他們現在過著什麼樣的生活，一邊等好友放學回家。

她用來坐巴士的錢，是顛覆．席南從他母親那裡偷來的。

「妳確定要這麼做？」兩人一起走去車站時，席南不斷問她：「伊斯坦堡很大，妳一個人都不認識，留在凡城吧。」

「為什麼？這裡沒有什麼可以留戀了。」

他臉上掠過痛苦的表情。萊拉雖然看到了，卻已經太遲。她伸手去碰他的手臂。「我不是說你，我會很想你的。」

「我也是。」他說，一撮細毛在他的上唇打下陰影。那個矮矮胖胖的男孩不見了，最近他瘦了，圓臉也稍微變窄，顴骨變得明顯。有一瞬間他好像想說什麼，但又失去勇氣，目光從她臉上移開。

「我每個禮拜都會寫信給你。」萊拉承諾：「我們會再見面的。」

「留在這裡不會比較安全嗎？」

萊拉雖然沒說出口，但靈魂深處卻響起她總覺得以前聽過的一句話：只因為妳覺得這裡很安全，不表示這是妳該待的地方。

巴士上瀰漫著柴油廢氣、檸檬古龍水和疲勞睏倦的氣味。她前面的乘客在看報。萊拉看到頭版的新聞睜大了眼睛：有著溫暖笑容的美國總統遭人暗殺。報上登出他和他身穿套裝、頭戴平頂小圓帽的美麗妻子坐在車隊中跟群眾揮手的照片，沒過多久槍聲就響起。她想多看一點，但燈光很快轉暗。她從袋子裡拿出水煮蛋開始剝殼，再靜靜地吃掉。之後時間慢下來，她闔上眼皮。

當時的她天真又無知，以為自己可以搞定伊斯坦堡，在這個大城市裡找到生存之道。但她不是大衛，伊斯坦堡也不是巨人歌利亞。沒人祈禱她能成功，失敗了也沒人可以投靠。這裡的一切可以說消失就消失，才剛到不久她就學到這個教訓。她在巴士站的廁所洗臉洗手時，有人偷走了她的袋子。一轉眼她就弄丟身上一半的錢、剩下的蘋果和她的手鍊——當年弟弟在長牙儀式上舉在半空中的那條手鍊。

她坐在廁所外面的空板條箱上整理思緒時，有個洗車員提著洗車肥皂水和海綿走向她。他看起來客氣有禮又和善，聽說她可憐的遭遇立刻伸出援手。他說萊拉可以到他阿姨家借住幾個月，他阿姨本來在當收銀員，最近剛退休，年紀大了又孤單一個人，正需要人作伴。

「我相信她一定是好人，但我還是得自己找到住的地方。」萊拉說。

「也是，我了解。」年輕人笑著說。他給了她附近一家乾淨又安全的青年旅社的住址，並祝她好運。

天色逐漸變暗，黑暗將她包圍時，她終於找到了那家青年旅社。一家位在巷弄裡的破舊建築，就算曾經整理過，現在看上去也像很多年沒粉刷或打掃了。她並不知道那個年輕人一路跟蹤她來到旅社。

進門之後，她走去角落，經過幾張又破又髒的椅子，還有一面布告欄，上面貼了很多發黃過時的公告。有個憔悴而安靜的男人坐在一張顫顫巍巍、充當櫃台的擱板桌後面，他身後那面發霉的牆壁有標了號碼的掛鉤，上面掛了幾支房間的鑰匙。

上樓進房間後，因為覺得不安，她把五斗櫃推到門後面。床單像舊報紙一樣發黃，有股霉味。她把外套鋪在床上再躺在上面。因為太累，她比自己預期的還早睡著。半夜她被一個聲音吵醒，有人在走廊外面轉門把，想要進來。

「是誰？」萊拉大喊。

走廊響起腳步聲，規律而從容。之後她就沒再闔過眼，留心著每個聲音。隔天早上她走回巴士站，這城市裡她唯一認識的地方。那個年輕人還在那裡，長手長腳優雅地提著水走去幫人洗車。

這次她接受了他的提議。

他阿姨是個聲音尖銳、皮膚白得透出底下血管的中年女人。她供她吃，拿好衣服給她穿，堅持萊拉要是打算去應徵工作，就一定要「增加自己的資產」。下週她就要開始應徵。

頭幾天悠閒自在地度過。她雖然積極主動到處探詢，卻還是覺得心脆弱不堪。此外，她迷上了那個年輕人和他刻意裝出的魅力，儘管當時或後來她都不肯對自己承認。她有種類似鬆了口氣的感覺，因為終於有人可以說話。若非如此，她絕不會告訴他凡城發生的事。

「妳不能再回家了，這是一定的。」他說：「我認識一些像妳這樣的女孩，多半都是從落後小鎮來的。有些人在這裡發展得很不錯，後來也安頓下來，但很多都不太好。妳如果夠聰明就該跟著我，不然伊斯坦堡會毀了妳。」

他的口氣讓她害怕，她現在才明白那是一股鬱積在靈魂中的怒火，像石磨一樣堅硬沉重。她暗自決心要盡快離開這個地方。

年輕人察覺到她的不安。察言觀色、識破他人的焦慮是他的強項。

「這個以後再說，」他改口：「妳現在不應該擔心太多。」

當天晚上，這對男女把萊拉賣給一個陌生人，一週內又把她賣給好幾個人。原來那個女人不是他阿姨，而是他的事業夥伴。他們用酒精控制她，一直灌她酒，她的血液、飲料和呼吸中都是酒，記憶變得模模糊糊。但過去看不清的，現在她都看見了：門上了鎖，窗戶封住，而伊斯坦堡不是機會之城，而是傷痕之城。墮落一旦開始，就快到不可思議，像水快速旋轉被吸進排水孔裡。上門的男人不同年齡層都有，從事各種低技能、低收入的工作，幾乎都有自己的家庭，是某人的父親、丈夫、兄弟……有些甚至有跟她年齡相仿的女兒。

她第一次鼓起勇氣打電話回家時，雙手抖個不停。如今她已經深深陷入這個新世界，他們也讓她獨自在附近走動，算準了她無處可去。昨晚下了雨，人行道上出現蝸牛，吸著讓她覺得快要窒息的潮濕空氣。她站在郵局前摸索香菸，打火機在手中不住顫抖。

後來她終於走進郵局，告訴接線生她想打一通對方付費的電話，只希望家人願意付費。電話的另一邊表示同意。她等著母親或阿姨拿起話筒，不確定她想先跟誰說話，同時揣測這時候她們各自在做些什麼。她們來接電話，兩個人一起。聽到她的聲音，她們都哭了，萊拉也是。接著是背景響起客廳的時鐘滴答聲，穩定而規律的節奏跟包圍她們的不確定感形成強烈對比。接著是沉默——深沉、潮濕、滴滴答答的沉默。她們陷入軟黏的液體裡，愈來愈深，愈來愈深。母親和阿姨顯然都希望她感到慚愧，萊拉確實覺得慚愧，甚至超過她們所能想像。但她也知道她離家出走之後，母親的心就像拳頭一樣緊閉，而塔康死後阿姨又開始生病。當她帶著沉重的挫敗感掛上電話時，她知道自己再也回不去了，也知道自己正在眼下的生活中慢慢死去。

儘管如此，她一有機會還是會打電話回家。

有一次提早到家的爸爸接起電話，一聽到她的聲音，立刻倒抽一口氣，陷入沉默。萊拉強烈地意識到這是她第一次體會到爸爸的脆弱無助，於是努力搜索正確的用語。

「爸爸。」她說，聲音洩漏了內心的緊張。

「不要那樣叫我。」

「爸爸……」。

「妳丟光了我們的臉。」他說，呼吸吃力：「大家都在我們背後指指點點。我再也不能去茶館，也無法走進郵局，連在清真寺都沒人願意跟我說話。在街上沒人跟我打招呼，好像我是鬼魂，沒人看得到我。以前我常想：或許我不富有，或許我找不到寶藏，我甚至沒有兒子，但至少我還有尊嚴。現在沒了。我是個徹底失敗的男人。我的教長說，阿拉會詛咒妳，而我會活著看到那一天，那就是對我的補償。」

窗戶上有一滴滴水珠，她輕輕用指尖去碰，按住片刻又鬆開手，看著它滑落。她體內有地方在抽痛，但她說不上來是哪裡。

「別再打電話回來了，」他說：「妳如果再打，我們會跟接線生說拒接電話。我們沒有名叫萊拉的女兒。萊拉・艾菲・卡蜜，妳沒資格擁有這個名字。」

萊拉第一次被捕並跟其他幾個女人被趕上押送車時，她雙手合掌，兩眼盯著從窗戶欄杆望出去的一小縫天空。跟在警局遭受的待遇比起來，之後在伊斯坦堡性病醫院做的檢查更可怕，後來她都得固定去醫院做檢查。她拿到一張新的身分證，上面一行行數字整齊記下她做檢查的時間。聽說只要漏掉一次檢查，警察就能扣押她，她就得在牢裡過夜，或再次被送回醫院做性病檢查。

從警局到醫院再回警局，兩邊來來去去。

妓女都稱之為「妓女的乒乓球」。

萊拉就是在醫院認識了後來她在伊斯坦堡的第一個朋友。一個年輕、纖細的非洲女人，名叫潔米拉。她眼睛圓圓的，異常地亮，眼皮近似半透明，頭髮編成玉米辮緊貼在頭皮上。手腕細如枯骨，布滿紅色傷痕，她用許許多多手鐲和手環盡量遮住。她是外國人，跟所有外國人一樣帶著其他地方的影子。她們見過對方幾次，但連聲招呼都沒打過。但如今萊拉已經知道，在這最城市的不同角落被圍捕的女人無論是本國人或外國人，都屬於各自的隱形族群。不同族群的人通常不會互動交談。

每次在醫院碰到，她們都坐在狹窄走廊的長椅上，殺菌劑的味道強烈到連舌頭都嚐得到。土耳其妓女坐一邊，外國妓女坐另一邊。因為都是一個一個被叫進檢查室，所以等待的時間長得教人抓狂。冬天，她們會把手夾在腋下，壓低聲音，為下半天保留體力。這一區的暖氣通常都若有似無，其他病患和大多醫護人員多半避而遠之，妓女在這裡懶懶地伸展四肢，摳結痂，打蚊子，抱怨暖氣。她們會脫掉鞋子，按摩痠痛的雙腳，淡淡的臭味瀰漫在空氣之中，在她們周圍凝結。偶爾會有個土耳其妓女痛罵醫生或護士，或坐在對面椅子上的外國人和入侵者，走廊上就會響起笑聲，但不是開心的笑聲。在這麼狹窄的空間裡，敵意可能瞬間高漲，或以電荷的速度迅速傳開又旋即消失。當地人尤其討厭非洲人，怪他們搶了自己的飯碗。

那天傍晚，當萊拉望著坐她對面的黑人年輕女子時，她沒有看到對方的異國特質，而是看到她手上的編織手鍊，並想起她掉了的那條手鍊。她還看到她縫在羊毛衫裡的護身符，想起所有沒能保護她平安的護身符。她看見她抱在胸前的背包，彷彿預期自己隨時會被踢出醫院，甚至踢出這個國家，並在她的舉手投足間看見了熟悉的孤單寂寞和孤苦無依。她有種奇怪的感覺，彷彿看著的是自己的倒影。

「妳的手鍊很漂亮。」萊拉用下巴一指。

對面的女人慢慢抬起頭，直視萊拉，動作細微到幾乎難以察覺。雖然她沒答腔，臉上的平靜表情卻讓萊拉想繼續跟她說話。

「我以前有一條類似的，」萊拉傾向前說：「來伊斯坦堡的時候不小心弄丟了。」

在接下來的沉默裡，當地一個妓女說了句下流話，其他人咯咯發笑。開始後悔自己多嘴的萊拉垂下眼睛，躲回自己的思緒裡。

就在大家都覺得她永遠不會開口的時候，那女人說：「我自己做……」她的土耳其文很破，聲音像拖得很長的耳語，有點沙啞。「每個人都不一樣。」

「妳幫每個人選不一樣的顏色？」萊拉好奇地問：「真有趣。妳怎麼決定顏色？」

「我看。」

那次之後，她們每次見面都會交換幾句話、多分享一些事，想不到話語就用手勢填補沉默。後來，第一次交談後幾個月的某天下午，潔米拉從對面長椅上伸出手，跨過一道隱形的牆，把一樣輕巧的東西拋到萊拉手中。

那是一條用紫藍、紫紅和暗紅色線穿插編織而成的手鍊，不同深淺的紫。

「給我的？」萊拉輕聲問。

點頭。「對，妳的顏色。」

潔米拉，能看穿人的靈魂，只在看到她需要看的東西之後才決定要不要對人敞開心房。

潔米拉，五個朋友之一。

潔米拉的故事

潔米拉出生在索馬利亞，父親是穆斯林，母親是基督徒。小時候她過得自由自在，雖然事隔多年她才明白。她母親告訴過她，童年是道藍色大浪，把你高舉起來往前奔馳，正當你以為會永遠這樣下去的時候，它就消失得無影無蹤。你追不上它也抓不回它。但那道浪消失之前會在岸邊留下一樣禮物——一個海螺貝殼，貝殼裡收藏了童年的各種聲音。直到今天，只要潔米拉閉上眼睛仔細聽，仍聽得到他們的聲音：弟弟妹妹的開懷大笑、父親用幾顆椰棗開齋時喜孜孜的聲音、母親邊下廚邊唱歌、晚上火爐嗶嗶剝剝燃燒、外頭那棵相思樹沙沙作響……

摩加迪休，印度洋上的白色珍珠。天氣晴朗時，她會舉手遮住陽光，遙望遠方的貧民窟，它們的存在就跟底下用來搭房子的泥巴和漂流木一樣搖搖欲墜。當時，貧窮還不是她要擔心的事。日子平靜無波，作夢很容易，而且跟她淋在麵餅上的蜂蜜一樣甜美。但後來她深愛的母親死於肺癌，儘管病了很久，過程也很痛苦，她臉上的笑容直到最後都未曾黯淡。她父親成了行屍走肉，一個人獨自帶五個孩子，突然落在肩上的重擔讓他措手不及。他的臉色變得暗沉，漸漸地連心也是。家中長輩催他再婚，而且這次要挑同樣信仰的人。

潔米拉的繼母是個寡婦，因為對鬼魂吃醋，她決心要抹除她想取代的女人留下的所有痕跡。過不久，長女潔米拉開始處處跟繼母起爭執，從她的穿著到她說話的方式什麼都吵。為了讓焦慮不安的心靈恢復平靜，她在街上逗留的時間愈來愈長。

有天下午，她不知不覺走到母親以前去的教堂，她已經不再來這座教堂，但從未將它忘記。她沒多想就推開高大的木門踏進去，聞到蠟燭和光滑木頭的芬芳。有個老牧師站在聖壇旁，跟她聊起了她母親為人妻、為人母之前的少女時光，另一個生命的故事。

潔米拉沒有想再來訪，但一週後她又走了進來。十七歲那年她加入教會，因此激怒她父親，也傷了弟弟妹妹的心。對她來說，她並沒有在兩個亞伯拉罕宗教[12]中做出選擇，她只是抓住了跟母親連結的隱形絲線。但沒人這麼看這件事，沒人肯原諒她。

牧師說她不應該太難過，因為現在她找到了更大的家庭，信徒組成的家庭。然而，不管怎麼努力，旁人保證她遲早會得到的平靜滿足並沒有到來。她再次孤單一人，失去了家也失去了教會。

她得找份工作，但工作機會不多，而且大多她都資格不符。以前她遠遠觀察的貧民窟成了她落腳的地方。這時候，國家正在經歷大轉變。她周圍的朋友都高喊穆罕默德・西亞德・巴雷（綽號「大嘴」）的口號，呼籲索馬利亞擺脫外來的控制，建立一個更偉大的索馬利亞。他們說自己已經準備好為此奮鬥，甚至犧牲生命。潔米拉只覺得包括她在內的每個人都在設法迴避「現在」，她一心想重返童年，朋友則是嚮往跟沿海沙漠的流沙一樣變動不定的未來。

12　基督教、伊斯蘭教和猶太教是世界三大亞伯拉罕宗教，都視亞伯拉罕為先知，賦予它崇高地位。

後來，情況開始變得凶險，街上不再安全，瀰漫著燃燒輪胎和火藥的味道。反抗政府的人被手持蘇聯製武器的警察逮捕。英國和義大利統治者留下的監獄很快人滿為患，學校、政府大樓和軍營都被改為臨時監獄，儘管如此還是不夠，連總統府都有部分空間得改為監獄。

約莫這時候，有個認識的人告訴她，有些費林西[13]正在找健康、勤勞的非洲女人前往伊斯坦堡，到那裡做幫傭、褓姆、煮飯之類的勞力工作。對方還說土耳其家庭喜歡請索馬利亞女傭。潔米拉看到了機會，她的人生像一扇關上了的門，她盼望別的地方能為她開另一扇門。出去看看世界才能打開眼界，她心想。

於是她跟四十個幾個人前往伊斯坦堡，多半是女人。一抵達他們就排隊分組，潔米拉發現像她這樣的年輕女孩被分到一邊，其他人很快被帶走，她再也沒看過那些人。等她發現一切都是騙局，只是引進廉價勞力從事性交易的幌子，要逃卻已經太遲。

伊斯坦堡的非洲人來自古老大陸的各個角落：坦干伊加、蘇丹、烏干達、奈及利亞、肯亞、上伏塔、衣索比亞，都是逃離內戰、宗教迫害和政治動亂的難民。這些年來，尋求庇護者的人數每天都在增加，其中有學生、專業人員、藝術家、記者、學者……，但報紙上只會提像她這種被人口販子騙來的非洲人。

塔拉巴西區的一棟房子，破爛的沙發，脫線的床單做成的窗簾，空氣中瀰漫著燒焦馬鈴薯和油炸洋蔥的氣味，還有某種餡餅，像是還沒成熟的胡桃。晚上，會有幾個女人被叫去，她們從來就不知道會是哪幾個。每隔幾週會有警察來敲她們的門，把她們抓去性病醫院做檢查。

拒捕的女人會被關進房子下面的地窖，裡頭又小又暗，進去只能蹲下來。比飢餓和腿痠更可怕的是一種矛盾的焦慮。一方面擔心在外看守的人會出事，因為那是全世界唯一知道她們下落的人，另一方面還有隨之而來的恐懼——害怕自己會永遠被丟在那裡。

「那就像在訓練野馬，」其中一個女人說：「這就是他們對我們做的事。一旦我們的精神被擊潰，他們知道我們就不會逃跑了。」

但潔米拉從未停止計畫她的脫逃行動。她在醫院遇到萊拉的那一天，就正在思索這件事。她在想，或許她只是一匹快被馴服的馬，害怕到不敢逃走，軟弱到不敢冒險，但卻還記得自由的甜美滋味，也還渴望重獲自由。

13 feringhee，歐亞混血兒，尤其是葡萄牙和印度混血兒。

八分鐘

八分鐘過去，萊拉從記憶庫汲取出的下一段回憶是硫酸味。

一九六六年三月。在妓院街上的二樓房間裡，萊拉正斜臥在床上翻一本光滑的雜誌，封面是蘇菲亞·羅蘭的照片。她沒有真的在讀，而是在想自己的事，直到聽見壞嬤嬤喊她的名字。

萊拉放下雜誌，慢慢起身伸展四肢。她恍恍惚惚穿過走廊，下樓，臉頰微紅。只見一個中年客人站在壞嬤嬤身旁，半背對著她，正在研究畫中的黃水仙和柑橘。她還沒認出他的臉就先認出他手中的雪茄。那是所有妓女避之唯恐不及的男人，殘忍，刻薄，說話低俗，有幾次鬧到被趕出妓院。但今天壞嬤嬤看來已經原諒他——再次原諒他。萊拉沉下臉。

他穿著有很多口袋的卡其背心，這是萊拉注意到的第一個細節。她以為只有攝影記者需要穿那種背心——或是要藏很多東西的人。他的樣子讓萊拉想起水母，但不是大海裡的水母，而是鐘形玻璃罩裡的水母。半透明的觸手漂浮在狹小的空間裡，彷彿沒有東西把身體撐直，所以全身軟趴趴，由看似固體卻隨時可能液化的東西組成。

壞嬤嬤把手放桌上，巨大的身體靠上前，對那個男人擠了擠眼。「她來了，我的帕夏，龍舌蘭·萊拉！我們這裡最棒的。」

「她叫這個名字？為什麼這樣叫她？」他把萊拉從頭到腳打量一遍。

「因為這位小姐很沒耐心，希望生命跑快點。但她同時又很有韌性，酸甜苦辣都吞得下，就像把龍舌蘭吞下肚，所以我才給她取了這個名字。」

那個男人乾笑幾聲。「那麼她正適合我。」

上樓進了房間，幾分鐘前她才在這裡看著蘇菲亞·羅蘭的曼妙曲線和白色蕾絲洋裝。萊拉脫掉衣服，印花裙、比基尼胸衣——她討厭的粉紅色波浪滾邊。接著脫掉網襪，但沒脫掉天鵝絨拖鞋，彷彿要抓住一些安全感。

「妳想那個賤人在監視我們嗎？」男人壓低聲音問。

萊拉驚訝地瞥他一眼。「什麼？」

「樓下那個老鴇，她可能在監視我們。」

「沒這回事。」

「這裡，妳看！」他指著牆上的一道裂縫：「看到她的眼球了嗎？有沒有看到它轉來轉去？那個惡魔！」

「那裡什麼都沒有。」

他瞇眼看她，眼神明顯透露著仇恨和惡意。「妳替她工作，我為什麼要相信妳？惡魔的僕人。」

萊拉突然覺得害怕。她後退一步，意識到自己跟一個精神不正常的男人獨處一室，她突然一陣反胃。

「間諜在偷看我們。」

「相信我，這裡沒有別人。」萊拉安撫他說。

「閉嘴！愚蠢的賤人，妳什麼都不懂。」他咆哮，之後又壓低聲音：「他們在錄音，這裡到處都是監視器。」

他開始摸口袋，聲音變成模糊難辨的喃喃自語。他從口袋裡拿出一個小瓶子，當他拔出瓶塞時，聲音就像被蒙住的哼啊聲。

萊拉慌了。混亂中她靠上前，想知道瓶子裡裝了什麼，接著又改變主意往後退，轉向門口。要不是腳下套著那雙她珍愛的漂亮拖鞋，她應該可以逃得更快。男子把不明液體潑向她，她腳下一絆，失去平衡，潑向她的液體擊中她的背。

硫酸。他打算把剩下的往她臉上潑，但她及時衝向走廊，儘管酸液灼傷了她的皮膚。那種痛跟其他痛截然不同。她氣喘吁吁、渾身發抖地靠在牆上，像被丟棄的破舊掃把。雖然覺得天旋地轉，她還是奮力拖著身體移向樓梯，並緊緊抓住欄杆以免自己虛脫失足。等到終於發得出類似野生動物的淒厲叫聲時，她的聲音破掉，傳遍妓院的所有房間。

硫酸把地板蝕出一個洞。她出院時，背上的傷還很痛也還沒退紅，後來一直都沒完全癒合。之後她常會坐在那個洞旁邊，用手指去描它不規則的形狀和凹凸不平的邊緣，彷彿她和這片地板共同擁有一個祕密。如果直直盯著焦黑的洞看得夠久，它就會開始旋轉，就像荳蔻咖啡上的漩渦。那很像小時候她坐在地毯上看到小鹿在動，現在她看到硫酸燒穿的洞旋轉起來。

「妳也可能毀容，要感謝妳的幸運之星。」壞孃孃說。

客人也有同感，他們說她很幸運，沒有因此影響工作。真要說有什麼影響的話，她甚至比之前更受歡迎、客人更多。她成了一個有故事的妓女，這似乎很合男人的口味。

硫酸事件過後，妓院街上的警察變多了，這樣持續了大約兩週。一九六六年的整個春天，暴力在這城市的各個角落蔓延，政治派系互鬥，流血衝突不斷，學生在大學校園遭槍擊，街上的海報愈來愈火爆，語氣變得急切，過不久各地都開始增派警力。

硫酸事件過後，萊拉有很長一段時間都盡量避著其他妓女，她們多半年紀比她大，帶刺的言論和冷嘲熱諷常把她激怒。必要時她會反擊，其他時候她多半悶不吭聲。「憂鬱」對這條街上的女人來說是家常便飯，撕裂她們的靈魂就像大火撕裂樹木，但沒人會用這兩個字，「糟糕」才是她們會用的字眼。但不是用來說自己，而是形容所有人事物。食物很糟糕。薪水很糟糕。我的腳好痛，鞋子很糟糕。

萊拉只喜歡跟妓院的一個女人相處。她是個年紀不明的阿拉伯女人，因為長得太矮，甚至得去童裝部買衣服。她名叫甄娜一二二，有時寫成貞娜，有時是真娜、箏娜或珍娜，看她的心情而定。她說她的名字有一百二十二種寫法。這個數字也是她的身高，不多不少正好就是一百二十二公分。大家叫她侏儒、矮子或小矮人，還有其他更難聽的叫法。因為受不了別人盯著她看，當眾或私下好奇她有多高，她乾脆在名字後面加上數字以示抗議。她的手臂跟軀幹的比例很怪，手指又肥又短，脖子幾乎不存在。寬額頭、唇顎裂，還有一雙分很開、石板灰的知性雙眼，是她臉上最顯著的特徵。她的土耳其文說得很溜，但濃重的喉音還是洩漏了出身。

她負責拖地、刷廁所、吸房間，不但工作勤奮，還要照顧妓女的大小需求。這些對她來說都不容易，因為她不只手短腿短，還有脊椎彎曲的問題，所以無法久站。

甄娜一二二閒暇時會幫人算命，但只幫她喜歡的人算。她每天一定會幫萊拉煮兩次咖啡。萊拉喝完咖啡之後，甄娜一二二會探頭去看杯底的深色殘渣。她不喜歡說過去或未來，只喜歡說現在。她都會等一個禮拜甚至幾個月才說出預言，但有天下午甄娜一二二打破了自己的規矩。

「今天妳的杯子充滿了驚喜。這種圖像我從沒看過。」

兩人一起坐在床上。外頭的馬路上響起一段輕快可愛的旋律，讓萊拉想起小時候聽過的冰淇淋車的聲音。

「妳看！有隻老鷹高踞在山頂。」甄娜一二二說，手轉著杯子。「頭上有一圈光環。這是吉兆。但底下這裡有隻渡鴉。」

「那是惡兆？」

「不必然。那代表衝突。」甄娜一二二再次轉動杯子。「我的天啊，妳得看看這個！」

萊拉好奇地靠上前，瞇眼往杯底看，卻只看到一團咖啡渣。

「妳會遇到某個人，高高瘦瘦，長得很俊俏……」甄娜一二三說話變快，話語像陣陣火花。「花朵小徑，這代表一段浪漫的愛情。他拿著一只戒指，哦，天啊……妳會結婚。」

萊拉直起背，看著自己的手掌。她瞇著眼睛，像遙望著熾烈的太陽或同樣遙不可及的未來。當她再度開口時，口氣很冷。「妳在取笑我。」

「我發誓我沒有。」

萊拉遲疑片刻。說這些話的要是換成別人，她會立刻走出房間。但她面前是一個儘管受盡嘲弄也從不會說話傷人的女人。

甄娜一二三把頭歪向一邊，每次在腦中搜尋正確的土耳其字眼時就會出現這個動作。「抱歉我太激動，我情不自禁。我是說……我已經好多年沒碰過這麼充滿希望的圖像。我只是把我看到的說出來。」

萊拉聳聳肩。「不過就是咖啡，愚蠢的咖啡。」

甄娜一二三摘下眼鏡，用手帕擦一擦再戴回去。「妳不相信就算了。」

萊拉靜止不動，眼睛盯著房間外的某處。「相信一個人是很嚴肅的事。」她說。一瞬間她又變回了凡城的那個小女孩，站在廚房裡，看著生下她的女人切萵苣和蚯蚓。「不能說說就算，相信是一種重大的承諾。」

甄娜一二三凝視她許久，眼神充滿好奇。「我跟妳看法一致，所以為什麼不把我的話當真？有一天，妳會披著婚紗離開這個地方。讓這個夢想給妳力量。」

「我不需要夢想。」

「那是我聽過妳說過最傻的話。」甄娜一二三說：「我們都需要夢想，哈比比[14]。有一天妳會讓所有人跌破眼鏡。人們會說：『看看萊拉，她移動了山脈！先是從一家妓院逃到另一家妓院，鼓起勇氣離開惡劣的老鴇，後來她甚至離開了這條街。多麼勇敢的女人！』妳走了很久之後，妳的故事還會在這裡流傳下去。妳給了她們希望。」

萊拉吸一口氣想反駁，卻什麼也沒說。

「那天來臨時，我希望妳帶我一起走。再說，妳也需要有人幫妳整理頭紗，妳的頭紗會非常長。」

萊拉忍不住揚起嘴角。「我在學校……還在凡城的時候……曾經看過一張公主的婚紗照。她真的好美。她的禮服是我看過最美的，頭紗有兩百五十呎長，妳能想像嗎！」

甄娜一二三走向洗手台，她踮起腳尖打開水龍頭。這是她師父教她的，假如咖啡渣揭示了好得不尋常的消息，就要立刻沖掉，不然，命運之神可能來攪局，這是常有的事。她輕輕把杯子甩乾並放在窗台上。

萊拉接著說：「她站在她的宮殿前面，看起來就像天使。顛覆還把照片剪下來送給我。」

「誰是顛覆？」甄娜一二三問。

「哦。」萊拉的臉色一暗。「一個朋友。過去跟我很要好。」

「妳說的那個新娘……」甄娜一二三說：「妳說她的頭紗有兩百五十呎長？那沒什麼，哈比比，我告訴妳，或許妳不是公主，但如果我在妳的杯子裡看到的千真萬確，那麼妳的禮服會比她的還要美。」

甄娜一二三，預言家，樂觀主義者，虔誠信徒。對她來說「信仰」就是「愛」的同義詞，因為如此，上帝只可能是受愛戴者。

甄娜一二三，五個朋友之一。

14 habibi，阿拉伯文，意指親愛的、我的愛。

甄娜的故事

甄娜出生在離伊斯坦堡千里外的偏遠山城。黎巴嫩的北部地區。當地的遜尼派家族已經近親通婚好幾代，因此侏儒在村子裡很常見，甚至引來外面世界的好奇訪客，例如記者、科學家之類的人。甄娜的兄弟姊妹都是一般體型，到了適婚年齡就會一個接著一個結婚。兄弟姊妹中，只有她遺傳了父母的矮小身材。

有一天，一名來自伊斯坦堡的攝影師來敲門，要求幫甄娜拍照，甄娜的人生從此改變。年輕人在中東地區旅行並記錄當地不為人知的常民生活，他正到處尋找像她這樣的人。「女侏儒是最強的題材，」他帶著靦腆的笑容說：「阿拉伯的女性侏儒對西方人又加倍神祕。我希望這個展覽能在歐洲各國舉辦。」

甄娜並不期待父親會點頭，沒想到他答應了，只要不公開他們的姓名和住處。她日復一日讓攝影師拍照。他是個有天分的藝術家，卻不怎麼了解人心。他沒注意到每次他走進房間，他的模特兒臉上就會泛起紅暈。拍了一百多張照片之後，攝影師心滿意足地離開，並說她的臉會是他的展覽的最大亮點。

同年，甄娜健康惡化，必須跟姊姊前往貝魯特，在首都治療一段時間。就在那裡，桑寧山的陰影下、接二連三的探視之間，有個算命大師看上了她，教給她杯渣占卜的古老技藝，也就是藉由解讀茶葉渣、葡萄酒沉澱物和咖啡渣來預測未來。那是甄娜有生以來第一次覺得，自己異於常人的體型可能變成她的優勢。一般人似乎對「侏儒替他們預言未來」很著迷，彷彿她的特殊體型，能讓她對神祕事物有特殊的感應。她在街上或許會引來他人取笑或同情，但在占卜室裡卻受到大家崇拜和尊敬。她為此開心，技術也愈來愈純熟。

拜這項新技藝之賜，甄娜開始能自己賺錢。雖然不多，但多少給了她希望。然而，希望是種危險的化學物質，能在人類靈魂中引起連鎖反應。因為常引人側目，再加上不指望能結婚或找到工作，長久以來甄娜都把自己的身體當做一種詛咒。一旦存夠錢，她開始想像有天能拋開一切遠走高飛，到一個可以重新開始的地方。她從小到大聽的故事不都在傳遞同樣的訊息嗎？只要口袋裡還有一點希望，你就可以穿越沙漠，攀上高山，橫渡大海，擊敗巨人。那些故事裡的英雄無一例外都是男的，也沒有一個體型跟她一樣，但那無所謂。如果他們敢挑戰，她也可以。

回到家幾個禮拜後，她去找年邁的父母談，希望說服他們讓她離家找尋自己的路。她從小到大都是乖巧聽話的女兒，沒有得到他們的同意，她無法放心前往異地或其他地方，要是爸媽拒絕，她就會留下來。兄弟姊妹都強烈反對她去追求夢想，認為她根本瘋了。但甄娜很堅持。他們怎會知道阿拉將他們創造成如此不同的模樣，她內心深處作何感想？他們怎麼知道身為小矮人、只能待在社會邊緣的感覺？

最後還是她父親比所有人都了解她。

「妳母親跟我都老了。我常問自己，我們走了之後妳自己一個人要怎麼辦？妳的姊姊妹妹當然會好好照顧妳，但我知道妳的自尊心有多強。我一直希望妳嫁給跟妳一樣的人，卻沒能如願。」

她親吻他的手。要是她能跟父親解釋就好了。她知道自己沒有結婚的命，很多夜裡她躺在枕頭上時看到了雲遊天使達戴爾，後來再也無法確定那是夢還是幻影，或許她的家不是她出生的地方，而是她選擇死去的地方，所以她想用她剩餘的健康和生命做一件家裡的人至今沒做過的事，就是成為浪遊者。

她父親深吸一口氣，斜著頭，彷彿聽到了她心裡的話。他說：「如果妳非走不可，那就走吧，孩子。交些朋友，好的朋友，忠心的朋友。沒人能夠獨自存活，除了全能的上帝。要記住，在生命的沙漠中，傻子踽踽獨行，智者結隊同行。」

一九六四年四月。新憲法頒布，宣布敘利亞成為「民主社會主義共和國」的隔天，甄娜抵達了凱薩卜這個小鎮。藉由一個亞美尼亞家庭的幫助，她越過邊境進入土耳其。她決心前往伊斯坦堡，雖然也不確定為什麼，除了遙遠過去某一刻的祕密渴望：藏在心裡的那名攝影師的臉龐仍牽動著她的記憶，她唯一愛過的男人。她躲在一輛貨車後面的紙箱間，恐怖的念頭在腦中繚繞不去。每次司機踩煞車，甄娜都擔心會發生可怕的事，但旅程卻出奇地順利。

然而，在伊斯坦堡要找到工作並不容易。沒人想雇用她。因為不會說土耳其語，她也無法幫人算命。尋尋覓覓幾個禮拜之後，一家名為「裂隙」的髮廊錄用了她。工作很繁重，錢少得可憐，老闆人也不好。因為無法久站，她背痛到難以忍受。但她硬撐著，就這麼過了幾個月，然後整整一年。

髮廊有個常客，是個身材臃腫的女人，每隔幾週就來把頭髮染成不同深淺的金色。她很喜歡甄娜。

「妳何不來替我工作？」有天那女人說。

「是什麼樣的地方？」甄娜問。

「是一家妓院。妳拒絕或拿東西丟我腦袋之前，先聽我把話說清楚：我經營的是一家正派的店，有歷史，也有執照，鄂圖曼時代就創立了。不過別跟其他人說，有些人顯然不喜歡聽這些。總之，如果妳來替我工作，我保證會善待妳。妳做的事跟在這裡一樣，打掃、煮咖啡、洗杯子等等，就這樣，但我會付妳更好的薪水。」

這就是甄娜一二二從黎巴嫩北部的偏遠山城來到伊斯坦堡的矮丘，走進龍舌蘭・萊拉的生命裡的故事。

九分鐘

進入第九分鐘，萊拉的記憶同時慢下來並逐漸失控，過去的片段在她腦中旋轉狂舞，像蜜蜂從眼前飛過。她想起了達阿利，對他的記憶伴隨著巧克力糖的味道，裡頭包著令人驚喜的內餡，焦糖、櫻桃醬、榛果醬……

一九六八年七月。一個漫長悶熱的夏天，陽光把柏油路烤熱，空氣濕濕黏黏。一絲絲風都沒有，雨一下就停了，天空萬里無雲。海鷗站在屋頂上不動，眼睛盯著地平線，彷彿在等待敵軍艦隊的鬼魂復返。喜鵲蹲踞在木蘭樹上，尋找著周圍亮晶晶的小東西，但在大熱天裡懶得動，最後什麼也沒偷。一個禮拜前，有條水管破裂，髒水沿街一路往南流到托潘區，形成一窪窪水坑，小孩把紙船浮在上面玩。堆積的垃圾發出腐臭味。妓女都在抱怨那股惡臭和隨之而來的蒼蠅，但並不期待有人會聽。沒人覺得水管短期之內會修好，也只能等了，就像等待生命中的很多其他事物一樣。然而，有天早上她們醒來就聽到工人鑽地和修補水管的聲音，出人意料。不只如此，工人還修補了人行道上鬆落的鵝卵石，粉刷了妓院街入口的柵門。現在那道門是黯淡的深綠色，吃剩的扁豆的顏色，只有急著要交差了事的政府官員才會選的顏色。

結果妓女們猜的沒錯，確實是政府當局在後面主導，這次才會那麼神速。原因很快就揭曉：美國人要來了。第六艦隊正在前往伊斯坦堡途中。一艘重達兩萬七千噸的航空母艦即將在博斯普魯斯海峽靠岸，參與北大西洋公約組織的作戰行動。

這個消息在妓院街從頭到尾引起了很大的騷動。數百名船員很快就會帶著口袋裡白花花的鈔票上岸，很多人離家那麼久，想必需要女人的觸摸撫慰。壞嬤嬤欣喜若狂。她在前門掛上「休息中」的牌子，命令所有人捲起袖子幹活。萊拉和其他女人抓起拖把、掃帚、抹布、海綿……所有她們找得到的打掃工具。大夥兒擦門把，刷牆壁，掃地，洗窗戶，重新把門框漆成跟蛋殼一樣白。壞嬤嬤想要整棟房子煥然一新，卻又不肯請專業油漆工，最後只好勉強接受業餘的成果。

在這期間，整座城市也動了起來。伊斯坦堡當局決心要讓美國訪客體驗土耳其人的熱情好客，因此在街上種了很多鮮花。幾千面國旗展開，亂七八糟掛在車窗上、陽台上和前花園裡。一家豪華飯店的外牆掛出「北約即安全，北約即和平」的標語。全都翻修或換新的街燈一亮起來，金色光芒就會照亮掃得乾乾淨淨的柏油路。

第六艦隊抵達的那天，二十一響禮炮響起。差不多同時間，為了再次確保一切過程順利，警察突襲伊斯坦堡大學校園，目的是要圍捕左派學生領袖，把他們羈押到艦隊離開為止。警察揮舞著警棍，靠著配槍壯膽，闖進學校的餐廳和宿舍，靴子聲跟蟬鳴聲一樣整齊規律。但學生做了件他們意想不到的事——挺身反抗。之後的對峙演變成血腥衝突，有三十名學生被捕，五十名重傷，一人身亡。

那天晚上，伊斯坦堡表面上美麗動人，底下卻波濤洶湧，就像一個女人為她不再想參加的宴會盛裝打扮。空氣緊繃，隨著時間流逝有增無減。城裡很多人都睡不安穩，焦急地等待天亮，害怕最壞的情況發生。

隔天早上，露水還在為美國人種下的鮮花上閃耀時，數千名抗議群眾走上街頭。蜂擁而出的人群遊行至塔克西姆廣場，唱著革命的頌歌。遊行隊伍走到朵瑪巴切宮前突然停住，這座宮殿曾是六個有名的鄂圖曼蘇丹王和無名妃子的家。剎那間，眾人陷入尷尬的靜默，示威活動在這個縫隙中屏住呼吸，不知在等待什麼。接著，有個學生領袖拿起擴音器，拉高嗓門用英文大喊：「美國佬，滾回家！」

群眾彷彿被閃電擊中，注入滿滿能量，齊聲跟著喊：「美國佬，滾回家！美國佬，滾回家！」

這時候，當天稍早才下船的美國水手正在街上閒晃，準備參觀這座有非凡歷史意義的城市，拍幾張照片，買些紀念品。聽到遠方的吶喊聲時，他們原本不以為意，直到繞過轉角，跟憤怒的示威群眾碰個正著。

水手夾在抗議隊伍和博斯普魯斯海峽之間，最後選擇了後者，一頭跳進海裡。有些游泳逃走並被漁夫救起，有些沿著岸邊游，遊行結束後被路人從水中拉出來。靠岸不到一天，第六艦隊的指揮官判斷此地不宜久留，決定提前離開伊斯坦堡。

這個時候，妓院的壞嬤嬤怒不可遏。她幫所有女孩買了比基尼上衣和草裙，還用她的洋涇濱英文寫了個「Welcome Jons」的牌子。她一向不喜歡左派，現在更討厭他們了。他們以為自己是哪根蔥，竟敢斷她的財路！油漆、打掃、打蠟這些功夫都白費了。對她來說，共產主義的下場就是這樣：白白浪費正派好心的人付出的努力！她賣力工作了一輩子，不是為了讓一小群搞不清楚狀況的激進份子來告訴她，她應該把她辛苦賺來的錢分給一群懶惰蟲、遊手好閒的人和貧民。抱歉大人，休想要她這麼做。她低罵一聲，把門上的牌子翻到「營業中」那一面，暗自決心要捐錢贊助城裡的每個反共行動，無論是多麼單薄的行動。

既然確定美國水手不會來了，妓女們都鬆懈下來。萊拉在樓上的房間裡，盤腿坐在床上，腿上擱著一大疊紙，握著筆敲著臉頰，希望能一個人靜一靜。她寫下：

親愛的娜蘭：

我一直在想前幾天妳告訴我有關農場動物的事。妳說我們殺了牠們，把牠們吃下肚，還以為我們比牠們聰明，但我們其實從來不了解牠們。

妳說，乳牛記得過去傷過牠們的人，綿羊能認得人臉。但我問自己，記得這麼多卻什麼也無法改變，對牠們又有什麼好處？

妳說山羊就不一樣了，雖然很容易生氣，也很快就原諒。我們人類是不是就跟綿羊和山羊一樣，分成兩種：一種從不遺忘，一種擅長原諒……

一個宏亮而尖銳的聲音把她從思緒中驚醒，萊拉停下筆。壞嬤嬤正在對某人大吼。本來就忿忿不平的老鴇，此刻聽起來火冒三丈。

「你想要什麼，小子？」壞嬤嬤問：「直接告訴我你在找什麼！」

萊拉走出房間向下查看。

有個年輕人站在門口。他羞紅了臉，一頭黑色長髮亂蓬蓬，有點喘，像拚命跑了很久。第一眼看到他，萊拉猜他可能是上街抗議的左派份子之一，大概是大學生。警察堵住馬路，把四面八方的人一網打盡時，他想必脫隊跑進了小巷，糊裡糊塗就跑到妓院街的前面。

「我再問你最後一次，別考驗我的耐心。」壞嬤嬤皺起眉頭。「你到底想要怎樣？如果你不想要怎樣，那就給我滾！別像稻草人一樣杵在那裡。你說話啊！」

年輕人左顧右看，雙手緊緊交叉在胸前，像抱著自己取暖。這個動作觸動了萊拉的心。

「好嬤嬤，我想他是來找我的。」萊拉站在樓上說。

他一驚，抬起頭注視她，嘴角揚起微微一笑。

這時候，壞嬤嬤垂著眼皮打量眼前的陌生人，等著聽他有什麼話好說。

「嗯……對，沒錯……其實，我是來找這位小姐說話的。謝謝妳。」

壞嬤嬤笑得花枝亂顫。「找這位小姐說話？謝謝妳？好小子，你到底是從哪個星球冒出來的？」

年輕人眨眨眼，突然害羞起來，一手按著太陽穴，彷彿需要時間思考答案。

壞嬤嬤板起臉，開始在商言商。「所以你到底要她還是不要？你有帶錢嗎，我的帕夏？因為她可不便宜，是我這裡數一數二的。」

就在這一刻前門打開，有個客人走進來。街上的閃爍燈光流洩進來，萊拉一時看不清年輕人臉上的表情。接著她看見他點點頭，焦慮不安的臉逐漸平靜下來。

上樓進她房間後，他好奇地東張西望，觀察每個角落：洗手台的裂縫、關不緊的壁櫥、窗簾上被香菸燒穿的洞。最後他轉過頭，看見萊拉正慢慢脫下衣服。

「不不不，停下來！」他往後一退，頭斜一邊，繃起臉，鏡中反射的怒火讓他愣住。突然爆怒讓他難為情，他鎮靜下來。「我是說……請妳把衣服穿上，我真的不是為了那個來的。」

「那你想做什麼？」

他聳聳肩。「我們就坐下來聊聊天怎麼樣？」

「你想聊天？」

「對，我想認識妳。我甚至還不知道妳叫什麼。我叫達阿利，這不是我的本名，但誰想要那個，妳說對吧？」

萊拉瞪大眼睛看著他。院子對面的家具工廠有人唱起歌，是一首她沒聽過的歌。

達阿利往床上一倒，彎起腿，輕鬆坐成盤腿的姿勢，雙手捧著臉。「如果妳沒心情聊天也別擔心，我也可以幫我們兩個捲根菸，兩個人靜靜地抽菸。」

達阿利。一頭烏黑捲髮垂到衣領上，惶惶不安的翠綠色眼睛，當他思索或困惑時就會變亮。他是移民的小孩，被迫流離失所和離鄉背井的孩子。土耳其、德國、奧地利，再回到德國，然後是土耳其，到處都有他留下的痕跡，就像鉤到粗糙指甲、線給扯出來的羊毛衫。認識他之前，萊拉從沒碰過住過這麼多地方卻都找不到歸屬感的人。

他的真名，也就是德國護照上的名字是阿利。

在學校裡他年復一年受盡嘲弄，偶爾還會遭到偏激學生的言語羞辱和拳腳攻擊。後來其中一個同學發現他的藝術天分，從此每天早上看見他走進教室，同學就更有理由嘲笑他。有一個白癡男孩叫阿利……以為自己是達利！無止境的嘲笑和譏刺深深打擊他的內心。但有一天，新來的老師要大家自我介紹，他第一個跳起來，帶著平穩自信的笑容說：「嗨，我叫阿利，但我更喜歡大家叫我達阿利。」從那天起，所有冷嘲熱諷都結束了，固執且獨來獨往的他，開始使用、甚至喜歡上曾經刺痛他的綽號。

他父母都來自愛琴海沿岸的村落，一九六〇年代初期以「外籍勞工」的身分從土耳其被僱請到德國工作，心想工作完成就能打包行李回家。他父親一九六一年時先抵達德國，跟其他十名工人合住一間旅社的房間，其中一半都不識字也不會寫字。到了晚上，在昏黃的燈光下，識字的人就會替不識字的人寫信。擠在這麼狹小的空間裡住了一個月，大家都對彼此瞭若指掌，從家族祕密到腸道阻塞都知道。

一年後，妻子帶著達阿利和兩個雙胞胎女兒來找他，一開始，事情就沒有如他們期望地順利。他們本想搬去奧地利，沒能成功，全家人又回到德國。當時福特汽車在科隆的工廠正在找人，於是他們搬進了一個下雨時街上瀰漫瀝青味、房子全都長得一樣的街坊。只要他們發出一點聲響，樓下的老太太就會報警，於是媽媽幫大家買了毛茸茸的脫鞋，全家人也習慣小聲說話，看電視把音量調低，晚上不聽音樂也不沖馬桶——這些聲音她都無法忍受。達阿利的弟弟就在這裡出生，他們也在這個房子裡長大，聽著萊茵河的潺潺水聲入睡。

達阿利遺傳了父親的黑頭髮和方正的下巴。他父親常說要搬回土耳其，等他們存夠錢就要揚長而去，跟這個冷漠傲慢的國家撇清關係。他請人在老家蓋一棟大房子，有游泳池，後面還有一座果園，晚上能聽見山谷的低鳴，偶爾還有鴿子的叫聲，再也不用穿毛茸茸的脫鞋或小聲說話。愈多年過去，爸爸的歸國計畫就愈仔細，但家裡沒有人把他的話當真。對他們來說，德國就是家。德國就是祖國（fatherland），即使一家之主（father）無法接受這個事實。

達阿利上中學後，所有老師和同學都認為他注定要成為畫家。但他對繪畫的熱情在家裡從未獲得鼓勵。即使他最喜歡的老師來家裡找家長談，他爸媽還是無法理解。達阿利永遠忘不了那天下午有多丟臉。克里格老師是個塊頭很大的女人，坐在椅子上小心地端著小茶杯，試著跟他爸媽解釋他們的兒子多有天分，只要加以指導和訓練，一定能上藝術和設計學校。達阿利看著父親，只見他帶著含蓄的笑容聽著老師說話，對這個膚色像鮭魚、一頭金髮剪得很短、還敢教他怎麼管兒子的德國女人感到可悲。

達阿利十八歲那年，兩個妹妹去朋友家參加派對，那天晚上出了一件大事。雖然爸媽只准她們待到晚上八點，其中一個雙胞胎妹妹那天晚上卻沒回家。隔天早上，她被人發現倒在公路上不省人事。救護車緊急將她送醫，醫生診斷她因為飲酒過量而導致低血糖昏迷。他們幫她洗胃，直到她覺得自己的靈魂都被清空為止。達阿利的母親瞞著丈夫這件事，那天晚上他剛好輪晚班。

村子裡的消息傳得很快，而每個移民社群無論大小，骨子裡都是個小村子。這件醜聞很快傳進他父親的耳裡。他就像橫掃山谷的狂風暴雨，懲罰了全家每一個人。對他來說這件事是最後一根稻草。他要把小孩送回土耳其，全部送走。他們夫妻留在德國工作到退休，小孩從今以後要寄住在伊斯坦堡的親戚家。歐洲不是適合扶養女兒長大的地方，更何況是兩個。達阿利要去上伊斯坦堡的大學，緊盯著弟弟妹妹，要是出什麼事都唯他是問。

因此十九歲那年，他帶著破破的土耳其文和無可救藥的德國風格回到了土耳其。以前他在德國覺得自己是外人，到伊斯坦堡生活之前，他從沒想過在土耳其也會有同樣的感覺，甚至更強烈。問題不只出在他的口音，還有他說完每句話都會不自覺加上ja或ach so[15]，讓他顯得與眾不同。此外，他臉上的表情彷彿永遠對看到、聽到、無法欣然接納的事物感到不滿、不以為然。

憤怒。前幾個月他常被突如其來的憤怒淹沒，不是對德國或土耳其憤怒，而是對這世界的秩序，對拆散家庭的資本主義制度、壓榨工人血汗的資產階級、讓他到哪裡都沒有歸屬感的失衡制度感到憤怒。中學時他就大量閱讀馬克斯主義，一直很崇拜羅莎·盧森堡[16]，如此聰明而勇敢的女性，卻在柏林遭德國自由軍團殺害並棄屍運河，那條運河靜靜流過十字山，達阿利去過那座山很多次，有一次還偷偷留下一朵花，獻給羅莎的玫瑰。然而，直到進入伊斯坦堡大學就讀他才加入強硬的左派團體，新同志跟達阿利一樣想要打破現狀、重建一切。

所以，一九六八年七月當達阿利跟抗議第六艦隊的群眾失散，為了逃離警察的追捕而來到萊拉的門前時，他帶著催淚瓦斯的味道而來，還有他的激進思想、複雜過往和誠摯的笑容。

「妳怎麼會淪落到這裡？」男人總是這麼問她。

每次萊拉都會說出不一樣的故事，看對方可能想聽什麼樣的故事而定，一個客製化的故事。這是她從壞嬤嬤那裡學會的本領。

但她無法這樣對待達阿利，反正他也從未問過這個問題。他想知道她的其他事，例如小時候她在凡城吃的早餐是什麼味道？她對消逝已久的冬天記憶最深刻的是什麼氣味？如果要給每個城市一個味道，伊斯坦堡會是什麼味道？如果「自由」是一種食物，他很好奇她嚐起來會是什麼感覺？換成是「祖國」呢？達阿利想透過氣味和口味認知這個世界，即使是生命中抽象的概念，例如愛或幸福。久而久之，這變成他們之間的一種遊戲，屬於他們兩人的貨幣：他們把記憶和過去的時光轉換成口味和氣味。

她享受著他說話時的抑揚頓挫，聽他一連說好幾個小時也不厭倦。他在的時候，她有種很久都沒有過的輕盈感覺。一絲她以為自己再也無法感受到的希望，流過她的血管，讓她的心跳加速。她想起小時候坐在凡城家的屋頂上看著眼前的景色，彷彿沒有明天的感覺。

---

15 分別是「對」和「原來如此」的意思。

16 德國共產黨的創始人之一。

達阿利最讓萊拉想不透的是，他怎能一開始就平等地對待她，好像妓院只是他在大學裡的另一間教室，而她是他在陰暗走廊上一再巧遇的學生。這種出乎意外的平等感受比什麼都能讓萊拉卸下心防。這絕對是她的錯覺，但她還是珍惜。當她走進這個陌生的領域慢慢發掘他的時候，她也同時在重新發掘自己。誰都看得出來她一看到他眼睛就亮起來，但很少人知道，那種興奮也伴隨著罪惡感。

「你不應該再來了，」有天萊拉對他說：「這樣對你不好。這地方很悲慘，你看不出來嗎？會污染人的靈魂。別以為你可以倖免，因為它是一片沼澤，會把你吸進去。這裡的人都不正常，這的一切都不自然。我不希望你再來找我。你為什麼那麼常來，甚至也不——」

她沒把話說完，擔心他會以為她是因為他到現在還沒跟她上床才生氣，其實這正是她喜歡他、尊敬他的地方。她緊抓住這點，就像抓著他送給她的珍貴禮物。不過，怪的是，就因為他們之間沒有性，她才能允許自己那樣想他，甚至偶爾會忍不住好奇地想，觸碰他的脖子、親吻他下巴一邊的小傷痕會是什麼樣的感覺。

「我來是因為我喜歡看到妳，就這麼簡單，」達阿利用柔和的聲音說：「而且我不知道在這麼扭曲的制度裡，有誰是正常的。」

達阿利說，一般說來，過度使用「自然」一詞的人其實對大自然的運行方式一知半解。如果你告訴他們，蝸牛、毛毛蟲和黑鸝都是雌雄同體，或公海馬可以生小孩、公小丑魚長到一半會變母魚、公烏賊喜歡男扮女裝，他們都會很驚訝。仔細研究過自然的人，說出「自然」二字時反而會三思。

「那好吧。可是你花太多錢了，壞嬤嬤都按時計費。」

「她確實是，」達阿利不高興地說：「但想像一下我們在約會，我帶妳出去玩或妳帶我出去玩，我們會做什麼？看電影，上高級餐廳吃飯，去舞廳跳舞……」

「上高級餐廳吃飯！去舞廳跳舞！」萊拉開心地跟著說。

「我要說的是，我們也會花錢。」

「那不一樣。你爸媽要是知道你把他們辛苦賺來的錢花在這種地方，一定會嚇壞。」

「嘿，我沒跟爸媽拿錢。」

「真的？可是我以為……那你哪來的錢？」

「工作啊。」他眨了眨眼。

「在哪工作？」

「這裡那裡，到處都有。」

「替誰工作？」

「革命行動！」

她心神不寧地別過視線。又一次夾在「直覺」和「心」之間，不知如何是好。直覺警告她，她眼中溫柔體貼的年輕人只是他的其中一面，她得非常小心才行。但她的心把她推向前，就像她剛出生時一動也不動躺在鹽堆底下一樣。

於是她不再拒絕他來找她。有些時候他每天都來，有些時候只來週末。她有種不安的感覺，很多晚上他都跟革命同志在一起，他們瘦長漆黑的影子映在空蕩蕩的街道上。但他們都在做些什麼，她選擇不過問。

每次他出現，壞嬤嬤就會從樓下大喊：「妳那個又來了！」如果萊拉剛好在接客，達阿利就得坐在門邊的椅子上等她。這種時候萊拉會羞愧到想死。因為之後她邀他上樓時，房間就留有另一個男人的味道。但無論達阿利有沒有不高興，都從沒說什麼。他的每個動作都安靜又專注，兩眼目不轉睛地盯著她，其他什麼都不在乎，彷彿她是（也一直都會是）世界的中心。他對她的好自然而然，毫不刻意。每次他離去後，空虛感就會擴及房間的每個角落，將她整個人吞沒。每次他都待整整一個小時。

達阿利每次來都會帶小禮物給她：給她寫東西的筆記本、綁頭髮的絲絨緞帶、銜尾蛇戒指，偶爾還會帶巧克力，裡頭包著令人驚喜的內餡，有焦糖、櫻桃醬、榛果醬等等。他們會坐在床上打開包裝，慢慢決定要先吃哪顆，然後聊整整一個小時。有一次，他摸了她背上被硫酸灼傷留下的痕跡，輕輕地描著傷口，像分開紅海的先知將她的皮膚劃開。

「我想畫妳，」他說：「可以嗎？」

「畫我？」萊拉微微臉紅，垂下眼睛。當她再度注視他時，只見他如她所料，正微笑看著她。

下一次他來找她的時候，帶來了畫架、裡頭裝滿鬃毛畫筆的木盒、油畫顏料、調色刀、素描本和亞麻仁油。她穿著深紅色皺紗短裙配串珠比基尼上衣，擺姿勢讓他畫畫。頭髮梳成蓬鬆的包頭，臉微微背著門，彷彿希望它永遠關上。他把畫布藏在她的衣櫃裡，下次來再接著畫，大概畫了一個禮拜。完成時，她驚訝地發現他把她的傷痕畫成了一隻白色的小蝴蝶。

「當心點，」甄娜一二一說：「他是個藝術家，藝術家都很自私，得到想要的東西後就會消失無蹤。」

然而，達阿利一直來找她，讓每個人感到驚訝。妓女都取笑他，說他一定有勃起障礙，沒辦法幹那檔事。想不出笑話後，她們開始抱怨松節油的味道。萊拉知道她們在吃醋，所以不以為意。但後來壞嬤嬤也發起牢騷，一再說她不想看到左派在面前晃來晃去，萊拉才開始擔心再也見不到他。

但後來有一天，達阿利跟壞嬤嬤提了一個出人意表的建議。

「牆上的那幅靜物畫……我沒別的意思，但上面的黃水仙和檸檬看起來有點假。妳有沒有考慮過換一幅肖像畫？」

「誰說我沒有肖像畫。」壞嬤嬤說，但沒說是阿布都—阿吉茲蘇丹王的肖像畫。「但我送人了，沒辦法。」

「Ach so，真可惜，那或許妳需要一幅新的肖像畫，何不讓我替妳畫——不收錢？」

壞嬤嬤發出粗啞的笑聲，腰上的一圈圈肥油跟著開心亂顫。「別傻了，我又不是美女，你找別人去。」她頓了頓，突然嚴肅起來。「你不是在說笑？」

那個禮拜，壞嬤嬤開始擺姿勢讓達阿利擺畫畫。她把編織作品擺在胸前，一來展現她的好手藝，二來可以遮住她的雙下巴。

達阿利完成之後，畫布上的女人看起來比模特兒本人更快樂、更年輕、更苗條。後來所有妓女都想讓他畫，這次輪到萊拉吃醋了。

在陷入愛河且愛得正濃烈的情人眼中，這世界不再是原來的世界，從此以後世界只會轉得更快。

十分鐘

時間滴答流逝之際，萊拉開心地回想起她最愛的街頭小吃的味道：炸得很酥的淡菜。裡頭有麵粉、蛋黃、小蘇打粉、胡椒粉、鹽，還有黑海現撈的新鮮淡菜。

一九七三年十月。世界第四長的博斯普魯斯大橋，蓋了三年終於完工，在盛大的啟用儀式之後正式通車。橋的一端立起一個大牌子：歡迎來到亞洲大陸。另一端的另一個牌子則是：歡迎來到歐洲大陸。

一大清早，橋的兩端都擠滿了前來觀禮的群眾。到了下午，總統發表了一篇慷慨激昂的演說；戰爭英雄雄赳赳氣昂昂肅立在底下，有些甚至曾經打過巴爾幹戰爭、一次大戰和獨立戰爭，如今垂垂老矣。外國嘉賓和達官顯要及地方首長坐在高台上；放眼望去都是迎風飄揚的紅白旗幟；樂隊奏出國歌時，每個人都引吭高歌；千千萬萬個氣球放到空中；澤伊貝舞者[17]轉圈跳舞，手與肩同高往外伸，像在空中飛翔的老鷹。

後來，橋開放行人通行，大家得以從一片大陸走向另一片大陸。但令人吃驚的是，當地人

17　Zeybek，土耳其的民俗舞蹈。

很多都選擇這個風景如畫的地方當做自殺的地點，最後當局索性全面禁止行人通行。但那是後來的事，現在一切都充滿了希望。

前一天是土耳其共和國建國五十週年紀念日，才剛舉辦過盛大的慶典。而今天，伊斯坦堡人要慶祝現代工程的偉大成就——橋身長五千多呎，是土耳其工人、開發者，還有克里夫蘭橋樑工程公司的工程師共同打造的成果。狹長的博斯普魯斯海峽一直被稱為「伊斯坦堡的領口」，如今有了這座橋點綴，就像在領口戴上一條閃亮的項鍊。這條項鍊在城市上方閃閃發亮，懸掛在水面上，一邊有馬爾馬拉海流入黑海，另一邊有愛琴海流入地中海。

一整個禮拜，空氣中都洋溢著舉國歡騰的熱鬧氣氛，連街上的乞丐都笑咪咪，好像全都填飽了肚子。現在亞洲的土耳其跟歐洲的土耳其永遠連在一起了，燦爛的未來就在前方。這座橋預告了新時代的開始。土耳其現在嚴格說來真的「立足」歐洲了，無論歐洲人同不同意。

晚上，煙火在空中綻放，照亮了漆黑的秋日天空。在妓女街上，女孩們成群站在人行道上看煙火和抽菸。壞嬤嬤自認是個不折不扣的愛國者，不由感動得淚眼汪汪。

「多了不起的一座橋，太壯觀了。」甄娜一二二說，抬頭望著煙火。

「小鳥真幸運，」萊拉說：「想像看看，牠們想什麼時候停在上面都可以。海鷗、鴿子、喜鵲……魚可以在底下游泳，海豚、鰹魚，多榮幸啊。妳不會想那樣結束生命嗎？」

「當然不會。」甄娜一二二說。

「我就會。」萊拉固執地說。

「親愛的，妳怎麼能這麼浪漫？」鄉愁．娜蘭說。她顯然被逗樂了，誇張地嘆了口氣。她偶爾會來找萊拉，但壞嬤嬤一看到她就緊張兮兮。法律規定得很清楚：妓院不能雇用變裝癖者，因為他們在哪都找不到工作，最好只好到街上討生活。「妳知道那麼大型的建設要花多少錢嗎？還有是誰付的錢嗎？是我們，平民百姓！」

萊拉笑了。「妳有時候說話很像達阿利。」

「說人人到……」娜蘭用頭指指左邊。

萊拉轉過頭就看到達阿利走來，夾克皺巴巴，靴子沉重地踩著地面，肩上揹著大帆布袋，手裡拿著一個裝滿油炸淡菜的錐形紙筒。

「給妳的。」他說，把紙筒拿給她。他知道她有多愛這一味。

直到兩人上樓、門緊緊關上，達阿利才又開口。他一屁股坐在床上，揉著額頭。

「你還好嗎？」萊拉問。

「抱歉，我有點狀況，這次差點被他們逮到。」

「誰？警察嗎？」

「不是，是灰狼，法西斯組織。這一帶都受他們控制。」

「法西斯組織控制了這一帶？」

他目光如炬地凝視著她。「伊斯坦堡的每個地區都有兩派勢力，一邊是他們，一邊是我們。不幸的是，他們在這裡的人數超過了我們。但我們反擊了。」

「告訴我發生了什麼事。」

「我轉了個彎就看見他們成群站在前面大叫大笑，我以為他們在慶祝橋落成。後來他們看到我——」

「他們認識你？」

「我們大概都認識彼此，就算不認識，看外表也好猜。」

穿著是很政治的事，鬍子也是，尤其是嘴上的鬍子。民族主義者的鬍子多半往上翹，呈弦月形。穆斯林會修得短短的，乾淨又整齊。史達林主義者偏愛海象般的鬍髭，彷彿從沒看過刮鬍刀這種東西。達阿利則一向把鬍子刮得乾乾淨淨。萊拉不知道那是否傳達了什麼政治訊息，如果有，又是什麼樣的訊息。她發現自己盯著他的嘴巴看，玫瑰色的一直線。她從沒注視過男人的嘴唇，也刻意避免，發現自己這麼做時有點不知所措。

「他們一直追著我跑。」達阿利說，全然不知她內心的想法。「要不是揹著這個，我可以跑更快。」

萊拉轉去看那個袋子。「裡頭是什麼？」

他拿給她看。袋子裡有幾百甚至幾千張傳單。她抽出一張看。圖畫佔去一半篇幅，身穿藍色工作服的工廠工人在天花板上一排白燦燦的燈光下，男女並肩站在一起。他們看起來充滿自信，像來自另一個世界，簡直就像天使。她又抓出一張傳單：身穿亮藍色連身服的礦工，臉上深深印著煤灰，頭盔下的大眼散發出智慧的光芒。她很快翻了翻其他傳單。上面的人都一臉堅毅，體格健壯，不像她每天在家具工廠看到的工人那樣蒼白疲倦。在達阿利想像的共產世界裡，每個人都身強體壯，健康無比。她想起弟弟，心突然揪成一團。

「妳不喜歡這些圖？」他問，觀察著她臉上的表情。

「我喜歡。都是你畫的嗎？」

他點點頭，臉上閃過驕傲的神色。地下出版社印出他的畫，在城市各地發放。

「我們每個地方都放，咖啡館、餐廳、書店、電影院都有。但現在我有點擔心。假如法西斯抓到我帶著這些傳單，一定會把我揍扁。」

「何不把袋子留在這裡？」萊拉說：「我會把它藏在床底下。」

「不行，那可能會害妳有危險。」

她輕笑一聲。「親愛的，誰會來搜這個地方？別擔心，我會好好看著你的革命。」

那一晚，當妓院的門鎖上，整棟房子陷入寂靜時，萊拉拿出這些傳單。大多妓女都回家睡覺了，他們還有年老的父母或年幼的小孩要照顧，只有少數住在這裡。走廊上傳來某個女人的響亮打呼聲，另一個人在說夢話，聲音虛弱，像在懇求，但聽不清楚她說什麼。萊拉坐回床上開始讀：同志們，提高警覺。美國已經退出越戰！革命開始了，無產階級專政。

她盯著這些字看，卻因為感受不到它們的完整力量，也無法理解它們真正的意義而沮喪。她想起以前阿姨每次看到一整篇文字就會恐慌，突然感到懊悔不已，小時候她為什麼從沒想過要教母親認字寫字？

隔天達阿利來時，萊拉問他：「我一直想問你一件事，革命之後還會有妓女這個行業嗎？」

他愣住。「妳怎麼會想到這個問題？」

「我一直在想，如果你們贏了，我們會怎麼樣？」

「妳跟妳的朋友都不會有事的。聽我說，這一切都不是妳的錯，要怪就要怪資本主義。那種不人道的制度藉由欺負弱者和剝削勞工階級，為毫無生氣的帝國主義資產家創造利益。革命會保護妳們的權利。妳也是無產階級，是勞工階級的一份子，別忘了這點。」

「所以你們會關了這個地方還是讓它繼續營業？壞嬤嬤又會怎樣？」

「那個老鴇不過就是個剝削無產階級的資本家，不比吃香喝辣的財閥好到哪去。」

萊拉沉默不語。

「那個女人利用妳還有其他很多人的身體賺錢。革命之後她一定會受到懲罰，但當然是公平的懲罰。到時候我們會關閉妓院，剷除所有紅燈區，把這些地方改成工廠。妓女和流鶯都會變成工廠的工人，或是農人。」

「喔，我有些朋友可能不會喜歡。」萊拉說。她瞇起眼睛，彷彿在遙望未來。在那裡，鄉愁．娜蘭即使被迫在麥田裡工作，最終仍會換上超短裙子和高跟鞋逃走。

達阿利似乎也想到同一件事。他見過娜蘭幾次，對她的過人意志力印象深刻。他不知道馬克斯（或托爾斯泰）會如何了解像她那樣的人，他讀過的書都從沒提到不想再跟過去一樣務農的變裝癖者。「我相信我們一定找得到適合妳朋友的工作。」

萊拉不禁微笑，默默欣賞著他激昂的演說，但從她口中說出的話卻聽不出她的欣賞。「你要怎麼相信這一切？在我聽來那很像是幻想。」

「這不是幻想，也不是夢，而是歷史的流向。」他眼色微慍，表情受傷。「妳能強迫一條河往別的方向流嗎？沒辦法。歷史在前進，無法阻擋，而且合情合理地朝著共產主義前進。那個偉大的日子遲早會到來。」

看到他這麼容易受傷，萊拉對他油然而生一股愛憐。她輕輕把手放在他肩上，像隻麻雀停在那裡想要築巢。

「但是我的確有個夢想，如果妳問我的話。」達阿利緊緊閉上眼睛，不想看到她聽到他即將說的話時的表情。「其實是關於妳的。」

「是嗎？是什麼夢想？」

「我想要妳嫁給我。」

接下來的靜默如此徹底，萊拉目不轉睛看著達阿利時，甚至聽得到港口輕柔的海浪聲，還有漁船引擎拍水的聲音。她吸了口氣，空氣卻好像沒進入胸腔，因為她的胸口已經好滿好滿。接著，鬧鐘響起，兩人都嚇了一跳。最近壞嬤嬤在每個房間都放了一個鐘，以防客人待超過時間。

萊拉直起背。「請你幫我一個忙，別再對我說那種話了。」

達阿利張開眼睛。「妳生氣了嗎？不要生氣。」

「有些事在這個地方永遠不應該說，就算你是好意，而我當然相信你是好意。但我得把話說清楚：我不喜歡這種話題，那讓我很……不舒服。」

他突然一臉茫然。「我很驚訝妳到現在還沒發現。」

「發現什麼？」萊拉把手拿開，像被火燙到似的。

「發現我愛妳，」他說：「從我第一眼見到妳……在樓梯上……第六艦隊來的那天……記得嗎？」

萊拉覺得自己的臉好紅，像在燒。她希望他離開，別再多說一句話也別再回來。這段關係或許一直很美好，但現在她已經知道，這段關係會對他們造成傷害。

他走了之後，萊拉走去窗邊，儘管壞嬤嬤嚴格禁止，她還是打開了窗簾。她把臉貼在玻璃上，看著窗外那棵孤單的白樺，還有家具工廠，煙從暖氣口團團湧出。她想像達阿利大步走向港口，腳步跟平常一樣又快又急；她在腦中專一而深情地看著他，直到他消失在煙火如瀑布落下的陰暗小巷裡。

整個禮拜以來，受了舉國歡騰的氣氛刺激，舞廳和夜總會都人潮爆滿。星期五晚禱過後，壞嬤嬤派萊拉去博斯普魯斯海峽附近的一間豪宅參加單身漢派對。整晚她都想著達阿利和他說的話，從頭到尾悶悶不樂，無法假裝開心跟著其他人一起狂歡，舉手投足也沉緩無力，彷彿被人從湖裡打撈上來。她感覺得出來主人對她的表現很不滿意，之後一定會跟老鴇抱怨。她辛酸地想，小丑和妓女傷心的時候，有誰會想要他們在旁邊？

回程途中，她拖著沉重的步伐，左腳因為穿高跟鞋站太久而不斷抽痛。她餓扁了，昨天午餐之後就沒吃東西。這種夜晚不會有人想到要拿吃的給她，她也從來不問。

太陽從紅磚屋頂和鉛皮圓頂上升起。空氣清新如洗，給人無限希望。她經過仍在沉睡的公寓大樓，發現幾步之前有個籃子。籃子跟樓上窗戶垂下來的一條繩子綁在一起，裡頭放了些馬鈴薯和洋蔥之類的東西。一定有人跟附近的雜貨店叫了貨卻忘了把籃子拉上去。

有個聲音讓她猛然停步。她定住不動，豎耳傾聽。幾秒後，她聽到一聲哀鳴，聲音微弱到一開始她以為是自己整夜沒睡、腦袋憑空想像出來的。接著，她瞥見人行道上有個奇形怪狀的黑影，一團毛茸茸的肉，是隻受傷的小貓。

同時間，另一個人也看到這隻小貓，從路的另一頭走過來。是個女人。一雙淡棕色眼睛，眼周有皺紋，鼻子尖挺，身材壯碩，長得像鳥——小孩會畫的那種圓嘟嘟又活潑的鳥。

「那隻貓還好嗎？」女人問。

兩人同時上前查看。牠的腸子露了出來，呼吸沉重又吃力，看來傷得很重。

萊拉拿下圍巾將小貓包起來，輕輕把牠抱在懷中。「我們得去找獸醫。」

「這個時候？」

「我們沒有太多選擇，不是嗎？」

於是兩人並肩同行。

「對了，我叫萊拉，Leila，中間是i，不是y，我改了拼法。」

「我叫修美拉，就一般的拼法。我在碼頭過去的歌廳工作。」

「做什麼？」

「我跟我的樂團每晚都會登台表演，」她說，然後不無驕傲地加強語氣說：「我是個歌手。」

「哦，那妳會唱貓王的歌嗎？」

「不會。我們都唱老歌跟民謠，也有一些新歌，但多半都是阿拉伯歌。」

最後她們終於找到獸醫。對方一大早被叫醒很不高興，但幸好沒趕她們走。

「我開業那麼久，還是第一次看到這種狀況，」獸醫說：「肋骨斷裂，肺穿孔，骨盆碎裂，顱骨骨折，牙齒脫落……八成是被汽車或貨車給輾過了。抱歉。我很懷疑我們能救活這隻可憐的小貓。」

「可是你只是懷疑。」萊拉一字一句地說。

獸醫的眼睛在鏡片後面瞇成細縫。「抱歉？」

「我是說，你也不是百分之百肯定，對吧？你懷疑，這就表示還是有可能救活牠。」

「我了解你們想幫牠的心，但相信我，讓牠就這樣安息比較好。牠已經受了太多苦。」

「那我們再去找別家獸醫。」萊拉轉向修美拉。「妳說對吧？」

對方遲疑片刻，但馬上又點頭表示支持。「對。」

「好吧，如果你們堅持，我就試試看，」獸醫說：「但我無法保證什麼。而且我必須坦白說，費用可不便宜。」

之後小貓總共動了三次手術並辛苦治療了好幾個月。萊拉負責大部分費用，修美拉也盡其所能幫忙。

最後，時間證明萊拉是對的。這隻爪子斷裂、牙齒脫落的小貓，使出全力抓著生命不放。牠能康復不啻為一個奇蹟，所以她們就叫她薩琪，也就是「八」的意思，因為命這麼硬的動物一定有九條命，而牠想必已經用了八條。

兩個女人輪流照顧牠，也漸漸培養出穩固的友誼。

幾年後，薩琪晚上出外放縱幾天後就懷了孕。十個禮拜之後，牠生下五隻特徵明顯的小貓。其中一隻全黑，全身只有一小片白，而且全聾。萊拉和修美拉一起把牠命名為「卓別林先生」。

好萊塢．修美拉，對美索不達米亞最美麗的民謠倒背如流的女人，她的生命就像許多民謠裡訴說的悲傷故事。

好萊塢．修美拉，五個朋友之一。

修美拉的故事

修美拉出生在馬爾丁，離美索不達米亞的石灰岩高原上的加百利修道院不遠。蜿蜒曲折的街道，石頭砌成的房屋。她從小在這片古老而動盪的土地上長大，四面八方都是歷史的遺跡。四處都是廢墟，新墳在古墳裡。聽不完的英雄傳說和愛情故事，使她深深懷念一個早已不存在的地方。說來奇怪，對她來說，土耳其和敘利亞之間的國界並不是一條固定的分隔線，而是一種有生命、會呼吸的夜行性動物。兩邊的人民沉睡時，牠就會悄悄移動，到了早上再往左或往右微調。走私客在兩國邊界來來去去，屏住呼吸橫越布滿地雷的原野。有時，萬籟俱寂中猛然響起爆炸聲，村人會暗自祈禱是隻倒楣的騾子被炸成碎片，而不是坐在騾子上的走私客。

這片廣闊的土地從人稱「上帝的僕人之山」的圖爾阿卜丁山腳下往平坦的陸地延伸，到了夏天會變成一片土黃色。但這一帶人的習性卻像島上居民，跟鄰近部落都不一樣，他們骨子裡也感覺得到。過去像又深又黑的海水包圍住他們，他們奮力地游，但從來不是獨自一人，而是伴隨著祖先的幽靈。

加百利修道院是世界最古老的敘利亞東正教修道院。它就像一個只靠水和少量食物維生的隱士，依持著信念和一點一滴的恩典存留至今。修道院在漫長的歷史中目睹過流血事件、大屠殺和迫害，修道士難逃被所有入侵者欺壓的命運。堅固的石牆褪成乳白色，經過時間的考驗屹立至今，但壯觀的圖書館就沒那麼幸運了。那裡曾有數千冊書籍和手抄本的傲人收藏，如今卻半本不剩。數百名聖者與烈士埋在修道院的地窖裡。修道院外，橄欖樹和果樹沿路延伸而去，空氣中瀰漫著特殊的芬芳。從裡到外一片寧靜，不諳歷史的人可能會誤以為是和平。

修美拉跟當地很多小孩一樣，在各種語言的歌曲、民謠和催眠曲的陪伴下長大，有土耳其語、庫德語、阿拉伯語、波斯語、亞美尼亞語、敘利亞語。她聽說過修道院的各種傳說故事，也看著觀光客、記者、男女神職人員來來去去。最讓她好奇的是修女。她決心跟她們一樣終生不嫁，但十五歲那年春天，她突然被迫休學並許配給跟她父親有生意往來的一個男人。十六歲時她成為人妻，丈夫是個沒有野心、沉默寡言、膽子又小的人。修美拉知道他並不想跟她結婚，不禁懷疑他有個念念不忘的心上人。她一再發現丈夫用怨恨的眼神看她，彷彿把自己的遺憾都怪在她頭上。

婚後第一年她把自己的需求擺在一邊，一再努力了解丈夫和他的需求。但他永遠悶悶不樂，眉頭之間的皺紋很快浮現，像一擦完就又起霧的窗戶。過不久，他的生意觸礁，他們不得不搬回他老家的房子。

跟夫家的人一起生活讓修美拉深受打擊。每天從早到晚她都被當成僕人對待，而且是沒有名字的僕人。媳婦，去拿茶過來。媳婦，去煮飯。媳婦，去洗床單。整天被人呼來喚去，一刻不得閒。她有種奇怪的感覺：他們希望她近在眼前，也希望她完全消失。儘管如此，要不是挨打，或許她還忍得下來。有一次她丈夫用木頭衣架打她的背，打到衣架斷掉。還有一次他用鐵鉗打她的腿，在她的左膝側邊留下紫紅色傷痕。

逃回娘家對她來說不可能，繼續待在這個悲慘的地方也是。有天一大早趁所有人都還在睡時，她偷了婆婆放在床頭櫃餅乾盒裡的金手鐲。公公的假牙泡在餅乾盒旁邊的水杯裡，露出賊笑。雖然手鐲在當鋪裡換不了多少錢，但至少夠她買張到伊斯坦堡的巴士車票。

到了城裡，她很快就學會怎麼穿細高跟鞋走路、把頭髮燙直、化在霓虹燈下會閃閃動人的妝。她改名叫修美拉，還弄了張假證件。有副圓潤的嗓音，再加上會唱數百首安納托利亞民謠，都有助於她在夜總會找到工作。第一次上台她像片葉子渾身發抖，幸好聲音有穩住。她租下她在卡拉柯伊區找得到最便宜的房間，離妓院街不遠，所以那晚下班後才會在那裡遇見萊拉。

兩人相互扶持的那種忠心不渝，只有在孤苦無依的人身上才會看見。她聽了萊拉的建議把頭髮染金，戴上藍綠色隱形眼鏡，還去整了鼻子，把衣櫃的衣服全部換新。她做了所有這些甚至更多事，因為她聽到丈夫來到伊斯坦堡找她的風聲。無論醒著或睡著，修美拉都很怕自己會成為名譽殺人[18]的受害者。她忍不住想像自己被殺的那一刻，想像的結局一次比一次悲慘。她知道背負不貞罪名的女人不一定都會被殺，有些是被迫自殺。被迫自殺的人很多，尤其是在安納托利亞東南部的小鎮，甚至引來外國媒體報導。在離她出生地不遠的巴特曼鎮，自殺甚至是年輕女性的第一大死因。

但萊拉總是告訴修美拉把心放寬。她向好友保證，她是上天保佑、百折不屈的那一個，就像她從小看到大的修道院牆壁，就像她們在那個偶然的夜晚一起救回來的小貓，即使遭遇重重險阻仍然注定要存活下來。

十分鐘二十秒

大腦完全關閉之前的最後幾秒，萊拉想起了結婚蛋糕——全白，一共三層，塗上一層層奶油霜。最上面整齊地擺了一球紅毛線，旁邊是小鉤針，全都是糖做的，為了向壞嬤嬤致意。要不是老鴇點頭，萊拉絕不可能離開這個地方。

她在樓上的房間看著破裂鏡子中自己的臉，一瞬間在鏡中看到過去的自己。凡城的那個小女孩張大眼睛盯著她，手中握著橘色的呼拉圈。她慢慢地、滿懷同情地對鏡中的女孩微笑，終於跟自己和解。

她的婚紗簡單而高雅，有細緻的蕾絲袖，合身的剪裁更加凸顯她的腰身。

一陣敲門聲打斷她的幻想。

「妳是故意選短頭紗嗎？」甄娜一二二邊走進門邊問，加墊的鞋底踩在光禿的地板上吱吱作響。「記得嗎，我預言的比這個長很多，現在妳害我懷疑自己的預言能力。」

「別傻了。妳的預言一向很準，我只是想簡單一點而已。」

---

18 honor killing，指為維護家族名譽而殺人，多發生於民風保守地區，受害者多半為女性。

甄娜一二三走向她們放在角落的咖啡杯。雖然杯子是空的，她瞥了一眼其中一個杯子並嘆了口氣。

氣氛瞬間變僵，後來萊拉說：「我還是不敢相信壞嬤嬤會放我走。」

「因為那次硫酸事件吧，我想。她到現在還覺得愧疚。她是該愧疚，她明知道那個男的精神不正常還收他的錢，再把妳雙手奉上，像把小羊送去屠宰。妳差一點就死在那個禽獸手中。」

然而，壞嬤嬤之所以讓她如願離開，並非純粹因為好心或愧疚。其實達阿利付給她一筆鉅款，是妓院街上聞所未聞的數目。日後，萊拉會逼問他這筆錢從哪裡來，他說是革命同志贊助他的，還說革命所做的一切都是為了愛和心中有愛的人。

妓女穿著婚紗離開妓院的畫面難得一見，因而引來人群圍觀。壞嬤嬤認為，既然她的員工要從此告別這裡，就該好好幫她辦一場歡送會。她請了兩名吉普賽樂手，兩人看起來像兄弟，一個打鼓，一個吹豎笛，只見他鼓起雙頰，眼睛跟著輕快的旋律飛舞。所有人都湧上街，歡呼拍手跺步，吹口哨，大聲呼喝，揮手帕，看得陶醉不已。連站崗的警察都離開門邊的位置，走過來看熱鬧。

萊拉知道，達阿利的家人已經聽說這件事並視為醜聞。他父親搭最早的班機從德國趕來，想把兒子的腦袋敲醒——毫不誇張，因為一開始他撂下狠話說要打死他（只是太老打不動），接著又說財產不給他（問題是財產也不多），最後說要徹底跟他斷絕關係（這傷他最重）。但達阿利從小就是個威武不能屈的孩子，父親的態度反而更強化他的決心。兩個妹妹不斷打電話來說母親成天以淚洗面，悲痛欲絕，好像他已經死去入土。萊拉知道達阿利為了不讓她難過，所以沒把所有的事說給她聽，對此她心懷感激。

儘管如此，有幾次她還是鼓起勇氣說出心裡的煩惱：無法相信過去——她的過去——不會在他們之間形成一堵一天比一天更難以跨越的牆。「這不會困擾你嗎？即使現在不會，未來難道不會嗎？知道我是誰、做過什麼樣的事……」

「我不懂妳在說什麼。」

「你當然懂。」她的聲音繃緊變粗，但又柔和下來。「你很清楚我在說什麼。」

「好吧。妳知道嗎？每種語言用來談論過去和現在的字幾乎都不同，而且都有很好的理由。所以，那是妳的過去，這是妳的現在。如果今天妳牽的是另一個男人的手，我會很煩惱。應該說，我會嫉妒到發瘋。」

「可是……」

他輕輕吻她，眼神熾熱。他拉起她的手去摸他下巴的小疤痕。「看到這個了嗎？是我從牆上摔下來弄傷的，小學的時候。腳踝上這個是我單手騎腳踏車摔車弄傷的。額頭上這個最深，是我親愛的母親送我的禮物；她被我氣到把盤子往牆壁砸，結果沒瞄準，差點打到我的眼睛。她哭得比我還傷心，從此留下另一個永遠的疤痕。你介意我身上有那麼多傷嗎？」

「當然不會！我就是喜歡這樣的你！」

「就是這樣。」

他們一起在多毛卡夫卡街上租了一間公寓。七十號。頂樓。公寓棄置已久，那一帶也還很雜亂，有幾間零星的製革廠和皮革廠，但他們都有信心能克服這個挑戰。早上萊拉躺在棉質被單裡醒來時，她會深吸一口街坊的味道（每天都混合了不同的味道），感覺生命格外甜美，猶如天賜的禮物。

兩人各有在窗邊最喜歡的角落。晚上他們會一起喝茶，看著城市在眼前展開，一哩又一哩柏油路延伸而去。他們用好奇的眼光看著伊斯坦堡，彷彿並非其中的一份子，而是孤伶伶飄零於世，那些汽車、渡輪和紅磚屋都只是背景裝飾，有如只有他們看得見的繪畫細節。他們聽得到頭上的海鷗叫聲，偶爾也會聽到警察的直升機趕往某處救難的聲音。這些都影響不了他們，都打擾不了他們的平靜。早上，誰先起床就把水壺放到爐子上，準備早餐。烤麵包、鹽烤青椒，還有跟街頭小販買的芝麻圈，搭配淋上橄欖油的白色起司方塊和兩枝迷迭香，一人一枝。

吃完早餐，達阿利會拿起一本書，點根菸，開始唸出上面的段落。萊拉知道他希望她跟他一樣熱情擁抱共產主義。他希望他們屬於同一個團體、同一個國家，作著同一個夢。這件事讓她很煩惱。過去她無法相信父親信仰的上帝，這次她擔心自己也無法相信丈夫的革命。或許是她的問題。或許是她內心的信念不夠強大。

但達阿利覺得那只是時間早晚的問題。有一天她一定會加入他們的行列，為了這個目標，他把自己擁有的知識都傳授給她。

「妳知道托洛斯基是怎麼死的嗎？」

「不知道，親愛的，告訴我。」萊拉的指尖來回撫弄他濃密的黑色胸毛。

「被冰鑽打死的，」達阿利沉著臉說：「是史達林下的令，他派刺客一路追到墨西哥。史達林很怕托洛斯基和他的國際視野，兩人在政治上是死對頭。我得告訴妳托洛斯基的不斷革命論，妳一定會喜歡。」

生命中有什麼事可以永久不斷嗎？萊拉納悶，但她知道最好把疑慮放在心裡。「好，親愛的，告訴我。」

因為成績太低和曠課太多，達阿利兩次被退學，兩次都因為學校網開一面才又回到學校，所以現在還有大學可念。但萊拉並不期望他會認真念書。革命才是他心中最重要的事，而不是被某些人堅持稱為「教育」的資產階級洗腦。每隔幾天達阿利就會跟朋友上街貼海報或發傳單，而且一定要在夜裡進行並盡可能安靜迅速。*就像金鵰，他說。我們降落，我們起飛。*有天他回來時有隻眼睛發黑，遭到法西斯主義者的埋伏。還有一晚他徹夜未歸，萊拉整晚心急如焚。但她知道，整體來說他們是幸福的一對。他也知道。

一九七七年五月一日。達阿利和萊拉一早就離開小公寓，上街參加遊行。萊拉很緊張，腸胃都絞在一起。她擔心有人會認出她。要是走在她旁邊的男人剛好是她以前的顧客呢？達阿利感覺到她的恐懼，但仍堅持要兩人一起去。他說她屬於這場革命，不該讓任何人告訴她，未來的公平社會裡沒有她的一席之地。她愈是遲疑，他就愈堅持她甚至比他和他的朋友更有資格參加國際勞動節遊行，畢竟他們是打混的學生，她才是真正的勞工階級。

一旦被說服之後，萊拉想了很久才決定要穿什麼。褲子似乎是個好選擇，但要多緊？哪種布料？什麼顏色？至於上衣，她猜想一般社會主義女性偏愛的休閒襯衫應該是明智的選擇，寬鬆又不顯眼，但她也想看起來漂漂亮亮，以及女性化。那樣不好嗎？很資產階級嗎？最後她選了蕾絲衣領的淺藍色洋裝，揹紅色斜背包，搭配白色羊毛衫和紅色平底鞋。不會太豔麗，但她也希望不要完全不時尚。站在達阿利旁邊，她當然還是像彩虹一樣繽紛。他穿了深色牛仔褲、黑色扣領襯衫和黑鞋。

加入遊行隊伍之後，他們才驚訝地發現隊伍有多龐大。萊拉從沒看過那麼多人聚集在一起。幾十萬人走上街頭，有學生、工人、農人、老師，大家一起往前走，全神貫注。當所有人開始喊口號、唱國歌時，源源不絕的聲音流動起來。前方有人在打鼓，但萊拉怎麼樣都看不到是誰。她的眼神一直惶惶不安，直到現在才亮起來，注滿全新的活力。有生以來她第一次感覺到自己屬於一股比自身更龐大的力量。

到處都是布條和海報，四面八方滿滿都是標語。打倒帝國主義。不是美國也不是蘇聯，而是國際社會主義。全世界的工人，團結起來！老闆需要你，你不需要老闆。吃掉富人[19]……她看到一個牌子寫著：我們在那裡，一起把美國大兵趕回海裡。她興奮得臉紅，因為她一九六八年七月那天也在那裡，在妓院裡工作。她還記得壞嬤嬤逼每個人打掃妓院，後來知道美國人不來了大失所望。

每隔一會兒達阿利就會把銳利的眼神轉向萊拉，留意她的狀況，手一直牽著她不放。那天空中飄散著紫荊花的芬芳，為世界萬物注入嶄新的希望和勇氣。現在她的心情已經振奮起來。

就在彷彿終於找到歸屬並允許自己享受難得的輕盈片刻時，萊拉卻被習慣性的警覺和防衛心絆住。她漸漸注意到一開始沒看到的細節。在香甜的芬芳之下，她聞到汗臭、菸草、口臭，還有憤怒的味道，那股憤怒強烈到幾乎摸得到。萊拉看見每個團體高舉自己的布條，跟隔壁團體微微隔開。遊行隊伍前進時，她聽到有些抗議者對其他抗議者叫囂咒罵。她大感訝異。直到現在她才知道革命份子的內部有多分歧。毛澤東主義者看不起列寧主義者，列寧主義者憎恨無政府主義者。萊拉知道她心愛的人注定要踏上一條全然不同的路：托洛斯基和他的不斷革命。她不由得想，太多廚師會壞了一鍋湯，太多革命份子也會壞了革命嗎？但她再次把疑問藏在心裡。步行好幾個鐘頭之後，他們來到塔克西姆廣場的洲際飯店。人潮快速增加，空氣潮濕不堪。日暮的古銅光芒潑灑在抗議者身上。一角有盞街燈亮起，有點太早，光線跟耳語一樣微弱。遠方，有個工會領袖站在巴士頂上發表激烈演說，透過擴音器傳來的聲音硬梆梆又刺耳。萊拉累了，她好想坐下來，即使只有一下都好。她從眼角打量達阿利，看他下巴的線條、顴骨的弧度、緊繃的肩膀。跟周圍成千上萬張臉比起來，他的側臉顯得英俊無比，黃昏的光線把他的嘴唇染成酒紅色。她想吻他，重溫他的味道，感覺到他在她的體內。她垂下眼睛，內心不安，想到他要是知道閃過她腦中的念頭是那麼瑣碎無謂，而不是更重要的事，一定會很失望。

「妳還好嗎？」他問。

---

19 法國哲學家盧梭的名言：「當人民沒東西可吃的時候，就會吃掉富人。」，常被用來當做口號或標語，這裡的「富人」指資產階級。

「哦，當然！」萊拉尖聲答，希望自己的語氣拿捏得當，免得他看出自己對遊行缺乏熱情。「你有菸嗎？」

「有，親愛的。」他掏出一包菸，遞給她一根，自己也拿了一根。他用他的銀色Zippo打火機想幫她點菸，但怎麼點就是點不著。

「讓我來。」萊拉從他手中拿走打火機。

就在這時候她聽到了聲音。四面八方和頭上響起一連串劈劈啪啪聲，彷彿上帝拿著一根棍子劃過天空中的欄杆。令人毛骨悚然的寂靜籠罩廣場。一瞬間彷彿沒人移動也沒人呼吸，純然的寂靜。又「砰」一聲，這次萊拉認出了是什麼聲音，她害怕得全身繃緊。

人行道和圍牆過去那頭，狙擊手部署在洲際飯店的較高樓層。扛著自動武器的狙擊手開始射擊，直接瞄準群眾。抗議隊伍驚呆了，一聲尖叫劃破寂靜。有個女人在哭；另一個人在吶喊，叫大家快跑。大家開始跑，卻不知道要往哪跑。左邊是鍋爐工街，就是娜蘭跟室友和烏龜住的那條街。

人群往那個方向逃，成千上萬個人像一條沖破堤岸的河，推擠碰撞、大喊大叫、亂跑亂竄、互相絆到……

街道另一頭突然冒出一輛裝甲警車，擋住去路。抗議人群這才發現自己前退兩難，往後有狙擊手埋伏，往前免不了被捕和受折磨。接著，暫時慢下來的槍聲又火力全開，響個不停。上萬張嘴同時張開，發出驚恐無比的原始哭喊聲。所有人擠在一起，後面的一直往前推，把前面的壓倒，就像互相碾壓的石頭。有個身穿淡色印花洋裝的年輕女人腳下一滑，整個人滾到裝甲車下。萊拉放聲大喊，怦怦的心跳聲在她耳中鼓譟。突然間她跟達阿利緊握的手鬆開了。是她放開他，還是他放開她？她永遠不得而知。前一秒她的臉還感覺得到他的氣息，下一秒他就消失無蹤。

有一瞬間她又看到他了，大約離她八或十呎遠。她大喊他的名字，一喊再喊，但人潮把她愈推愈遠，像滔天巨浪把沿途一切掃蕩一空。她聽到子彈聲，但再也無法判斷聲音從哪裡來，感覺也有可能是從地面上發射的。她旁邊的大塊頭男人失去平衡，往後一倒摔到脖子。她永遠忘不了他臉上的表情——不敢相信大過痛苦。幾分鐘前他們走在歷史的前端，正要改變世界、推翻制度，此刻卻被團團圍捕，連自己死在誰的手裡都不知道。

隔天，五月二日，塔克西姆廣場附近共撿到兩千多發子彈。據說超過一百三十人身受重傷。

萊拉打電話到那一區的每家公立醫院和私家診所詢問達阿利的下落。問到沒力之後，再由其中一個朋友接力。每次提供達阿利的本名時，他們都特別小心，因為他跟萊拉一樣只能使用化名。

他們打去的醫院有很多「阿利」，有些正在臥床治療，有些已經躺在停屍間，但萊拉還是找不到她的阿利。兩天後，鄉愁・娜蘭問了最後一個地方，那是她之前知道的一家位在加拉達的診所。後來他們證實達阿利確實被送到這裡。他是三十四名死者之一，其中多半都是在鍋爐工街被驚慌逃竄的人群活活踩死的。

十分鐘三十秒

腦袋屈服之前的最後幾秒，龍舌蘭．萊拉想起單一麥芽威士忌的味道。那是她喪命那晚最後掠過她嘴唇的味道。

一九九〇年十一月。尋常的一天。下午她給自己和暫住在她這裡的潔米拉弄了一碗爆米花。她的獨門食譜：奶油、糖、玉米粒、鹽、迷迭香。她們還沒開動，電話就響了。是壞嬤嬤打來的。

「妳累了嗎？」背景響起輕柔而神祕的旋律，不是壞嬤嬤平常會聽的音樂。

「有差嗎？」

壞嬤嬤當做沒聽見。她們已經認識對方太久，懶得回答的問題就會自動跳過。

「聽著，我有個超級棒的顧客。看到他我就會想起一個名演員，就是開著一部會說話的車子的那個演員。」

「妳是說電視上的霹靂遊俠？」

「賓果！這傢伙跟他長得很像。總之，他有錢到不行。」

「所以要幹嘛？」萊拉問，語氣有點尖銳。「口袋深、年輕、英俊，這樣的男人不需要找妓女。」

壞嬤嬤咯咯輕笑。「這個家啊，該怎麼說呢……相當保守，保守到無可救藥，很極端的那種。父親是暴君，所有人都得聽他的，他希望兒子繼承他的事業。」

「妳還沒告訴我要幹嘛？」

「耐心是一種美德。那個年輕人下禮拜要結婚了，但父親非常擔心。」

「為什麼？」

「有兩個原因。第一，兒子不想結婚。他不喜歡他的未婚妻。根據我的線報，他甚至無法忍受跟她待在同一個房間。第二的原因才是更大的問題，雖然我不認為，但在父親眼中——」

「快說吧，好嬤嬤。」

「這小子對女人沒興趣。」壞嬤嬤嘆道，彷彿覺得活在這世上很累。「他有個交往很久的男朋友。父親也知道，什麼事都逃不過他的眼睛。他相信結婚能治好兒子的偏差行為，所以就幫他找了新娘，安排了婚禮，我猜還決定了賓客名單。」

「好可怕的父親！聽起來像個混蛋。」

「對，但不是隨便的混蛋。」

「哈，混蛋帕夏。」

「沒錯。這個混蛋帕夏想找一個善良體貼、心思細膩、經驗豐富的女人，在新婚之夜前教他兒子幾招。」

「善良體貼、心思細膩、經驗豐富……」萊拉一一重複，細細品嚐每一個字。壞嬤嬤很少稱讚她，如果曾經有的話。

「我也可以叫其他女孩去，」壞嬤嬤不耐煩地說，「畢竟妳的年紀也不小了，但我知道妳需要錢。妳還在照顧那個非洲女孩嗎？」

「嗯，她在我旁邊。」萊拉壓低聲音：「那好吧。在哪裡？」

「洲際飯店。」

萊拉繃起臉。「妳知道我不去那裡。」

壞嬤嬤清清喉嚨。「地點就在那裡，去不去由妳決定。但是妳得學會往前看，妳的達阿利已經走很久了，這間或那間飯店又有什麼差？」

萊拉沒說話。

「所以呢？我不能等妳一整天。」

「好吧，我去。」萊拉說。

「乖女孩。尊享豪華博斯普魯斯套房，頂樓，九點四十五分到那裡。哦，還有一件事……妳得穿長袖、低胸、金光閃閃的洋裝，不用說當然是迷你裙。這是特殊要求。」

「是兒子還是父親的要求？」

壞嬤嬤笑了笑。「父親。他說他兒子喜歡金色和所有閃閃發亮的東西，他覺得可能有幫助。」

「聽我說，忘了兒子，讓我直接去找混蛋帕夏。我很想認識他，是真的，放鬆一下可能會對他有幫助。」

「別傻了，老傢伙會把我們兩個都斃了。」

「那好吧……可是我沒有那種衣服。」

「那就去買一件啊，」壞嬤嬤沒好氣地說：「別來煩我。」

萊拉假裝沒聽到。「妳確定兒子可以接受？」

「不行。他父親找過四個女生，兒子顯然碰都沒碰她們，妳的工作就是讓他改變心意。懂嗎？」

她掛上電話。

傍晚時，萊拉前往平常她能避則避的獨立大街。主要的商店永遠都人擠人。太多手肘，太多眼睛。她穿著高跟鞋、低胸上衣和紅色迷你皮裙，加入走路的人潮。所有人都踩著小小的、一致的步伐，身體挨著身體從大道的一邊走到另一邊。人潮汩汩流向黑夜，像墨水從壞掉的鋼筆滲出來。

女人怒眼瞪她，男人對她拋媚眼。她看見妻子跟丈夫手挽手，有些樂於佔有，有些樂於被佔有。她看見母親推著嬰兒車結束家庭聚會要回家，年輕女性垂下眼睛，未婚情侶偷偷手牽手。人們一副不屑周遭環境的模樣，毫不懷疑這城市明天仍然會為他們存在，還有之後的每一天。接著，有一瞬間她在櫥窗中看見自己，比她想像中看起來更疲憊、更不安。她走進店裡。

銷售員是個溫柔、說話輕聲細語的女人，頭髮包在頭巾裡。她認出萊拉之前來過，還幫她找到了適合的裙子。「妳穿起來很美，氣色看起來更好。」她看著走出試衣間的萊拉開心地說。這些話她對無數女人說過好多次，無論她們穿的是什麼。但萊拉仍然露出微笑，因為她沒露出一絲偏見。她付了錢，穿著新衣服走出去，把舊衣服塞進塑膠袋留在店裡，之後再回來拿。

她看看錶。因為還有一點時間，她決定走去卡拉凡夜總會。街頭小吃的香味沿街飄送：旋轉烤肉、雞豆飯、烤羊腸。

到了卡拉凡，她看見娜蘭正在跟一對從哥特堡騎單車到喀拉蚩（總共四千八百五十五哩）的瑞典同志伴侶喝酒。他們接下來要橫越土耳其，再騎車穿過伊朗。上個月他們在柏林短暫停留，午夜鐘聲響起時看著西德國旗在德國國會大廈前升起。現在他們正在拿照片給娜蘭看，娜蘭似乎很享受這場交流，儘管雙方沒有共同的語言。萊拉跟他們坐了一會兒，滿足地在一旁靜靜觀察。

桌上有份報紙。她先看了新聞再看自己的星座分析。你相信自己是「環境不由人的受害者」，今天你可以改變現實，上面寫著。星星的排列讓你的鬥志異常高昂。短期可能會有令人興奮的巧遇，但你必須採取主動才行。清空你的腦袋，別再把感受藏在心裡，出外走走，做自己生命的主人。認識自己的時候到了。

她搖搖頭，點了根菸，把Zippo打火機放在桌上。「認識自己」聽起來多美好啊。古人還真喜歡格言，甚至把它刻在神殿的牆上。萊拉雖然知道其中的道理，卻覺得這個教誨不夠完整。應該改成：認識自己，也要一眼認出壞蛋。對自己和對壞蛋的了解應該同時並行。話雖這麼說，今晚結束時如果不是太累，她會走路回家，試著清空腦袋，做自己生命的主人，無論那指的到底是什麼。

她在約好的時間穿著新裙子和露跟高跟鞋走向洲際飯店。飯店高大厚實的輪廓映在夜空中。她感覺到背部繃緊，心裡有部分等著轉角後面響起裝甲車的轟隆隆聲，子彈從她頭頂飛過，尖叫聲和吶喊聲瞬間升高。飯店前方的停車場雖然是空的，她卻覺得有幾百人從四面八方靠攏過來。她的喉嚨一緊，胸口發疼。慢慢地，她呼出憋在胸腔裡的空氣。

不一會兒，她穿過玻璃門左右張望，表情鎮定下來。特別訂製的枝形吊燈，擦得晶亮的黃銅燈，大理石地板，世界各地的類似飯店都有一樣的俗麗裝潢。沒有共同記憶的痕跡，沒有共同熟知的歷史，整個地方都重新整修過。窗前掛上銀色窗簾，過去被閃耀新裝取代。

入口有金屬探測門和輸送帶，旁邊站著三個彪形警衛。自從恐怖攻擊開始瞄準中東的高級飯店後，城裡就加強了安全戒備。萊拉把手提袋放在輸送帶上，扭腰擺臀穿過金屬探測門。警衛對她拋媚眼，三個都一眼就能看透。她在輸送帶的另一邊拿起手提袋時，故意傾身露出乳溝，讓他們一飽眼福。

櫃台後面站著一個古銅膚色、笑容很假的年輕女性。萊拉走近時，她臉上閃過一絲困惑。有一瞬間她不確定萊拉是她猜想的人，還是決心要在伊斯坦堡狂歡一夜、留下歸國後能跟朋友分享的難忘回憶的外國遊客。若是後者，她就會繼續微笑；若是前者，她就會皺起眉頭。

萊拉一開口，女人的表情立刻從好奇有禮轉成全然輕蔑。

「晚安，親愛的。」萊拉開心地說。

「有什麼要幫忙的嗎？」櫃台小姐的聲音跟眼神一樣冷酷。

萊拉在玻璃檯面上敲著指尖，說出房間號碼。

「我要說是誰來電？」

「就說是他等了一輩子的女人。」

櫃台小姐瞇起眼睛但沒說什麼。她快速撥號，跟話筒另一邊的男人交換數語就掛上電話，眼神迴避著萊拉，說：「他在等妳了。」

「謝謝妳，親愛的。」

萊拉慢悠悠走向電梯，按下上樓按鈕。一對要回房間的美國老夫妻也走進來，用美國某世代特有的隨性方式跟她打招呼。對他們來說今晚就要結束，對萊拉來說才正要開始。

七樓。燈光明亮的長廊，圖案繽紛的地毯。萊拉站在頂樓套房外，深呼吸，然後伸手敲門。一個男人來開門，他確實長得像開著那部會說話的汽車的男演員。只見他眼周微紅，眼睛眨個不停，她好奇他是不是哭過了。他緊抓著手裡的電話，好像怕自己鬆手。他正在跟別人講電話。是他的心上人嗎？直覺告訴她一定是，只不過不是他即將要娶的那個人。

「哦，嗨……我在等妳。請進。」

他說話有點含糊不清。喝了一半的威士忌放在胡桃木桌上，證實了萊拉的猜測。

他往沙發點點頭。「請坐。要喝點什麼？」

她拿下圍巾，丟在床上。「有龍舌蘭嗎，親愛的？」

「龍舌蘭？沒有，但如果妳想，我可以叫客房服務。」

他真客氣——又狼狽。沒有勇氣挺身反抗父親，也不想放棄早已習慣的舒適生活，他可能因此痛恨自己，到死都不會原諒自己。

她揮揮手。「不用了，你有什麼我就喝什麼。」

他半背對她，把電話拿到嘴邊，說：「她來了。我晚點再打給你。對，當然，別擔心。」

無論電話那頭的人是誰，剛剛都聽到了他們的對話。

「等等。」萊拉伸出一隻手。

他張大眼睛，不確定地看著她。

「別在乎我，你繼續說，」她說：「我到陽台抽根菸。」

不等他有時間反駁，萊拉就走了出去。陽台的景色頗為壯觀。最後一批渡船灑下柔和的燈光，遠遠有艘遊輪經過。她看到碼頭那邊有艘船亮著大招牌，招攬人去買肉丸和鯖魚麵包。她多希望自己在那裡，坐在其中一個小凳子上，大口嚼著餡料滿滿的口袋麵包，而不是在這裡，豪華飯店的七樓與絕望為伴。

大約十分鐘後，雙扇門打開，他端著兩杯威士忌走出來。他把一杯酒拿給她，兩人並肩坐在一張躺椅上，膝蓋碰膝蓋，輕啜手中的酒。這是頂級單一麥芽威士忌。

「我聽說你父親信仰很虔誠，他知道你喝酒嗎？」萊拉問。

他皺眉。「我父親根本不了解我！」

他喝酒雖慢，卻充滿決心。照這個速度下去，明天早上他要不嚴重宿醉都難。

「這是他這個月第五次這樣做。他一直幫我安排女人，每次都叫我去不同的飯店，全都由他買單。然後我就得接待那些可憐的女生，陪她們一整夜。有夠丟臉的。」他嘸嘸口水。「他會等個幾天，發現還是沒把我治好，就再安排另一次約會。我猜這樣會一直持續到婚禮那一天。」

「要是你拒絕呢？」

「我就會失去一切。」他說，想到這裡不由得瞇起雙眼。

萊拉放下酒杯，起身從他手裡拿走酒杯，放在地上她的酒杯旁。他怔怔看著她，表情緊張。

「聽我說，親愛的。我知道你不想做這件事。我也知道你有心愛的人，寧可跟那個人在一起。」她特地用「那個人」，避免提到性別。「打電話給他，邀他來這裡。跟他一起在這個豪華的房間裡共度一夜，好好談一談，試著找出解決的方法。」

「那妳呢？」

「我要走了。但千萬別告訴任何人，你父親或我的老闆都不能知道這件事，就說我們一起度過了火辣的一夜。你超猛，是一流的性愛機器。我拿到我的錢，你得到一點寧靜。但你還是得把事情想清楚。很抱歉我必須說，這場婚禮太瘋狂了，把你未婚妻拉進這灘混水是不對的。」

「哦，她高興都還來不及。她和她家的人都是禿鷹，只想著我們家的錢。」他頓住，發現自己可能說得太多。然後他靠上前親吻她的手。「謝謝妳。我欠妳一個人情。」

「不客氣。」萊拉邊說邊走向門。「對了，告訴你父親我穿了一件金色亮片裙。因為某個原因，這很重要。」

萊拉躲在一群西班牙觀光客後面悄悄走出飯店。櫃台小姐正忙著替新房客登記入房，沒看見她離開。

回到街上，她深吸一口空氣。天上一輪眉月，蒼白如灰。她發現她把圍巾忘在樓上，一度考慮要回去拿但又不想打擾他。她很喜歡那條圍巾，可惡，還是純絲的。

她把菸放進嘴巴，伸手進袋子摸打火機。沒有。達阿利的 Zippo 不見了。

「需要火嗎？」

她抬起頭，只見一輛車切到路邊，在她前面停住。一輛銀色賓士車。後窗貼了隔熱膜，車燈關上。有個男人從半開的窗戶後面看著她，手中拿著打火機。

她慢慢走向他。

「晚安，天使。」

「你也晚安。」

他幫她點菸時，兩眼盯著她的胸部不放。他穿著翠綠色的天鵝絨夾克，底下是深綠色的高領毛衣。

「謝謝你，親愛的。」

另一扇車門打開，駕駛走下來。他比他的朋友還瘦，夾克肩線垮下來。禿頂，臉發黃凹陷。兩人都有一雙距離很近的深棕色小眼睛，一樣的弓眉。一定有血緣關係吧，萊拉想。或許是表兄弟。但她當下的印象是，這兩個人還那麼年輕卻看起來好不快樂。

「嗨，」駕駛說：「很美的裙子。」

兩人之間似乎在傳遞什麼，一閃而過的確認眼神，彷彿他們認得她，即使她很確定從沒見過他們。萊拉雖然會忘記名字，但從不會忘記臉。

「我們在想妳願不願跟我們一起去兜風。」駕駛人說。

「兜風？」

「對，妳知道……」

「看情況。」

他說了個價錢。

「你們兩個？不可能。」

「只有我朋友，」駕駛說：「今天是他生日，算我送他的生日禮物。」

萊拉覺得有點怪，但她在這座城市裡看過更怪的事，也就不以為意。「你確定不算你？」

「對，我不喜歡……」他沒把話說完。萊拉很好奇他不喜歡什麼，是所有女人還是她？她要求雙倍的價錢。

駕駛別過頭。「好吧。」

萊拉很驚訝他沒討價還價。沒有講價就成交，在這個城市裡很少見。

「所以妳要來嗎？」另一個男人問，從裡頭打開車門。

她遲疑了。壞嬤嬤要是知道這件事一定會大發雷霆。萊拉很少沒告訴她就擅自接客。但價碼好到難以拒絕，尤其現在潔米拉的帳單愈來愈多。她得了紅斑性狼瘡，最近才又發作。萊拉一個晚上就有兩筆鉅額收入，一個是飯店那個年輕人的父親，一個就是眼前這個。

「最多一小時，我來告訴你們把車停哪裡。」

「成交。」

她坐上車，在後座坐定後搖下車窗呼吸涼爽清新的空氣。有些時候這城市給人一種清爽的感覺，彷彿有隻手見義勇為，倒了一大桶水把它洗乾淨。

她看見儀表板上有個雪茄盒，還有三個披長袍的陶瓷天使。她出神地看了片刻。

車子漸漸加速。

「下一條路右轉。」萊拉說。

男人從後照鏡中瞥她一眼，眼神駭人，卻也悲傷無比。

一股寒意貫穿她全身。她感覺到對方不會聽他的，但一切已經太遲。

剩下的八秒

萊拉最後想起的一件事，是自製草莓蛋糕的滋味。

小時候在凡城，慶祝只留給兩個偉大的理由：國家和宗教。她爸媽會慶祝先知穆罕默德的誕辰，還有土耳其共和國的誕生，卻不認為普通人的生日值得每年慶祝。萊拉從沒問過他們原因。後來她來到伊斯坦堡，發現其他人都會在生日這天收到蛋糕或禮物，才又想起這個問題。從此之後，每年一月六日她都會盡量給自己找樂子，無論是什麼樣的樂子。如果遇到玩得太瘋的人，她也不會妄下評論。誰知道呢，或許他們跟她一樣，想盡可能彌補從沒戴過派對帽的童年。

每年她生日，朋友都會幫她辦生日派對，準備杯子蛋糕、華麗的裝飾和很多很多氣球。五個人一起：顛覆·席南、鄉愁·娜蘭、潔米拉、甄娜一二二，還有好萊塢·修美拉。

萊拉認為一個人不可能有超過五個朋友。一個就很幸運，如果老天眷顧，可能會有兩到三個；除非出生在滿天星斗的晚上，才可能有五個——五個一輩子就很足夠。追求更多並不明智，只怕會危害你原本就依賴的那些人。

她常想，五是個特別的數字。《摩西五經》。耶穌身上有致命五傷。伊斯蘭有信仰五柱。

大衛王用五顆石頭打死歌利亞。佛教有五道，而濕婆神現出五張臉對著五個方向。中國哲學以五行（金木水火土）為核心。世界公認的味覺有五種：甜鹹酸苦鮮。人的感知依賴五感：聽覺、視覺、觸覺、嗅覺、味覺，即使科學家宣稱還有更多，而且每個名稱都很炫，但大家熟知的仍是最初的這五感。

她最後一次生日即將到來之際，朋友討論出豐盛的菜單：茄泥燉羊肉、菠菜和菲達起司千層餅、腰豆辣牛肉湯、青椒鑲飯，還有一小罐魚子醬。蛋糕本來是給她的驚喜，但萊拉偷聽到他們在討論。畢竟公寓的牆壁比煙熏牛肉片還薄，而且娜蘭菸抽得凶，酒喝得更凶，就算小聲說話，聲音都很刺耳，跟砂紙刮過金屬表面一樣粗。

草莓奶油加上夢幻粉紅色的蓬蓬糖霜，他們是這麼計畫的。萊拉並不特別喜歡粉紅色，她更喜歡桃紅色，一種有個性的顏色，連名稱都會在舌頭上融化，甜到令人垂涎又簡潔有力。粉紅色是缺乏魄力的桃紅色，蒼白死沉，像洗太多次而變薄的床單。或許她應該要求一個桃紅色蛋糕。

「所以我們要在上面放幾根蠟燭？」好萊塢．修美拉問。

「三十一根，親愛的。」萊拉說。

「哈，三十一才怪。」鄉愁．娜蘭咯咯笑。

如果友誼代表儀式，他們的儀式可多了。除了生日，他們還慶祝勝利日、阿塔爾圖克青年和體育日、國家主權和兒童節、共和紀念日、沿海貿易日、情人節、除夕等等。一有機會他們就聚在一起吃飯，盡情享受對他們來說很昂貴的美味佳餚。鄉愁．娜蘭會準備她最愛的飲料：

帕塔帕塔砰砰。這是她在卡拉凡跟酒保打情罵俏時學會的一款雞尾酒。石榴汁、萊姆汁、伏特加、薄荷碎、荳蔻籽，再淋一大勺伏特加。喝下去就會暈陶陶，兩頰紅通通。滴酒不沾的人就喝芬達橘子汽水。大家酒足飯飽之後再一起看黑白電影。擠在沙發上看過一部又一部，全神貫注，安安靜靜，只有偶爾發出嘆息或倒抽一口氣。那些好萊塢的老演員和土耳其的老明星是魅惑人的高手。電影裡的台詞，萊拉和朋友都會背了。

萊拉從沒告訴過五個朋友，至少沒說得很仔細，但他們就是她的保護網。每次她絆倒或跌倒，他們都會在身旁扶持她或減輕她的痛苦。遇到惡劣客人的夜晚，因為知道朋友會拿著藥膏來幫她塗抹淤青和刮傷，她就還有力氣支撐下去。自憐自艾時、難過到胸口都炸開時，他們會輕輕把她拉起來，往她的胸腔注入生命。

此刻，當她的腦袋停頓下來，所有記憶都化為一片濃厚如悲傷的白霧時，她腦中浮現的最後影像，就是那個粉紅色的生日蛋糕。那天晚上他們談天說笑，彷彿什麼都無法將他們拆散，而生命只是一幕影像，緊張刺激卻不會有真正的危險，就像受邀進入別人的夢中。電視上，麗塔．海華斯把頭一甩，屁股一扭，長袍落到腳邊，絲綢沙沙作響。她把頭歪向攝影機，露出她最有名的笑容。世上很多人都誤把那個笑容當做欲望。他們不會，親愛的麗塔騙不了他們。他們一眼就能認出悲傷的女人，從來不曾看走眼。

第二部　肉體

停屍間

停屍間位在醫院後方，地下室的東北角。走廊漆成比百憂解更淡的綠色，明顯比醫院其他地方都要冷，彷彿從早到晚都被寒風籠罩。到了裡面，刺鼻的化學藥品味飄散空中。這裡的色彩很少，粉筆白、鋼鐵灰、冰藍色，還有凝結血液的鏽紅色。

驗屍官以外套兩邊抹抹手，瞥一眼最新送到的屍體。他身材瘦削，微微駝背，額頭圓而高，眼睛有如黑曜石。又一個人被殺。滿不在乎的表情掠過他的臉，這些年來他看過太多屍體，老幼貧富都有，有些不幸被流彈打到，有些被冷血槍殺。每天都有新屍體送進來，他知道一年之中何時會死傷激增，何時會下降。夏天死的人比冬天多，五月到八月是伊斯坦堡嚴重性侵和謀殺未遂的高峰季；到了十月，犯罪率就會隨著氣溫驟降。

原因為何他自有一套理論。他相信這跟人的飲食習慣有關。秋天，成群鰹魚從黑海往南游向愛琴海，幾乎要浮出海面，讓人以為被迫遷徙和拖網漁船接連不斷地侵擾把牠們累壞了，所以牠們寧願被捕，只求一次痛快解脫。在餐廳、飯店、公司自助餐和家裡，大家吃了肥美的魚肉都血清素上升，壓力指數直降。結果就是犯法行為隨之減少。但美味的鰹魚畢竟效果有限，沒過多久犯罪率又會再度飆高。在一個正義往往來得太遲甚至不會到來的國度，許多人民只好自己尋求報復，用更大的傷害填補傷害。以兩眼還一眼，以顎還牙。這不代表所有犯罪都是預謀，事實上多半都是一時衝動。一個被視為惡意的眼神就可能引來殺機，一句被誤解的話也可能掀起流血事件。殺人在伊斯坦堡很容易，死去甚至更容易。

驗屍官檢查屍體，排乾體液，切開胸膛，從兩邊的鎖骨到胸骨各劃一刀。他花很多時間檢查傷口，發現女人的右腳踝上有刺青，背部皮膚有塊疤痕，顯然是腐蝕性物質造成的化學灼傷，極可能是酸性物質。他猜測有一、二十年了，不禁好奇是怎麼回事。有人從背後攻擊她，還是突發的意外？若是後者，她手邊怎麼會有這類酸性物質？

完整的內臟分析看來是不需要了，於是他坐下來寫概略報告，並參考警察附上的說明，納入更多細節。

死者姓名：萊拉．阿卡蘇

中間名：艾菲．卡蜜

住址：伊斯坦堡佩拉區多毛卡夫卡街70/8

死者為一名發育健全、營養充足的白種女性，身高約五呎七吋，體重一三五磅。證件上的年齡為三十二歲，實際年齡可能介於四十到四十五歲之間。為確認死因及凶手的殺害手法而進行驗屍。

衣著：金色亮片裙（破損），高跟鞋，蕾絲內衣。一個手拿包，裡頭有一張證件、一支口紅、一本筆記本、一枝鋼筆及住家鑰匙。沒有錢，也沒有首飾（有可能被偷）。

死亡時間估計在凌晨三點半到五點半之間。未檢出性交痕跡。死者遭人以沉重（粗鈍）的工具擊昏再勒斃。

他暫停打字。女人脖子上的勒痕令他煩惱。凶手留下的指印旁邊有條紅色紋路，似乎是死後才出現的。他懷疑有人把她脖子上的項鍊扯走。但現在這個也不重要了。她就跟所有無人認領的屍體一樣，將被送往無主公墓。

不會有人幫這個女人辦伊斯蘭教或任何宗教的喪禮；不會有家屬幫她清洗屍體，幫她把頭髮編成三條辮子，輕輕把她的手交叉放在胸前，代表從此安息；也不會有人闔上她的眼皮以確保她的眼神從此向內。在墓園裡，不會有人替她抬棺或送葬；不會有伊瑪目帶領大家禱告或殯葬業者為她哭得肝腸寸斷。她會像所有社會邊緣人一樣，迅速安靜地入土。

之後可能不會有人去為她掃墓。或許某個老鄰居或遠親（遠到不在乎她為家族帶來的恥辱）會出現幾次，之後就沒了。經過幾個月，因為沒有標誌也沒有墓碑，這女人的墓就會跟環境合而為一，不到十年就再也沒人找得到她的墓。之後她會變成無主公墓裡的另一個號碼，可憐的遭遇就像每個安納托利亞傳說故事的開頭：潮來潮去，花開花落……

驗屍官伏在案前，專注地皺起眉頭。他完全不想知道這女人是誰或有過什麼樣的人生；即使還是新人的時候，他就對死者的故事沒什麼興趣，他真正感興趣的是死亡本身。但他指的死亡不是神學上的概念或哲學上的問題，而是科學研究的對象。人類的喪葬儀式從古至今進步有限，每次想到他都覺得不可思議。一個想像出電子手錶、發現ＤＮＡ和發明磁核造影機的種族，在照顧死者這件事上卻貧乏得可憐。今天跟一千年前比起來，並沒有進步多少。當然了，有大把鈔票和豐富想像力的人比其他人的選擇似乎多一些。如果想，他們可以把骨灰發射到外太空，或是冷凍起來，期望一百年後能再復活。但對大部分的人來說，選擇其實很有限，不是土葬就是火化，沒別的了。如果頭頂上方有上帝，看到能造出原子彈和人工智慧的聰明人類，竟然難以接受生命有限的事實，不知該如何面對死亡，想必會狂笑不止。死亡明明是一切的核心，人類卻刻意把它放逐到生命的外圍，多可悲呀。

他解剖屍體已有多年經驗，喜歡死者的安靜陪伴勝過活人的喋喋不休。但看過愈多屍體，他對死亡的過程愈感到好奇。活人究竟是在什麼時候變成屍體？剛從醫學院畢業時他有很清楚的答案，現在卻不那麼確定了。現在他覺得，就像丟進池子的石頭會激起一圈圈漣漪，生命的終結也會引發一連串物質或非物質的改變，唯有當最後的改變都結束，才能確認人已經死了。他仔細拜讀的醫學期刊上有一篇開創性的研究令他興奮不已。許多世界知名研究機構都在觀察剛死之人的腦部活動，有些只持續幾分鐘，有些長達十分三十八秒。這段時間發生了什麼？死者憶起了過往嗎？若是如此，憶起哪部分的過往？按照何種順序？人腦如何把一生濃縮成煮一壺水的時間？

後續的研究還發現，一個人被宣判死亡之後幾天，體內仍有超過一千個基因在活動。這些發現令他著迷。或許人的意念活得比心臟還久，夢想活得比胰臟還久，願望活得比膽囊還久……若真如此，讓每個人獨一無二的記憶若仍在波動，仍是這世界的一部分，難道不算「有一半還活著」嗎？或許他還不知道答案，但他很珍惜追尋答案的過程。這些想法他絕不會跟任何人說，因為他們不會理解的，但在停屍間工作對他來說樂趣無窮。

一陣敲門聲把他從思緒中驚醒。

「請進。」

工友卡米爾．艾芬迪走進來，腳步微跛。他是個脾氣溫和的好人，在醫院工作已經很多年。最初是受雇來做基本的低階工作，現在只要需要他的地方他都會幫忙，包括在急診室外科醫生不足時替落單的病人縫合傷口。

「祝你平安，醫生。」

「也祝你平安，卡米爾．艾芬迪。」

「這就是護士們悄悄在討論的那個妓女？」

「對，快中午的時候送進來的。」

「可憐的人，願阿拉原諒她可能犯下的罪。」

驗屍官似笑非笑。「可能？這說法有意思，畢竟她是那種人，一生都充滿了罪惡。」

「或許吧……但天知道誰更有資格上天堂，是這個不幸的女人，還是自認為是上帝唯一選民的狂熱份子？」

「哦哦哦，卡米爾．艾芬迪！我不知道你對妓女那麼寬容。但你最好小心點。我是不介意，但外面有不少人要是聽到你這番話，會巴不得把你痛打一頓。」

老先生站著不動也不說話，只是用悲涼的眼神看著屍體，彷彿以前認識她。她看起來很安詳，這些年他看過的屍體多半如此。他常想，他們是不是很慶幸能揮別這世上的種種掙扎和誤解？

「她有家人嗎，醫生？」

「沒有。她父母住在凡城，已經收到通知，但不肯來認領。正常。」

「兄弟姊妹？」

驗屍官查看筆記。「好像沒有……等等，有個弟弟，死了。」

「沒有其他人了嗎？」

「有個阿姨但身體不好……所以沒辦法。嗯……還有叔叔和嬸嬸——」

「或許他們能幫忙？」

「很難，他們都說不想跟她有瓜葛。」

卡米爾．艾芬迪摸摸唇髭，腳動來動去。

「好了，我快好了，」驗屍官說：「可以把她送去公墓了，就平常那一個。」

「醫生，我在想……院子裡有一群人，他們已經等了好幾個鐘頭，看起來很著急。」

「他們是誰？」

「她的朋友。」

「朋友。」驗屍官重複道，彷彿沒聽說過這兩個字。他對這些人沒興趣，街頭流鶯的朋友想必也半斤八兩，是他有天或許也會在這張鐵桌上看到的人。

卡米爾．艾芬迪輕咳一聲。「我希望能把屍體交給他們。」

驗屍官聞言皺起眉頭，眼底一抹冷硬的光。「你很清楚我們無權這麼做。我們只能把屍體交給直系親屬。」

「我知道，可是……」卡米爾．艾芬迪停住。「如果沒有家人，為什麼不讓朋友幫她打點喪禮？」

「我們的國家不允許這種做法，而且有很好的理由，因為這麼一來就無法追蹤誰是誰了。外面有各式各樣的瘋子，偷摘器官的人、精神變態……到時不就群魔亂舞。」他看看老先生的臉，不相信他會理解「群魔亂舞」這四個字的意思。

「對，但在這種狀況下，又有什麼壞處呢？」

「聽好，規則不是我們訂的，我們只是照著做。入境隨俗。要管理這個地方已經很不容易了。」

老先生抬起下巴表示認同。「好吧，我了解。我會打電話給公墓，確認有位置。」

「好主意，先確認一下。」驗屍官從資料夾裡拿出一疊文件，抓起一枝筆敲著臉頰。他在每一頁上簽名蓋章。「跟他們說你下午送去。」

這不過只是形式。他們都知道，城裡其他墓園或許要等好幾年才有空位，但無主公墓一定有位置，因為那是伊斯坦堡最冷清寂寥的墓園。

五個朋友

庭院裡，五個人影並肩擠在木頭長椅上。他們的影子長短大小不一，橫亙在路面的鵝卵石上。中午過後他們一個接一個趕來，已經在這裡等了好幾個鐘頭。如今，太陽慢慢西斜，陽光從栗子樹間斜篩下來。每隔幾分鐘，他們當中就會有一個人站起來，拖著沉重的步伐走去醫院攔下管理人員或醫護人員問幾句話，但還是沒用。無論他們的立場多麼堅定，醫院就是不准他們去看朋友的屍體，更何況是埋了她。

儘管如此，五個人還是不肯離去。臉上刻著悲傷，跟風乾的木頭一樣僵硬，繼續守在原地。庭院裡的其他人，無論是訪客或員工，都用疑問的眼光打量他們，竊竊私語。有個坐在母親旁邊的青少年看著他們的一舉一動，眼神半是好奇半是輕蔑。一名包頭巾的老婦人用看怪胎和外來者的眼神瞪著他們看。萊拉的朋友們在這裡格格不入，但話說回來，他們似乎也不屬於任何地方。

當附近的清真寺響起晚禱聲時，有個留著俐落短髮、走路直挺挺的女人快步從醫院走向他們。她穿著及膝的卡其鉛筆裙，搭配細直條紋上衣和一個很大的蘭花胸針。她是病患照護服務的主任。

「你們沒有必要在這裡等。」女主管說，眼神沒看他們任何一個人。「你們的朋友……醫生已經驗過屍也寫完正式報告。需要的話，你們可以申請副本，大概要一個禮拜。但現在請你們先回去，你們在這裡，大家都不自在。」

「別浪費唇舌了，我們哪都不去。」鄉愁．娜蘭說。她沒像其他人一樣，看到女主管走過來就站起來，她始終坐著，彷彿在證明自己的論點。她有一雙杏眼，眼珠子是溫暖的棕色，但一般人看到她通常不會注意到她的眼睛，只會看到她又長又亮的指甲、寬闊的肩膀、皮褲，以及矽膠胸部。他們看到的是一個厚臉皮的變性人回瞪著他們，就跟女主管現在一樣。

「妳說什麼？」女主管不悅地問。

娜蘭慢慢打開手提袋，從銀盒裡拿出一根菸，雖然亟需來根菸，卻沒有馬上點火。「我要說的是，沒看到萊拉我們是不會走的，必要的話我們會在這裡搭帳篷。」

女主管豎起眉毛。「我想妳可能誤解了我的意思，所以讓我把話說清楚：你們沒有必要在這裡等，你們也無法為你們的朋友做任何事，因為你們不是她的家人。」

「我們跟她比家人還親。」顛覆．席南說，聲音在顫抖。

娜蘭嚥嚥口水，她的喉嚨有揮之不去的異物感。從聽到萊拉身亡的消息到現在，她還沒掉過半滴眼淚。有什麼擋住了痛苦的感覺——一股憤怒，讓她的每個動作和每句話語都變得冷酷麻木。

「聽我說，這跟我們醫院無關，」女主管說：「重點是，你們的朋友已經轉去公墓了，說不定現在都已經下葬了。」

「什麼……妳說什麼？」娜蘭緩緩起身，彷彿從夢中醒來。「醫院為什麼沒告訴我們？」

「從法律上來說，我們沒有義務要——」

「法律上？那人情上呢？如果先知道，我們說不定可以陪她一起去。你們這些沒血沒肉的白癡到底把她送去哪裡？」

女主管縮起身體，眼睛瞬間張大。「首先，請不要用那種口氣跟我說話。第二，我沒有權利透露——」

「那就找個他媽的有權利的人來。」

「我不容許別人這樣跟我說話。」女主管說，下巴明顯在顫抖。「我恐怕得請警衛來把你們趕出去。」

「我恐怕得甩妳一巴掌。」娜蘭說，但其他人抓住她的手，把她拉回來。

「我們要冷靜。」潔米拉對娜蘭說，雖然看不出娜蘭有沒有聽到她的警告。

女主管的低跟鞋倏地一轉，正要邁開步伐又停下來，斜眼瞪他們一眼。「有專門收這種人的公墓，我很驚訝你們不知道。」

「賤人。」娜蘭低聲咒罵，但因為聲音又粗又厚，仍然傳了出去。她當然希望女主管聽到她對她的評價。

幾分鐘後，警衛把萊拉的朋友請出醫院。人行道上聚集了一群人，正伸長脖子津津有味地看著熱鬧，再次證明伊斯坦堡是個——也永遠會是——愛看熱鬧也有熱鬧可看的城市。這時候，沒人注意跟在五個人身後幾呎之遙的老先生。

警衛把五個滋事份子丟在離醫院很遠的角落後，卡米爾．艾芬迪才走上前去。「抱歉打擾各位，我能不能跟你們說句話？」

萊拉的朋友一個接著一個轉過頭，盯著老人看。

「有什麼事嗎，老先生？」甄娜一二二說。

她的語氣帶有懷疑，但還算客氣，玳瑁眼鏡後面的一雙眼睛又紅又腫。

「我在醫院工作，」工友靠上前說：「看見你們在外面等……請你們節哀。」

沒想到會從陌生人口中聽到慰問，萊拉的朋友全都一怔。

「你有看到屍體嗎？」甄娜一二二問，接著聲音一沉：「你想她……有受很多苦嗎？」

「我看到她了，我相信她很快就解脫了。」卡米爾．艾芬迪點點頭，試圖說服自己也說服其他人。「負責安排送她去公墓的人是我。就是在齊尤斯的那一個，我不確定你們有沒有聽過，很多人沒聽過，他們都叫它無主公墓，不是很好聽的名字。如果你問我的話。那裡沒有墓碑，只有標上號碼的木板。但我可以告訴你們她葬在哪裡，你們有權利知道。」

老先生邊說邊拿出紙筆，手背上布滿突出的血管和黑斑。他很快用潦草的字跡寫下號碼。

「拿去。去墳上看看你們的朋友，在上面種些漂亮的花，為她的靈魂禱告。我聽說她是從凡城來的，我死去的太太也是。她在一九七六年那次地震中喪生。我們在瓦礫堆裡挖了好多天都找不到她，整整兩個月過後，推土機把整個地方夷平。有人來安慰我說，別傷心了，卡米爾‧艾芬迪，到頭來又有什麼差別呢？她也算土葬了，我們遲早有一天不也會跟她一樣？或許他們是好意，但上帝知道我有多恨他們那麼說。喪禮是為生者辦的，那是一定的。辦一場像樣的喪禮很重要，不然內心永遠無法癒合，你們不認為嗎？總之，別在意我，我只是在胡言亂語。我想……我想告訴你們，我知道無法跟心愛的人說再見是什麼感覺。」

「你一定很難熬。」好萊塢‧修美拉說。平常話很多的她，似乎不知該說些什麼。

「悲傷是隻燕子，」他說：「有天醒來你以為牠走了，其實牠只是遷移到其他地方，暖暖羽毛，遲早有一天會再飛回你心裡棲息。」

沒人說話。

工友跟他們一一握手，祝他們平安。萊拉的朋友目送他跛著腳走遠，繞過醫院大樓的轉角，走進柵門。直到這一刻，骨架大、肩膀寬、身高六呎二吋的鄉愁‧娜蘭才坐在人行道邊緣，兩腿抵著胸口，哭得像個被丟在陌生國度的小孩。

過了一會兒，修美拉把一隻手放在娜蘭的腰背上。「走吧，親愛的，我們離開這裡。得去整理萊拉的東西，還要餵卓別林先生。要是我們沒好好照顧她的貓，萊拉一定會很生氣。那隻可憐的貓一定餓壞了。」

娜蘭咬著下唇，很快用手背抹去眼淚。她站起來，其他人瞬間比她矮一截。她兩腿鬆軟無力，太陽穴隱隱作痛且跳個不停。她示意朋友先走，別管她。

「妳確定？」甄娜一二二擔心地抬起頭。

娜蘭點點頭。「當然，親愛的，我一會兒就跟上。」

大家都聽她的，就跟平常一樣。

落單之後，娜蘭點了根菸。下午她就一直想抽菸，因為修美拉有氣喘才忍住不抽。她深吸一口菸，憋在胸腔裡很久才吐出來，煙裊裊上升。你們不是她的家人，女主管的話言猶在耳。她懂什麼？該死的她什麼都不懂，她對萊拉和他們全都一無所知。

鄉愁·娜蘭相信世界上有兩種家人，一種是有血緣關係的家人，一種是有水緣關係的朋友。如果你剛好有愛你疼你的家人，算你運氣好，有家人可以放心依靠。如果不是，也別絕望，等你長大可以離開討厭的家，情況就可能改善。

至於「水緣家庭」則要到人生後期才成形，而且很大一部分是自己打造的。確實沒有什麼能取代一個幸福溫暖的血緣家庭，但如果不幸沒有，一個好的水緣家庭也能洗清煤煙般累積多年的傷害和痛苦。因為如此，朋友可能在你心中佔有重要的地位，甚至比所有家人加起來還重要。但那些沒有體會過被自己的親人唾棄的人，八輩子也不會理解這個道理。他們永遠都不會懂，有時候水濃於血。

娜蘭轉身看醫院最後一眼。從這麼遠看不到停屍間，但她打了個冷顫，彷彿從骨子裡感覺得到那股寒意。她害怕的不是死亡，也不相信有來生能奇蹟地導正今世犯下的錯。自稱是萊拉朋友中唯一的無神論者，在她眼中，真正永恆不朽的是肉體，而不是靈魂這種抽象的概念。分子跟土壤結合，為植物提供養分，之後植物被動物吃掉，動物再被人類吃掉。由此可見，有別於一般人的認知，人體其實在大自然的循環中生生不息，永遠不死。何必還要再寄望來生？

但娜蘭一直以為先走的會是她。每個經過時間考驗的朋友圈裡，總有個人直覺自己會比其他人先走一步，娜蘭相信那個人就是她。補充雌激素、抑制睪丸激素、術後的止痛藥，更別說長年抽菸喝酒、飲食不均衡，無論如何一定是她，不可能是萊拉。她充滿生命力和同情心。伊斯坦堡沒有像對她一樣，把萊拉變得憤世嫉俗、怨天尤人，這點總讓娜蘭既吃驚也有點生氣。

一陣冷風從東北邊吹來，往內陸飄送，攪動下水道裡的臭氣。她繃緊身體抵擋寒風。太陽穴剛剛痛的地方轉移了位置，蔓延到她的胸口，鑽進她的肋骨，彷彿有一隻手掐住她的心。前方，尖峰時段的車流堵住了城市的動脈。此刻這座城市有如一頭生病的巨獸，呼吸痛苦吃力。相反的，娜蘭的呼吸又快又急，五官因為熊熊怒火而扭曲。讓她深深感到無助的不只是萊拉突然死去的消息，或是她死得多悲慘，而是這世界毫無公理可言。生命本來不公平，但現在她才知道，死亡甚至更不公平。

從小，娜蘭只要看到有人（不管是誰）受到殘酷或不公平的對待，就會義憤填膺。她沒有天真到期待這麼扭曲的世界（就像達阿利以前說的）會有公平正義，但她相信每個人都有權利擁有某程度的尊嚴。這份尊嚴就像一片只屬於你的土地，可以讓你埋下一顆希望的種子。這顆小小的種子有天或許會萌芽和開花。對鄉愁．娜蘭來說，人生之所值得奮戰，就是因為有這顆小種子。

她拿出老先生給他們的紙條，看看上面的潦草字跡：齊尤斯公墓七〇五一。最後一個號碼擠在最底下，幾乎看不清楚，她看了半天才認出是二。筆跡實在太亂。她拿出手拿包裡的鋼筆把字描清楚，再小心把紙摺好放回口袋。

明明有人要認領萊拉的屍體，她卻得被丟到無主公墓裡去，太不公平了。她不只有朋友，而且是一輩子支持她、關心她的朋友。或許她擁有的不多，但絕對不缺朋友。

「老先生說的沒錯，」娜蘭心想：「萊拉應該有一場像樣的喪禮。」

她把菸蒂往人行道上一彈，用靴子把菸屁股踩熄。霧緩緩從港邊蔓延過來，模糊了岸邊的水煙館和酒吧。在這城市的某個角落裡，千千萬萬個殺害萊拉的凶手正在吃飯或看電視，絲毫不覺得良心不安，根本不配當人。

娜蘭抹抹眼睛，但眼淚還是掉個不停，融化了睫毛膏滑下她的臉頰。兩個女人各推著一部嬰兒車經過，用詫異而同情的眼神瞄她一眼就轉過頭。娜蘭的臉幾乎馬上糾在一起。她已經很習慣別人閃避或鄙視她的樣子和她做的事，那無所謂，但無法忍受別人同情她或她的朋友。

她快步走開，心裡已經做出決定：她要反擊，就跟一直以來一樣。反抗社會的常規、他人的評斷、成見……反抗有如無味氣體充斥人類生活的沉默敵意，她要挺身反抗。沒有人有權利把萊拉的屍體丟棄，好像她一文不值，什麼都不是。她，鄉愁．娜蘭，一定要讓老友獲得應有的尊重和善待。

事情沒有結束。還沒有。今晚她會找其他人討論，一起想辦法為萊拉辦一場喪禮，而且不是隨隨便便的喪禮，是這個瘋狂而古老的城市從古至今最棒的一場喪禮。

這個瘋狂而古老的城市

伊斯坦堡是個幻影，一個出了差錯的魔術花招。伊斯坦堡是一場夢，只存在於大麻吸食者的腦海中。事實上，伊斯坦堡根本不存在。許許多多個伊斯坦堡相互競爭、對抗、推撞，每個都知道到最後只有一個能存活下來。

例如，原本設計讓人徒步或坐船橫越的古老伊斯坦堡，裡頭住了雲遊四海的苦行僧、算命師、媒人、水手、棉花工、撢地毯工、揹著柳條籃的搬運工。也有現代的伊斯坦堡，一個亂七八糟向外擴展的現代城市，汽機車來回呼嘯，載滿建材的工程車蓋起一棟棟購物中心、摩天輪、工業區。還有帝王的伊斯坦堡跟平民的伊斯坦堡；全球化的伊斯坦堡和地方性的伊斯坦堡；國際的伊斯坦堡和非利士人的伊斯坦堡；異教的伊斯坦堡和虔誠的伊斯坦堡；陽剛的伊斯坦堡和陰柔的伊斯坦堡（把掌管欲望和衝突的女神阿芙蘿黛蒂當做這城市的象徵和守護神）。以及早已航向遠方港灣的遊子心目中的伊斯坦堡。對這些人來說，這個城市永遠是由回憶、神話和救世渴望所組成的大都會，永遠虛幻縹緲，像愛人的臉在霧中逐漸遠去。

這些伊斯坦堡都活在彼此之中，就像活過來的俄羅斯娃娃。即使有個邪惡的巫師想把它們一個一個排開，在如此龐大的隊伍裡，他也找不到比佩拉區更教人渴望、更被妖魔化和唾棄的地區。一個混亂和喧鬧的中心，這個區域幾百年來都跟自由主義、放浪形骸和西化脫不了關係——那是把土耳其年輕人帶壞的三大力量。它的名字源於希臘文，意指「遙遠的一邊」，或單純指「對面」或「之外」。金角灣對面，既定規範之外；過去稱這裡為Peran en Sykais，亦即「對岸」。昨天之前，這裡是龍舌蘭．萊拉安家落戶的地方。

達阿利死後，萊拉不願搬離這間公寓。每個角落都充滿了他的聲音笑語。租金雖高，但她勉強付得起。深夜下班回到家後，她會在熱水永遠不夠的生鏽蓮蓬頭底下拚命刷皮膚，把自己洗乾淨，然後像新生兒一樣紅通通坐在床邊的椅子上，看著這城市破曉。對達阿利的記憶將她包住，像毯子一樣柔軟舒適。她常在下午醒來，因為坐著睡著全身痠痛抽筋，卓別林先生蜷縮在她的腳邊。

多毛卡夫卡街兩邊是破舊的建築和狹小陰暗、專賣照明器具的店。到了晚上，所有的燈都打開，這一帶就會變得黑中透亮，彷彿屬於另一個世紀。曾經，這條街名為毛皮卡夫坦街，雖然有一群歷史學家堅持它叫金髮妃子街。無論如何，當地方政府決定展開野心勃勃的城市改造計畫、翻新這一帶的路標時，負責人覺得這個名字太累贅，就把它簡化為卡夫坦街。後來有一天，經過一夜的狂風吹襲，有個字從路標上剝落，就成了卡夫街。沒過多久，有個文學院學生用油性麥克筆多加了個「卡」字。卡夫卡迷樂見這樣的新街名，其他人不知道是什麼意思，但因為喜歡這個聲音也就接受了。

一個月後，某份極端民族主義報紙刊出一篇文章談外國勢力對伊斯坦堡的隱微影響，聲稱這個新路名明顯是在向猶太作家致敬，是消滅當地穆斯林文化的邪惡計畫之一。要求恢復街名的呼聲愈來愈高，雖然到底要恢復哪一個仍未有定論。有個布條掛在兩個陽台中間，上面寫著：愛它，不然就離開它：全國上下團結一心。經過日曬雨打，布條在伊斯坦堡的西南風中飛揚，直到有一天繩子「啪」的斷掉，布條飛走，變成空中一只狂野的風箏。

這個時候，反動派已經移往其他戰場。這場戰役出現得快，被遺忘得也快。最後，就跟這個精神分裂城市的所有事物一樣，老的和新的、事實和虛構的、現實和超現實的都混合在一起，這條街就變成了多毛卡夫卡街。

這條街的中間，在一間古老的土耳其澡堂和新建的清真寺中間，矗立著一棟曾經摩登又宏偉、如今風光不再的建築。有個三腳貓小偷砸了主要入口的窗戶，但因為被聲音嚇到，什麼都沒偷就溜之大吉。因為住戶都不想掏錢換玻璃，從此之後就用搬家公司用的棕色膠帶把玻璃黏起來。

可憐的卓別林此刻就坐在那扇門前面，用尾巴把自己圍起來。牠毛皮漆黑，翠玉般的眼睛閃著點點金光。牠有隻爪子是白的，彷彿把爪子伸進一桶石灰裡又立刻縮回來。項圈上綁著銀色小鈴鐺，牠一動就會叮咚響，但牠從來聽不到聲音。什麼都擾亂不了牠的寂靜世界。

前一晚龍舌蘭・萊拉出門去工作時，牠溜了出去。這很正常，因為卓別林先生是個夜間漫遊者。每次牠都會在天亮前拖著又渴又累的身體回家，知道主人會為牠把門微微打開。但這次牠驚訝地發現門竟然關著，牠只好耐心地等。

又一個小時過去。汽車駛過，盡情地按著喇叭；街頭小販大聲叫賣；附近學校的擴音器奏起國歌，幾百名學生齊聲合唱。唱完之後，他們一同宣誓：願我們成為土耳其的棟樑。遠方，最近有個工人活活摔死的工地上，推土機轟轟作響，撼動大地。伊斯坦堡的嘈雜聲響徹天際，但這隻貓也全都聽不到。

卓別林先生渴望有人來輕撫牠的頭。牠多想上樓回公寓，來一碗滿滿的鯖魚和馬鈴薯肉醬——牠最愛的食物。當牠伸展四肢、弓起背時，不由得想主人究竟去了哪裡。龍舌蘭・萊拉今天怎麼會怎麼晚？

悲傷

夜幕低垂之際，萊拉的朋友回到多毛卡夫卡街上的公寓，鄉愁・娜蘭還沒趕上他們。他們每個人都有一把備用鑰匙，所以要進門不是問題。

接近大門時，顛覆的臉上閃過一絲猶豫。他胸口一緊，突然發現自己還沒準備好踏進萊拉的公寓，面對她留下的空缺。他有股想逃的強烈衝動，即使是從那麼親近的人身邊逃走。他需要獨處，至少要一會兒。

「或許我該先回公司看一下，今天我走得很匆忙。」

今天早上一接到消息，顛覆抓起夾克就衝出門，邊走邊跟上司說他的小孩食物中毒，得馬上趕回家。「蘑菇，一定是昨天晚餐的蘑菇！」雖然不是最聰明的藉口，但他臨時想不到更好的。他不可能對同事說出真相，公司沒人知道他跟萊拉的友誼。但此刻他突然想到，他太太說不定會打電話報警，害他露餡，那就麻煩大了。

「你確定？」潔米拉問：「不會太晚嗎？」

「我去去就回，確認沒事就馬上回來。」

「好，別太久。」修美拉說。

「現在是尖峰時間……我盡量。」

顛覆討厭車子。雖然他有幽閉恐懼症，受不了擠巴士或渡輪，偏偏這時候巴士和渡輪都很擠，但他還是得依賴這兩種交通工具。

三個女人站在人行道上目送他，只見他步伐有點不穩，眼睛盯著腳下的鵝卵石，好像再也無法相信地面是穩固的。他低頭垂肩，頭歪成痛苦的角度，全身精力彷彿都被榨乾。萊拉的死讓他大受打擊。他豎起夾克的領子抵擋愈來愈強勁的風，消失在人海之中。

甄娜一二二偷偷擦去一滴淚，推推眼鏡，轉向另外兩個人說：「你們先進去，我去一下雜貨店。我得做些哈瓦爾酥糖讓萊拉一路好走。」

「好，親愛的，」修美拉說：「我會把大門打開，讓卓別林先生進來。」

甄娜點點頭就穿過馬路，先踏出右腳。「奉至仁至慈的真主之名。」她的身體從小就因為遺傳疾病而扭曲變形，也比正常人老得快，彷彿生命是一場比賽，不得不全速衝向終點。但她很少抱怨，就算抱怨只也會說給上帝聽。

跟其他四個人不同的是，甄娜一二二的信仰很虔誠。她是個徹頭徹尾的信徒，一天禱告五次，滴酒不沾，齋月會整個月禁食。以前在貝魯特她就讀過《可蘭經》，比較過各種譯本，全部篇章都倒背如流。但宗教對她不只是凍結在時間裡的經文，也是會呼吸的有機物。兩者皆有。她把書寫文字和口頭習俗互相融合，再加入一小撮迷信和民間傳說。這種時候她得做一些事幫助萊拉的靈魂踏上永恆之旅。她的時間不多，靈魂移動的速度很快。她得去買檀木膏、樟腦、玫瑰水……而且當然得做些哈瓦爾酥糖分送給陌生人和鄰居。一切都要準備妥當，雖然她知道有的朋友可能不會欣賞她做的事，尤其是鄉愁・娜蘭。

沒時間了，甄娜一二二往最近的商店走去。通常她不會去那裡，因為萊拉從來不就喜歡那家店的老闆。

雜貨店裡光線昏暗，從地板延伸到天花板的櫃子排列著一罐罐、一包包商品。店裡，當地人稱「沙文雜貨商」的男人倚立在被時間磨得光滑油亮的櫃台上。他扯著又長又捲的鬍子，仔細讀著晚報上的文章，嘴巴邊唸邊動。龍舌蘭・萊拉的相片在報紙上盯著他看。「一個月內的第四起神祕命案，」標題上寫：「伊斯坦堡流鶯人人自危」。

警方調查後發現，受害女子至少十年前就離開合法妓院，之後又回到街頭營生。現場並未發現錢財或首飾，因此初步研判死者受攻擊時遭到搶劫。目前警方認為此案與上個月的三起妓女命案應該相關，四名死者全遭勒斃。伊斯坦堡的性工作者被殺的比例比其他女性高十八倍，近來的四起命案讓這個鮮為人知的事實浮上檯面。此外，這些命案多半未破案，部分原因是性產業中很少人願意主動提供重要資訊。然而，執法單位已經鎖定幾條重要線索。副警察局長告訴媒體……

一看到甄娜一二三走近，雜貨店老闆就闔上報紙，塞進抽屜裡。他好一會兒才恢復鎮定。

「祝妳平安！」男人大聲說，雖然沒必要那麼大聲。

「也祝你平安。」甄娜一二三答。她站在一堆疊得比她還高的豆子旁邊。

「請節哀。」他伸長脖子、突出下巴好把客人看得更清楚。「電視播出來了，妳有看下午的新聞嗎？」

「沒有。」甄娜一二三簡短回答。

「但憑阿拉旨意，他們很快就會抓到那個瘋子，凶手如果是黑道我也不驚訝。」他點頭肯定自己的話。「那些土匪為了錢什麼都做得出來。這城市太多庫德人、阿拉伯人、吉普賽人之類的人，從他們搬來這裡開始，生活品質就——呼！沒了。」

「我是阿拉伯人。」

他笑了笑。「哦，我不是說妳。」

甄娜一二三打量身旁的豆子，暗想：如果萊拉在這裡，她就會給這個討厭的男人難看。但萊拉走了，而甄娜一二三很討厭衝突，從來就不知道怎麼對付激怒她的人。

再度抬起頭時，她發現老闆正在等她開口。「抱歉，我一時恍神。」

男人理解地點點頭。「這是一個月內的第四起，不是嗎？沒人應該這樣死去，即使是一個墮落的女人。別誤會，我不是在評判誰。我總是跟自己說，阿拉覺得需要時，會懲罰每一個人，一個都不會放過。」

甄娜一二三摸摸額頭，覺得頭快要痛起來。她從來不會偏頭痛，通常會偏頭痛的人是萊拉。

「所以喪禮訂在什麼時候？她的家人安排好了嗎？」

甄娜一二二不知該如何回答。她萬萬不想告訴這個好管閒事的男人，萊拉被埋在無主公墓裡，因為她的家人拒絕來認領她的屍體。「抱歉，我趕時間。可以給我一瓶牛奶和一包奶油嗎？麻煩你。喔，還有粗粒小麥粉。」

「沒問題。妳要做哈爾瓦酥糖嗎？太好了，別忘了給我一些。別擔心，這筆算我的。」

「不用了，謝謝，我不能接受。」甄娜一二二踮起腳尖把錢放在櫃台上，再退後一步。她的肚子咕嚕嚕響，她想起自己一整天都沒吃東西。

「呃，還有一件事。你這裡會不會剛好有賣玫瑰水、檀木膏和樟腦？」

老闆好奇地看她一眼。「當然有，妹子，馬上來。妳要的東西，我店裡都有。我從來都想不通，萊拉為什麼不常來這裡買東西。」

公寓

蹓躂回來之後，卓別林先生開心地發現大門開著。牠溜進大樓，一進門就飛快跑上樓，項圈上的鈴鐺叮咚直響。

黑貓一走近萊拉的公寓，門就從裡面打開，好萊塢．修美拉拎著一袋垃圾走出來。她把袋子放在門外，管理員晚上會來收。正要轉進門她就發現了黑貓。她踏進玄關，寬大的臀部擋住光線。

「卓別林先生！我們正在擔心你跑哪去了。」

黑貓掠過女人的大腿——又粗又壯，皮膚上布滿腫脹的藍綠色血管。

「厚臉皮的傢伙，進來。」這麼多個小時以來，修美拉第一次笑了。

卓別林先生動作敏捷地直奔兼當客廳和客房的的飯廳。牠跳進鋪了羊毛毯的籃子，一眼張開、一眼閉上環視四周，彷彿在核對記憶中的每個細節，確認牠離開時什麼都沒改變。

雖然有些地方需要修繕，這間公寓還是很迷人。色彩柔和，窗戶面南，天花板很高，壁爐的美觀功能大於實用性，金藍色的壁紙邊緣剝落，水晶吊燈低掛在天花板上，還有凹凸不平、裂痕斑斑但擦得很乾淨的橡木地板。四面牆上都掛著大大小小的裱框畫，全都是達阿利的作品。

從前面的兩扇大窗可以俯看古老的加拉達石塔的屋頂。這座石塔瞪著遠方的公寓大樓和摩天樓，彷彿在提醒它們，或許現在很難相信，但它曾經是這城市最高的建築。

修美拉走進萊拉的房間，開始整理一箱箱小東西，心不在焉地哼著歌。傳統的旋律，她不知道自己為什麼選這首。她的聲音雖然疲憊，但仍然圓潤又嘹亮。多年來，她在伊斯坦堡的廉價夜總會駐唱，還在低成本的土耳其電影裡軋一腳，包括幾部至今讓她難為情的色情電影。當時她還前凸後翹，也還沒有靜脈曲張。那種生活方式很危險。有一次，她在兩個幫派械鬥交火之中受了傷，還有一次有個瘋狂歌迷用槍射中她的膝蓋。如今她年紀大了，不再適合那種生活。再加上每晚吸二手菸害她氣喘惡化，得隨身帶吸入器，而且經常得用上。這些年她胖了很多，都是幾十年來她像糖果一樣往嘴裡塞的各種藥丸造成的副作用。安眠藥、抗憂鬱藥、抗精神病藥……

修美拉認為，肥胖和憂鬱的經驗非常類似。社會常把這兩種病怪在患者身上，但其他病就不是這樣了。其他病的患者起碼會得到某程度的同情和精神上的支持。胖子和憂鬱症患者則不然。妳應該可以控制自己的食慾……妳應該可以控制自己的想法……但修美拉知道自己的體重或長期以來的沮喪消沉，其實不是自己的選擇。萊拉了解這點。

「妳為什麼要對抗憂鬱症？」

「因為我應該要……大家都這麼說。」

「我母親……以前我都叫她阿姨，她也常這麼想，甚至比妳更嚴重。大家都叫她對抗憂鬱，但我總覺得，一旦把一件事當做敵人，只會讓它變得更強大。就像回力鏢，妳把它丟出去，它又飛回來，用一樣大的力道打在妳身上。也許妳應該跟妳的憂鬱症做朋友。」

「親愛的，這什麼歪理？我要怎麼跟憂鬱症做朋友？」

「妳想想，朋友是妳可以放心在黑暗中一起散步、從他們身上學到很多東西的人。但妳同時也知道，妳跟朋友是不一樣的人。妳不是妳的憂鬱症。今天或明天的心情，只不過是一小部分的妳。」

萊拉一直鼓勵修美拉把藥減量、培養嗜好、開始運動或到女性之家當義工，幫助跟她有類似遭遇的女人。但修美拉覺得跟命運坎坷的人相處很難。以前她曾經試過，但所有努力和出於善意的話到頭來似乎都是白費力氣。她自己都常被恐懼和憂慮淹沒，又怎麼帶給別人希望和鼓勵？

萊拉也買過蘇菲哲學、印度哲學和瑜伽的書給她，那都是達阿利死後她才感興趣的東西。但修美拉雖然翻過那些書很多遍，還是沒往那個方向發展。對她來說，這些東西雖然號稱簡單好上手，基本上還是為比她更健康、更快樂或更幸運的人設計的。當你需要靜下心來才能靜坐，靜坐要怎麼幫助你靜下心？她的心永遠動盪不安。

如今萊拉走了，一股漆黑的恐懼像被困住的蒼蠅在修美拉的腦中橫衝直撞。離開醫院之後她吞了一顆鎮定劑，但似乎沒效。血腥暴力的畫面在她腦中揮之不去。殘酷。屠殺。沒有道理、沒有意義、沒有理由的惡行。銀色汽車像黑暗中的刀子閃過她眼前。她全身哆嗦，折折疲憊的關節，強迫自己打起精神，沒發現頭上的大髮髻鬆了，一束束頭髮散落在頸後。她在床底下找到一疊老照片，但看這些照片太教人心痛。正這樣想時，她看見披在椅背上的桃紅色雪紡裙。她拿起洋裝，臉一垮，這是萊拉最愛的洋裝。

正常的女性市民

甄娜一二三提著兩大袋滿滿的雜貨走進公寓，呼吸有點喘。「天啊，那些樓梯把我累死了。」

「怎麼那麼久？」好萊塢・修美拉問。

「不得不跟那個可怕的男人聊幾句。」

「誰？」

「那個沙文雜貨商啊，萊拉從來就不喜歡他。」

「確實是。」修美拉若有所思地說。

一瞬間兩人都無語，沉浸在各自的思緒裡。

「我們得把萊拉的衣服給人，」甄娜一二三說：「還有她的絲巾——天啊，她有好多。」

「妳不覺得我們應該留下來嗎？」

「得照習俗來才行。人死了，就得把他們的衣服分送給窮人。窮人的祝福能幫助死者越過橋到另一個世界。把握時間很重要，我們得動作快，萊拉的靈魂就要展開旅程。希拉特橋比刀劍銳利、比頭髮還細……」

「又來了，饒了我吧！」有個粗啞的聲音從後面響起。同時間，門被推開，兩個女人和一隻貓嚇了一大跳。

鄉愁．娜蘭站在門口，眉頭緊蹙。

「嚇死我們了。」修美拉說，手按住怦怦狂跳的心臟。

「很好，你們活該，就只顧著囉唆那些無聊的宗教儀式。」

甄娜一二三雙手交握放在腿上。「我不覺得幫助窮人有什麼不好。」

「才不是這樣吧。我看那比較像交易。拿去，你們這些窮人，收下這些舊東西，給我們祝福。親愛的上帝，收下這些祝福券，為我們在天堂保留有陽光的角落。我沒別的意思，但宗教說穿了就是商業交易。互相交換。」

「這麼說……不公平。」甄娜一二三嘛起嘴。當別人貶低她的信仰時，她的感受其實不是憤怒，而是悲傷。如果那個人剛好是她的朋友，悲傷又會更加強烈。

「算了，忘了我說的話。」娜蘭往沙發上一倒。「潔米拉呢？」

「在另一個房間，她說得去躺一躺。」修美拉的臉色一暗。「她話很少，都沒吃東西。我很擔心。你們知道她的身體……」

娜蘭垂下眼簾。「我去找她說說話。顛覆人呢？」

「他得先回公司一趟。」甄娜一二三回答：「現在應該在回來的路上了，大概塞在路上。」

「好，我們等他，」娜蘭說：「告訴我，這扇門為什麼開著？」

另外兩個女人快速互看一眼。

「你們最好的朋友被人用殘酷的手法殺害，你們在她的公寓裡還敢門戶洞開。你們瘋了嗎？」

「得了。」修美拉說，顫巍巍地深吸一口氣。「又不是說有人會闖進這間公寓。昨天深夜萊拉人在街上，目擊證人看到她上了一部車，一輛銀色賓士。其他受害者也是這樣遇害的，妳明明知道。」

「所以呢？這就表示你們很安全嗎？還是你們自認為很安全，因為剛好一個矮，一個——」

「胖？」修美拉臉紅了。她拿出吸入器握在掌心。根據經驗，娜蘭在的時候，她使用吸入器的頻率特別高。

甄娜一二二聳聳肩。「妳怎麼形容我都無所謂。」

「我本來要說憂鬱又有年紀。」娜蘭揮了揮指甲修剪整齊的手。「重點是，如果你們兩位認為殺死萊拉的凶手是這城市唯一的變態，那祝你們好運！繼續把門打開，何不乾脆放個腳墊，上面寫『歡迎，精神變態！』」。

「我希望妳別把什麼都說得那麼極端。」修美拉板起臉。

娜蘭想了想。「是我的問題，還是這座城市？我希望伊斯坦堡別把什麼都變得那麼極端。」

甄娜一二二扯下羊毛衫上一條脫落的線，把它捲成一團。「我只是去買幾樣東西，而且——」

「才短短幾分鐘，」娜蘭說：「我是說被下毒手。」

「拜託別再說那些可怕的事了……」修美拉的聲音逐漸變弱，她決定再吞一顆鎮定劑，或許兩顆。

「她說的對，」甄娜一二三附和：「那對死者不敬。」

娜蘭抬頭挺胸。「妳想知道什麼才對死者不敬嗎？」她把手一揮，從手拿包裡拿出一份晚報。翻到萊拉的照片從地方和全國新聞跳出來的那一頁，她開始唸：

副警察局長告訴媒體：請大家放心，警方很快會將凶手繩之以法。我們已經成立特別小組偵辦此案。現階段懇請民眾若看到或聽到可疑的活動，主動通知執法單位。然而，市民同胞不需要恐慌，特別是女性同胞。這些命案並非隨機殺人事件。凶手鎖定的是特定族群，所有受害者都是流鶯，無一例外，正常的女性市民毋須擔心人身安全。

娜蘭沿著摺痕重新把報紙折好，咂了咂舌，這是她發怒時的一貫動作。「正常的女性市民！這個蠢蛋的意思是說，良家婦女們，不用擔心，妳們很安全，會在街頭被宰的只有妓女。這才叫對死者不敬。」

挫敗的感覺籠罩房間，辛辣，濃烈，像碰到什麼就黏在上面的硫磺煙。修美拉把吸入器湊進嘴巴吸了一口，等著呼吸平緩下來，但還是沒有。她閉上眼睛，但願自己能睡著。而且是吃了藥之後整個人睡死，把一切遺忘。甄娜一二三坐得直挺，頭愈來愈痛。她很快就要開始禱告、調配能幫助萊拉的靈魂踏上下段旅程的藥水。但不是現在。現在她沒力氣，甚至連信念都顯得貧弱。娜蘭還穿著夾克，肩膀僵硬，沉默不語，表情像失了魂。

角落裡，卓別林先生吃完了美味的食物，把全身舔得乾乾淨淨。

銀色賓士

每天晚上，洲際飯店對面，金角灣的岸邊，都會停著一艘名叫古尼（意指「南方」）的紅綠色小船。

此名是為了紀念庫德族的電影導演伊梅茲．古尼，這艘船也曾經出現在他的一部電影中。目前的船主對這些一無所知，就算知道也不在乎。多年前他跟一個退休的漁夫買下這艘船，在船上增建了一個小廚房，為了做烤肉三明治還安裝了烤肉架。沒多久，搭配洋蔥末和番茄片的烤鯖魚也加入菜單。在伊斯坦堡，街頭小吃要能成功，關鍵不在於賣什麼，而在於賣的時間和地點。晚上比較好賺，雖然其他方面的風險較大。原因不是客人給錢比較大方，而是他們比較餓。這時候人潮從夜總會和酒吧湧出來，全身上下都是酒味，因為還不想認輸走人，於是就停在小船攤位前，決心放縱最後一次再回家。穿著閃亮洋裝的女人和深色西裝的男人坐在碼頭邊的小凳上大啖三明治，大口嚼著白天他們可能會嗤之以鼻的粗糙口袋麵包。

今天晚上，第一批客人七點就出現，比平常早很多。看到一輛賓士停在碼頭邊時，小販心裡是這麼想的。他扯嗓喊學徒過來。這個學徒就是他的外甥，這城市最懶惰的小子。他賴在角落裡看電視劇，一邊忘我地嗑著烤過的葵花子，旁邊桌上的瓜子殼愈堆愈高。

「動一下屁股，客人上門了。去看他們要什麼。」

男孩站起來伸伸腿，吸一大口海面吹來的鹹鹹海風，視線停在拍打船身的海浪上片刻。之後他皺了皺臉，好像本來決定要解決一個謎團但現在放棄了。他喃喃自語地踏上碼頭，不情不願地走向賓士車。

車子在街燈下閃閃發亮，發出自信的光芒。車上貼了隔熱膜，還裝了光滑的特製擾流板和灰紅兩色的鍍鉻輪框。這小子從小就很迷豪華名車，忍不住讚嘆地吹了聲口哨。他自己寧願開火鳥——鋼青色的龐蒂克火鳥，那才叫車！他不會開它，而會讓它飛起來，速度直飆——

「嘿，小子！你到底要不要來幫我們點餐？」坐在駕駛座上的男人說，從半開的車窗探出頭。

男孩猛然回過神，不慌不忙地回答：「好，來了。你們想點什麼？」

「首先，有點禮貌。」

男孩這時才抬起頭，仔細看了兩個客人一眼。說話的男人禿頭，很瘦，下巴稜角分明，五官皺在一起，臉上都是痘疤。另一個剛好相反：胖嘟嘟，臉色紅潤。但兩人看起來像親戚……可能是因為眼睛。

因為好奇，男孩靠得更近。車子內部跟外部一樣令人讚嘆。米黃色的皮革座椅，米黃色的皮革方向盤，米黃色的皮革儀表板……但接下來看到的東西讓他倒抽一口氣。他臉上失去血色，一點完餐就衝回船上，能走多快就多快，心臟在胸腔裡噗通狂跳。

「所以呢？他們點什麼？肉丸還鯖魚？」小販問。

「喔，肉丸，還有鹹優格，可是……」

「可是什麼？」

「我不想替他們服務。他們好怪。」

「好怪是什麼意思？」

小販雖然這麼問，但想也知道不會得到答案。他搖搖頭嘆了口氣。這小子自從父親在工地裡摔死，就得賺錢養家。他父親上工前沒受過良好的訓練，現場也沒有安全設施，後來甚至發現連鷹架也沒搭好。家人雖然對建設公司提告，但大概不會有什麼結果。案件太多，法院手忙腳亂。伊斯坦堡正在快速改造市容，房地產直線增加，豪華公寓的需求激增，工地意外也多得嚇人。

所以這孩子雖然還在上學，無論喜不喜歡，晚上都得出來打工。但他太敏感，太內向，太固執，顯然不適合辛苦的勞力工作——也不適合伊斯坦堡，兩者到頭來會變成同一件事。

「沒用的傢伙。」小販大聲說，故意讓學徒聽見。

男孩不理他，把肉丸放在烤肉架上開始備料。

「閃一邊！」小販不滿地斥道：「我要說多少次，要先在烤肉架上塗油？」

小販搶走男孩手中的鉗子，揮手要他走開。明天他就要擺脫這小子，他早就決定這麼做，因為可憐他才一延再延。但是他受夠了，他又不是紅新月會。他有家要養，有店要顧。

小販手腳俐落地撥了撥發紅的煤炭，把火點燃，烤好八個肉丸再跟切片番茄一起塞進切半的口袋餅。他抓起兩瓶鹹優格，把所有東西放在托盤上，然後走向那部車。

「晚安，先生。」小販恭恭敬敬地說。

「你那個懶惰的學徒呢？」駕駛座上的男人問。

「確實是懶惰，您說的沒錯。他如果哪裡做錯，還請見諒。我隨時都會炒他炒魷魚。」

「愈快愈好，如果你問我的話。」

小販點點頭，把托盤從半開的窗戶遞進去，趁機偷瞄一眼車內。儀表板上放了四尊小雕像。是頭頂光圈、手拿豎琴的天使，皮膚上沾到紅褐色顏料，現在車子停住，幾乎看不出他們的頭在擺動。

「不用找了。」男人說。

「感激不盡。」

即使把錢收進口袋時，小販也無法把視線從天使身上移開。他開始覺得反胃。慢慢的，他不由得想起學徒的反應。那小子一定是看到了娃娃上的污漬、儀表板上的污漬……那些紅褐色的污點不是顏料，是乾掉的血。

駕駛座上的男人彷彿看穿他的心思。他說：「前幾天我們出了車禍。我撞到鼻子，流了超多血。」

小販露出同情的微笑。「真是不幸。祝你早日康復。」

「應該要清一下，但還沒找到機會。」

小販點著頭拿回托盤，正要道再見時，另一邊的車門打開。坐在副駕駛座上一直沒出聲的人走下車，手裡抓著口袋餅，說：「你的肉丸很好吃。」

小販瞥他一眼，發現他下巴的傷痕。看上去像是有人抓破他的臉。是女人，他心想，但那不關他的事。為了平復思緒，他說：「我們的攤子還挺有名的，還有客人從別的城市跑來買。」聲調比平常高。

「很好……那麼你應該不會餵我們吃驢肉。」男人說，自顧自地笑。

「當然不會。我們只有牛肉，頂級的牛肉。」

「太好了！我們吃得滿意，很快就會再回來。」

「隨時歡迎。」小販說，嘴唇抿成一直線。雖然心裡不安，他還是覺得滿足，甚至感激。這兩個人就算是危險份子，也不干他的事。

「告訴我，你都晚上擺攤嗎？」駕駛人問。

「對。」

「那你一定什麼樣的客人都看過，不道德的那種有嗎？妓女？變態？」

船在後方上下擺盪，經過的船激起的浪花把它推來推去。

「我的客人都是正派的人，體面又正派的人。」

「那就好。」另一個人說，坐回車上。「我們可不希望這裡有不正經的人，是吧？這座城市變了太多，到處都亂七八糟。」

「是啊，亂七八糟。」小販說，因為不知道還能怎麼回答。

回到船上後，他看見外甥雙手扠腰，繃著臉，神情憂慮。「所以呢？怎麼樣？」

「沒事，應該你去才對。為什麼我要替你做事？」

「可是你沒看見嗎？」

「看見什麼？」

男孩瞇起眼睛，彷彿舅舅在他眼前縮小了。「車子裡……方向盤上面……娃娃上……到處都是血。我們不用報警嗎？」

「嘿，叫警察來，我還做什麼生意？」

「對，你的生意！」

「你是怎樣？」小販厲聲問：「難道你不知道外面有多少人拚死拚活要搶你這份差事嗎？」

「那就給他們啊。我才不在乎你的笨肉丸，反正我也討厭那個味道，那根本就是馬肉。」

「你好大的膽子！」小販漲紅了臉。

但男孩沒理他，把視線轉回那輛賓士車。此刻碼頭上方天空低垂，逐漸變暗的天空下一個威風而冰冷的輪廓。他喃喃地說：「那兩個男人……」

小販的表情軟化下來。「忘了他們，小子。你年紀還太小，別那麼好奇，這是我給你的忠告。」

「舅舅，你不好奇嗎？一點都不？要是他們做了什麼壞事呢？要是他們殺了人呢？如果真這樣，從法律的角度來看我們就是共犯。」

「夠了。」小販「砰」一聲放下空托盤。「你看太多電視了。看了那些沒大腦的美國驚悚劇，你就以為自己是偵探了！明天早上我要去找你媽談，我們會幫你找份新工作。還有，從現在開始，不准你再看電視。」

「隨便。」

之後就沒什麼好說的了。兩人又沉默了一會兒，倦怠感襲來。在這艘名叫古尼的紅綠色漁船旁邊，海水激盪翻騰，使出全力撞擊著巨石。壘壘巨石沿著蜿蜒的馬路從伊斯坦堡一路延伸到齊尤斯。

從高處看下去

在一間高雅的辦公室裡，有個年輕人坐在等候室裡緊張地抖腳。辦公室位在新建的摩天大樓裡，佔據一整層樓，俯瞰這城市正快速發展的商業區。秘書坐在玻璃隔間後面，不時伸長脖子瞥他一眼，嘴上一抹抱歉的笑。她跟他一樣，難以理解他父親為什麼讓他等了四十分鐘。但這就是他父親，總是在他不需要也沒有時間的時候對他說教。年輕人又看了一次錶。

最後，門終於打開，另一個秘書說他可以進來了。

他父親坐在辦公桌後面。那是一張胡桃木古董桌，黃銅手把，爪形椅腳，雕刻桌面。美是美，但放在這麼現代的辦公室裡顯得太過華麗。

年輕人二話不說，大步走向桌子，把帶來的報紙往桌面一放。攤開的那頁上，萊拉的臉從文字中凝目而視。

「這什麼？」

「看一下，拜託你。」

年長的男人掠了報紙一眼，視線掃過標題：遇害妓女陳屍市區垃圾桶。他皺起眉頭。「為什麼要我看這個？」

「因為我認識這個女人。」

「哦！」他臉色一亮。「知道你有女性朋友真好。」

「你還不懂嗎？她就是你派來找我的女人。她死了。被殺了。」

沉默擴散到空氣之中，蔓延並凝結成凹凸不平又醜陋的厚厚一塊，像夏末池塘長出的藻類停滯不動。他的視線越過父親，望向窗外的城市：雜亂擴張的房屋在薄霧下如扇形展開，街上的人密密麻麻，山丘高高低低延伸到遠方。從高處看下去，景色很壯觀，卻異常地缺乏生命。

「報導上寫得清清楚楚，」年輕人說，奮力控制自己的語氣：「這個月還有另外三個女人被殺……都是同樣悽慘的死法。你猜如何？那三個我也認識。全部我都認識，都是你派來找我的女人。這會不會太巧？」

「我以為我們幫你安排了五個？」

他頓了頓，感到難為情，只有他父親有能耐讓他這麼覺得。「是五個沒錯，其中四個死了。所以我再問你一次：這會不會太巧？」

他父親的眼神不為所動。「你想說什麼？」

年輕人瑟縮片刻，不確定該如何繼續，熟悉的恐懼襲來，從小到大的惶恐不安浮現心頭。一眨眼他又變回小男孩，在父親的銳利目光下直冒冷汗。接著，突然間他想起了那些女人，那些受害者，尤其是最後一個。他想起他們在陽台上的對話，兩人的膝蓋輕輕碰觸，呼吸散發著威士忌的味道。*聽我說，親愛的，我知道你不想做這件事，我也知道你有心愛的人，寧可跟那個人在一起。*

淚水湧上他的眼眶。戀人說他就是因為心腸好才會痛苦，他擁有不是每個人都能聲稱自己擁有的良知。但這給他的安慰不大。那四個女人是因為他才送命嗎？怎麼會這樣？他很怕自己會瘋掉。

「這就是你矯正我的方式？」他慢一拍才發現自己提高了聲音，幾乎像用吼的。

他父親把報紙推開，表情變得強硬。「夠了！我跟這件蠢事毫無關係。老實說，我很驚訝你會懷疑我上街追著妓女跑。」

「父親，我不是說你，但有可能是你身邊的人。一定可以找到解釋。告訴我，你怎麼安排我們見面？由某個人打電話約時間？」

「當然。」他父親提起某個左右手的名字。

「他現在人在哪裡？」

「幹嘛問，他還在替我工作。」

「你得把他找來問話，答應我你會。」

「我的事不用你管。」

年輕人抬起下巴。好不容易再度開口時，緊繃的表情從臉上淡去。「父親，我要走了。我必須離開這座城市。我要去義大利……幾年，我申請到米蘭的博士學程。」

「別胡說八道了。你的婚禮就快到了，請柬都寄出去了。」

「對不起，那得你來處理了。到時候我已經離開。」

他父親站起來，聲音第一次失控。「你不能讓我丟臉！」

「我已經下定決心！」年輕人的目光落在地毯上。「那四個女人——」

「別再胡說了！就跟你說那跟我沒關係。」

他盯著他父親，仔細看他嚴厲的五官，想要把他拒絕成為的樣子記在腦海中。他想過要去報警，但他父親人脈很廣，案子還沒開始就會結案。他只想離開這裡——跟心上人一起。

「別想收到我寄的支票，聽到沒有？你會跪著回來求我。」

「再見了，父親。」

轉過身之前，他伸手抓起報紙，折好再放回口袋。他不想把萊拉的照片留在這個冰冷的辦公室。他還留著她的圍巾。

瘦的那個有生以來從沒碰過女人。他常說肉體微不足道，是個腦袋裝滿各種想法和人生大道理的人。當大老闆要他替他兒子找妓女時，他對於受託如此祕密而敏感的任務感到光榮。第一次他在飯店外面等，確認女方依約前來、表現良好，一切過程都天衣無縫。當天晚上坐在車上抽菸時，他腦中浮現一個想法。他突然想到，這或許不是一份普通的工作，或許他該做點別的事，一個重大的任務。這個想法讓他激動不已，突然覺得自己很重要，有活著的強烈感覺。

他把想法說給表弟聽。對方是個粗枝大葉、頭腦簡單、脾氣暴躁，左拳比脾氣更暴躁的人。雖然不是他這樣的思想家，但忠誠，實在，能完成困難的任務。兩人是完美的搭檔。

為了確保他們抓對女人，他們想了個方法。每次他們都會叫聯絡人囑咐妓女穿特定的服裝，這樣就能輕易認出走出飯店的女人。最後一次是緊身迷你金色亮片裙。每殺一個人，他們就會多放一個陶瓷娃娃加入天使的行列。因為他相信，這就是他們所做的事——把妓女變成天使。

他一次都沒碰過那些女人，並為自己超越了肉體需求而驕傲。他跟鋼鐵一樣冰冷，每次都在一旁從頭看到尾。第四個女人出乎意料地激烈反抗，使出全身的力氣掙扎，有幾分鐘他擔心自己可能得出手幫忙。幸好他表弟很壯，體格上佔了優勢，而且他在地上藏了一把鐵撬。

計畫

「我需要抽根菸。」娜蘭打開陽台的門，走了出去。

在陽台上，她瞥了一眼底下的街道。這一帶一直在改變，再也沒有任何熟悉的景物。住戶來來去去，新的取代舊的。這城市的不同區域交換住戶的速度，就跟學童交換棒球卡一樣快。

她叼著一根菸，把菸點燃。抽第一口時她端詳著萊拉的 Zippo 打火機，彈開關上，彈開關上。

打火機的一邊刻了字：越南——直到臨死你才真正活過。

娜蘭心想，這個古董 Zippo 打火機看起來沒什麼，其實是個永遠的流浪者。從一個人手中流落到另一個人手中，活得比每一任主人都久。萊拉之前是達阿利，達阿利之前是某個不幸在一九六八年七月隨著第六艦隊來到伊斯坦堡的美國大兵。這個士兵倉皇逃離年輕憤怒的左派抗議者時，不小心把手中的打火機和頭上的帽子弄丟了。達阿利撿到了打火機，他的一個革命同志撿到了帽子。後來周圍一片混亂，他們再也沒看到那個士兵，就算看到也不一定會物歸原主。這些年來，達阿利把這個打火機洗了又洗、擦了又擦，壞了就拿去塔克西姆廣場的某條走道，找一個專門修手錶和各種東西的老闆。但他心裡有部分總會想，這個小東西不知在戰爭中目睹過什麼樣的恐怖事件和血腥屠殺。它看過戰爭雙方殺紅了眼，或近距離看過人類對自己同胞下的毒手嗎？美萊村屠殺[20]時它也在現場，聽見手無寸鐵的百姓（女人和小孩）的淒厲哭號嗎？

達阿利死後，萊拉把打火機留下來，到哪都帶著它，除了昨天。昨天她有點恍神，格外地安靜，竟把它忘在卡拉凡的桌上。娜蘭本來打算今天要拿來還她的。妳怎麼會忘了妳的寶貝打火機？親愛的，妳老了，娜蘭會說。萊拉應該會笑著回答：我？老了？怎麼可能，親愛的。一定是Zippo搞糊塗了。

娜蘭從口袋拿出一張面紙擦擦鼻子。

「妳還好嗎？」修美拉把頭探進陽台門。

「沒事，我一會兒就進去。」

修美拉點點頭，雖然似乎不太相信，但沒說什麼就退出去了。

娜蘭抽了口菸，吐出一口細煙。她把下一口煙吐向加拉達石塔，熱那亞石匠和木匠的傑作。這時候這個城市裡有多少人正做著同樣的事，她感到不可思議並盯著古老的圓筒石塔看，彷彿它知道所有問題的答案。

街道上，有個年輕男子抬頭看見她，直盯著她瞧，然後喊了句下流話。

娜蘭靠在陽台的欄杆上。「你在對我喊嗎？」

20 越戰期間美軍對越南山靜縣美萊村進行的屠殺行動。

男人咧嘴笑。「當然，我喜歡妳這樣的小姐。」

娜蘭皺起眉頭，直起背，轉向一邊並輕聲問其他人：「這裡有菸灰缸嗎？」

「呃……萊拉在咖啡桌上放了一個，」甄娜一二三說：「在這裡。」

娜蘭抓起菸灰缸掂掂重量，接著猛然舉手一甩，把它從欄杆丟出去。菸灰缸摔在人行道上支離破碎。及時往後跳躲開的男人目瞪口呆，臉色發白，緊咬著牙。

「白癡！」娜蘭怒罵：「我有對你的毛毛腿吹口哨嗎？我有找你麻煩嗎？你竟敢那樣對我說話！」

男人張開嘴又閉上，快步走開，引起附近茶館的一陣訕笑。

「拜託妳進來吧，」修美拉說：「妳不能站在陽台上對陌生人扔東西，現在我們是喪家。」

娜蘭腳跟一轉，走進房間，手上還夾著菸。「我不想服喪，我想做些事。」

「我們能做什麼？親愛的？」甄娜一二三問：「什麼都不能。」

修美拉一臉擔憂，也有點睏，因為又偷偷吞了兩顆藥。「妳不會是想去找出殺死萊拉的凶手吧？」

「不是，那留給警察去做，雖然我不相信警察。」娜蘭從鼻子呼出一縷煙，愧疚地想把煙從修美拉面前搧走，但不太成功。

甄娜一二三說：「妳為什麼不為她的靈魂祈禱——還有妳的？」

娜蘭皺起眉頭。「何必呢？上帝又不擅長聆聽，根本就是聾子。這就是卓別林先生和上帝的共同點。」

「胡說，胡說！」甄娜一二二啐道。每次聽到有人對真主的名字不敬，她都是這種反應。娜蘭找到一個空的咖啡杯，把菸在裡頭捻熄。「妳要祈禱就去，我不想否定任何人的感受。萊拉應該活得很好卻沒有，最起碼也要有個像樣的喪禮。我們不能讓她在無主公墓裡腐爛，她不屬於那裡。」

「有些事妳要學著接受，哈比比，」甄娜一二二說：「我們無能為力。」

背後的落日餘暉下，加達拉石塔把自己包覆在紫紅色的薄紗中。這城市橫跨七座山丘和將近一千個大大小小的鄰里，一望無際。根據預言，這城市直到世界末日都所向無敵。遠處，博斯普魯斯海峽滾滾翻騰，輕易把鹹水和淡水混合，就像把現實和夢境混合一樣。

「或許有，」娜蘭頓了頓之後說：「或許我們還可以為龍舌蘭・萊拉做最後一件事。」

顛覆

顛覆回到多毛卡夫卡街時，遠處的山丘已經披上夜晚的墨黑薄紗。他看著最後的光線從天際線消失，白日將盡，心中充滿了被遺棄的感覺。平常塞在路上他會汗流浹背又煩躁，對駕駛人和行人的愚蠢感到憤怒，但現在他只覺得筋疲力盡。他手裡抓著一個盒子，紅箔包裝，上面綁了金色蝴蝶結。他用自己的鑰匙開門，走進大樓，爬上樓梯。

顛覆四十出頭，中等身高，體格粗壯。他有突出的喉結，一雙灰眼笑起來幾乎瞇成一直線，最近才留了鬍鬚，但不太適合他的圓臉。幾年前他就開始早禿。因為他相信自己的生命——真正的生命——還沒開始，所以更覺得現在就禿頭未免太早。

一個有祕密的男人。萊拉離家出走一年後，他就追隨她的腳步來到伊斯坦堡，此後他就成了有祕密的男人。離開凡城和母親對他來說並不容易，但他這麼做有兩個理由，一個清楚明瞭，一個只能藏在心裡。那就是繼續求學（他申請到頂尖的大學），以及尋找他的童年好友。關於萊拉的下落，他手邊的線索只有一疊明信片和一個早已不再使用的住址。萊拉寫過幾封信給他，但不太談她的新生活，後來明信片突然就斷了。顛覆感覺得到她出了事，是她不想提起的事，他知道無論如何都得找到她。他到處找，電影院、餐廳、戲院、飯店、咖啡館，這些地方都沒收穫就轉去迪斯可舞廳、酒吧、賭場，最後帶著沉重的心情走進了夜總會和聲色場所。持續找了很久之後，因緣湊巧才終於找到萊拉。他有個室友後來成了妓院街的常客，顛覆剛好聽到他跟另一個學生提起一個腳踝上有玫瑰刺青的女人。

「我希望你從沒找到我，我不想見你。」多年後再度相見，萊拉對他說。她的冷漠刺痛了他的心。她眼中閃著憤怒，還有一些別的。但他感覺到她冷酷的表情底下其實絕大部分是羞恥。他擔心又固執地一再出現，好不容易找到了她，他不會再讓她走了。因為受不了這條聲名狼籍的街道散發的酸臭味，他常在門口那棵老橡樹的斑駁樹影下等，常常一等就好幾個鐘頭。萊拉偶爾會走出來買東西或幫壞嬤嬤買痔瘡軟膏，就會看到他坐在人行道上看書，或撫著下巴思考數學方程式。

「顛覆，你為什麼要一直來？」

「因為我想念妳。」

那時候，一半學生都忙著罷課，另一半忙著抵制罷課的學生。全國各地的大學校園幾乎每天都有事情發生：防爆小組來引爆可疑包裹；學生在自助餐廳裡起衝突；教授受到言語辱罵或身體攻擊。儘管如此，顛覆還是通過了考試，以優等成績畢業。他在國立銀行找到工作，除了少數因為社交義務而必須參加的公司旅遊，其他邀約他一概拒絕。只有要空閒，他都盡量跟萊拉一起度過。

萊拉嫁給達阿利那一年，顛覆默默邀某個同事去約會，一個月後跟她求婚。他的婚姻雖然不特別幸福，但為人父是他生命中最美好的事。有一陣子他平步青雲，對未來充滿希望，但就在可能爬到頂端的時候臨陣退縮。他聰明過人，但個性太害羞、太內向，難以在任何組織裡扮演要角。第一次上台報告，他忘了講詞，全身盜汗。會議室一片靜默，只有零星的尷尬咳嗽聲。他一直瞄向門，彷彿臨時改變主意，想要臨陣脫逃。他常有這種感覺。後來他決定安於中等職位，生活過得去就好，當個好市民、好員工、好父親。但無論在人生的哪個階段，他都從未放棄過跟萊拉的友誼。

「我曾經說你是我的顛覆電台，」萊拉會叨唸他：「看看你現在這個樣子。你在破壞自己的名聲，親愛的，你太太或同事要是知道你跟我這種人往來，會怎麼想？」

「他們不需要知道。」

「你認為可以瞞他們多久？」

這時顛覆就會說：「看需要多久。」

他的同事、妻子、鄰居、親戚，還有早就從藥房退休的母親，全都不知道他有另一種生活，也不知道跟萊拉和其他女孩在一起時，他成了另一個人。

顛覆白天泡在資產負債表裡埋頭苦幹，除非必要很少跟人交談。一到黃昏他就離開辦公室，跳上車開往卡拉凡，即使他討厭開車。卡拉凡是一家不受歡迎的人愛去的夜總會。他在這裡放鬆自己，抽菸，有時也跳舞。因為長時間不在家，為了避免妻子起疑，他告訴她因為薪水微薄，晚上得去工廠當保全輪晚班。

「我們工廠生產奶粉，給寶寶喝的奶粉。」他告訴她，只因為覺得提到寶寶聽起來比較無害。

幸好妻子沒有多問。真要說有什麼的話，每天晚上看見他出門，妻子好像鬆了口氣。有時他會煩惱，腦子裡的鍋爐慢慢地燒——她嫌他在家礙事嗎？儘管如此，顛覆擔心的其實不是她，而是她的大家族。他太太來自一個傲人的伊瑪目和賀德加[21]家族。顛覆絕不敢告訴他們真相。再說，他愛他的小孩，是個很寵小孩的父親。要是妻子因為他晚上跟妓女和變裝癖者鬼混而要求跟他離婚，法院絕不會把監護權給他，甚至不會允於他去看小孩。真相可能是含汞、有腐蝕性的酒精，會把日常生活的堡壘蝕出一個又一個洞，毀了整棟建築。岳家的人要是發現他的祕密，他的世界就會天翻地覆。他幾乎聽得到他們的咆哮、威脅和咒罵聲敲打著他的腦袋。

有時早上刮鬍子的時候，顛覆會對著鏡子練習為自己辯護。練習有天要是被家人逮到、接受拷問時要說的話。

你跟那個女人睡覺嗎？他妻子會問，旁邊圍著她的親戚。哦，我恨自己跟你結婚，什麼樣的男人會把養小孩的錢花在妓女身上！

不不不！不是那樣的。

真的？你是說她免費跟你睡覺？

請不要說這種話！他會苦苦哀求。她是我的朋友，我從小就認識的好朋友。

不會有人相信他的話。

21 hodja指智者、學者或大師。

「我想早點趕回來，但路上的交通實在是噩夢。」顛覆坐下來時說，整個人又累又餓。

「想來杯茶嗎？」甄娜一一二問。

「不用了，謝謝。」

「那什麼？」修美拉指著顛覆放在腿上的盒子問。

「哦，這是……給萊拉的禮物。我放在辦公室，本來打算今天晚上拿給她。」他拉開蝴蝶結，打開盒子。裡頭是一條絲巾。「純絲的，她一定會喜歡。」

他一時哽咽，因為吞不下淚水而倒抽一口氣。一直奮力壓抑的悲傷此刻完全潰堤。他眼睛好刺，不知不覺流下眼淚。

修美拉衝去廚房拿一杯水和一瓶檸檬古龍水回來。她把香水噴進水杯再拿給顛覆。「把它喝了，你會舒服一些。」

「這是什麼？」顛覆問。

「我媽對付悲傷和其他毛病的偏方，她手邊隨時備有古龍水。」

「等等。」娜蘭制止她：「你不會要給他喝那個吧？你媽的偏方可能毀了一個完全不能喝酒的男人。」

「但只不過是古龍水……」修美拉喃喃自語，突然失去把握。

「我沒事。」顛覆說。他放下杯子，成為大家矚目的焦點讓他覺得難為情。

大家都知道顛覆酒力不好。四分之一杯葡萄酒就可能毀了他。有幾次，為了不落人後他灌了幾大杯啤酒就不省人事。這種時候他白天醒來就會完全忘了昨晚的刺激冒險。大家會把過程鉅細靡遺告訴他，他怎麼爬上屋頂去看海鷗，或跟櫥窗裡的人體模特兒說話，或跳上卡拉凡的吧台再撲向跳舞的人，以為他們會接住他，把他扛在肩上，結果卻一頭摔到地上。那些故事教他無地自容，他都假裝自己跟他們口中那個手腳笨拙的人毫不相干，但心裡當然有數。他知道自己不能喝酒。或許是體內缺乏該有的酵素，或是肝臟功能不健全，再不然就是他妻子家族裡的伊瑪目和霍德加對他下了詛咒，確保他循規蹈矩，不會亂來。

娜蘭跟顛覆恰恰相反。她是伊斯坦堡地下世界的一則傳奇。第一次變性手術之後，她就養成了喝酒的習慣。雖然她很高興能把之前（給男性公民）的藍色證件換成（給女性公民）的粉紅色證件，但術後的痛苦太過難熬，只有藉由酒精她才撐得過去。之後還有更多手術，每一次都更複雜、更昂貴。這些都沒人警告過她。即使在變性社群裡也很少人想討論這個話題，就算談也都偷偷摸摸地談。有時傷口會感染，組織遲遲未癒合，身體的劇痛變成長期的痛。當她的身體對抗著這些意料之外的複雜問題時，債務也愈堆愈高。娜蘭到處找工作，什麼工作都好。當面被拒絕太多次之後，她甚至去試了之前做過的家具工廠。但沒人肯用她。

唯一會雇用變性女人的職業，只有美髮業和性產業。但伊斯坦堡已經有太多美髮師，似乎每條小巷、每個地下室都有一間髮廊。有牌妓院也不能雇用變性人，不然顧客會覺得受騙，到處抱怨。最後，她跟之前和之後的很多人一樣，開始在街上討生活。這種工作黑暗、累人又危險。每輛為她停下來的車，都在她麻木的靈魂上留下印記，就像輪胎在沙漠留下壓痕。她用一把隱形的刀子把自己分成兩個娜蘭。一個無可奈何地看著另一個，觀察每個細節，思考很多事，另一個就只是做著她該做的事，什麼都不想。被路人辱罵，遭警察隨機逮捕，被客人虐待，一次又一次羞辱。會選擇變性人的男人多半都是特定族群，在欲望和輕蔑之間擺盪不定。娜蘭做這一行已經夠久，知道這兩種感受跟油和水不同，輕易就能混在一起。「厭惡」的人會意外地對你欲望高漲，而那些看似喜歡你的人，一旦得到想要的就會變得暴力又狠毒。

每次伊斯坦堡有國家慶典或大型國際研討會，黑頭車載著外國代表在街頭穿梭，從機場直奔城市各處的五星飯店時，警察局長就會決定大力掃蕩街頭色情行業。這時候，所有變裝者都會被帶進警察局過夜，像垃圾一樣清除。有一次，類似的掃蕩行動過後，娜蘭被抓進拘留所，頭髮被剃成癩痢頭，衣服被剝光。他們把她脫光光獨自關在牢裡，大約每半個小時來看她一次，往她頭上倒髒水。其中一個警察還很年輕，安安靜靜，長相斯文。看到同事這個對待她，他似乎全身不舒服。娜蘭還記得他臉上那種受傷又無助的表情，有一瞬間她為他難過，彷彿被關在牢裡、困在自己心中隱形牢籠裡的是他，而不是娜蘭。早上他把衣服還給她，給她一杯茶加一顆方糖。娜蘭知道其他人那天晚上更慘。研討會結束之後，她被放出來，但沒跟任何人說她發生的事。

在夜總會工作比較安全，前提是她要能進得去，而她一次又一次混了進去。夜總會老闆開心地發現，娜蘭有項驚人的本領，那就是千杯不醉。陪酒時她邊跟客人聊天，一雙眼睛像太陽底下的錢幣一閃一閃。這時她會慫恿客人點酒單上最貴的酒。威士忌、干邑白蘭地、伏特加有如浩浩蕩蕩的幼發拉底河流淌不絕。客人喝得醉醺醺之後，她再轉往下一桌，同樣的過程再來一遍。夜總會老闆愛死她了，她簡直就是賺錢機器。

娜蘭站了起來，倒了杯水給顛覆。「你買給萊拉的絲巾很美。」

「謝謝，我想她應該會喜歡。」

「我相信一定會的。」娜蘭輕輕觸碰他，指尖在他肩上短暫停留。「這樣吧，你為什麼不把它放進口袋？今天晚上你就可以拿給萊拉。」

顛覆眨眨眼睛。「你說什麼？」

「別擔心。聽我解釋……」娜蘭停住，有個聲音讓她分心。她盯著走廊上一扇緊閉的門看。「你們確定潔米拉在睡覺嗎？」

修美拉聳聳肩。「她答應我們睡醒就會出來。」

娜蘭快速謹慎地上前幾步，走到門邊轉動門把。門從裡頭反鎖。「潔米拉，妳在睡覺嗎？還是在大哭特哭？還是，妳其實在偷聽我們說話？」

沒人回答。

娜蘭對著鑰匙孔說：「我有種直覺，妳一直都醒著，因為太難過、太想念萊拉。既然我們都一樣，為什麼妳不出來呢？」

門慢慢打開，潔米拉走出來。

她的深色大眼睛又紅又腫。

「哦，親愛的。」娜蘭對潔米拉說話很溫柔，只有對她這樣，一字一句都是得擦得亮晶晶再拿出去的香甜蘋果。「看看妳，不能再哭了，妳得好好照顧自己。」

「我沒事。」潔米拉說。

「娜蘭說的沒錯——真難得，」修美拉說：「這麼想吧：萊拉要是看到妳這樣，一定會很傷心。」

「沒錯。」甄娜一二二露出微笑，哄著她說：「要不要跟我一起去廚房？看看哈爾瓦酥糖好了沒。」

「我們也得叫點吃的，」修美拉說：「大家從早上到現在都沒吃東西。」

顛覆站起來。「小姐們，我來幫忙。」

「好主意，去看看，然後叫點吃的。」娜蘭把雙手扣在背後，開始在房間裡踱步，像在最後一場戰役之前閱兵的將軍。在枝形吊燈的光線下，她的指甲發出紫色的光芒。

她站在窗前往外看，臉倒映在玻璃上。遠方正在醞釀一場暴風雨，烏雲往東北方齊尤斯的方向滾滾而去。她的眼神一整晚都悲傷又憂鬱，此刻卻發出堅定的光芒。今天下午之前她的朋友或許從沒聽過無主公墓，但她已經知道有關那個可怕的地方她該知道的所有事。以前她認識過一些人，最後就是葬在那裡，她輕易就能想像他們的墳墓最後的下場。那座墓園的特點就是不幸，有如一張飢餓的嘴巴把他們全部吞沒。

待會每個人都坐下來，肚子都裝了點東西之後，鄉愁・娜蘭就要告訴朋友她的計畫。解釋的時候她得盡可能小心、溫和，因為她知道大家剛開始聽到都會嚇壞。

因果

半小時後，大家圍著餐桌坐在一起。一疊浪馬軍（從附近餐廳叫來的碎肉薄餅）放在中間，幾乎沒人動。大家都沒什麼胃口，但一直勸潔米拉多吃點。她看起來很虛弱，細緻的臉甚至比平常更憔悴。

一開始大家隨興亂聊。但說話跟吃東西一樣，都太費力。坐在萊拉的房間裡，卻少了她從廚房探出頭、拿飲料或零食給他們吃、髮絲從耳後落下的身影，感覺很奇怪。大家的視線在房間裡轉動，在每件大大小小的物品上停留，彷彿第一次發現它們。這間公寓以後會如何？每個人都在想，要是這裡的家具、畫作和裝飾品全都搬走，萊拉會不會某程度也跟著消失？

過了一會兒，甄娜一二三進廚房端了一碗切片蘋果和一盤剛起鍋的哈爾瓦酥糖回來，好讓萊拉的靈魂一路好走。香甜的味道瀰漫房間。

「我們應該在哈爾瓦酥糖上面放根蠟燭，」顛覆說：「萊拉隨時隨地都在找藉口把晚餐變成慶祝會，她很愛派對。」

「尤其是生日派對。」修美拉拖長聲音說，忍住哈欠。她很後悔接連吞了三顆鎮定劑。為了趕走睡意，她給自己煮了杯咖啡。此刻她正攪拌著糖，湯匙鏗鏗鏘鏘敲著瓷杯。

娜蘭清清喉嚨。「她啊，每次都謊報年齡。有次我跟她說：『親愛的，如果妳要亂掰，最好把故事記牢，看是要寫在哪裡。妳不能前一年是三十三歲，隔年又變二十八歲啊！』」

大家哄堂大笑，但又意識到這時候大笑感覺怪怪的，像做錯事，所以又停下來。

「好了。我得跟大家說一件重要的事，」娜蘭宣布：「但請先聽我說完再反駁我。」

「我的天啊，一定不是好事。」修美拉無精打采地說。

「別那麼負面。」娜蘭說。接著她轉向顛覆問：「我記得你有輛貨車，車子現在在哪？」

「我哪有貨車！」

「你岳父家不是有一輛嗎？」

「妳是說我岳父那輛很久沒開的雪佛蘭？他已經好久沒碰那輛車了。幹嘛問這個？」

「沒關係，只要還能開就好。我們還需要幾樣東西：鏟子、鐵鍬，或許還要一台手推車。」

「只有我聽不懂她在說什麼嗎？」顛覆問。

修美拉用指尖揉一揉眼窩。「別擔心，我們都有聽沒有懂。」

娜蘭往後一靠，胸口上下起伏。她開始覺得心跳加速，因為要說出口的事而繃緊神經。

「我提議今天晚上大家一起去墓園。」

「什麼?!」顛覆倒抽一口氣。

記憶慢慢重回腦海：在凡城度過的童年，藥局上方的狹小公寓，底下就是一片古老的墓園，屋簷下沙沙作響，可能是燕子或風或其他東西。他闔上記憶，把注意力轉向娜蘭。

「給我機會解釋，先聽我把話說完。」因為激動，娜蘭說得又急又快。「我真的很氣。一個生前擁有一票好朋友的人，怎能就這樣埋在無主公墓？那怎麼可以是她永遠的歸宿？太不公平了！」

一隻果蠅突然出現，在蘋果上方盤旋，有一瞬間大家都定住不動，看著牠，很慶幸有東西可以分散注意力。

「我們都愛萊拉，」甄娜一二三字斟句酌地說：「是她把我們拉在一起。但她已經不在了。我們應該為她的靈魂禱告，讓她安息。」

娜蘭說：「她在這麼悽慘的地方要怎麼安息？」

「別忘了，哈比比，那只是她的肉體。她的靈魂不在那裡。」甄娜一二三說。

「妳怎麼知道？」娜蘭厲聲問：「或許對妳這樣的信徒來說，肉體不重要……只是暫時的。但對我不是。妳知道嗎？我為了身體拚了老命！為了這些……」她指著自己的胸部。「為了我的顴骨……」她頓住。「如果我的語氣太輕佻，我道歉。我想你們在意的都是你們稱之為『靈魂』的東西，或許世上真的有靈魂，天知道。但我想說的是，身體也很重要，不是像妳說的微不足道。」

「繼續說。」修美拉吸了吸咖啡的香氣才又啜了一口。

「記得那個老先生嗎？過了那麼多年，他仍然因為沒替太太辦一場像樣的喪禮而自責。你們希望自己一輩子自責嗎？每次想起萊拉，內疚感就會折磨我們的心，因為我們知道自己沒有善盡朋友的責任。」娜蘭對著甄娜一二三豎起一邊眉毛。「我沒別的意思，只是我根本不在乎來世。或許妳說的對，萊拉現在已經上了天堂，在那裡教天使怎麼化妝、怎麼幫羽毛上蠟。如果是這樣，那很好，但她在這世上受到的不公平對待呢？我們就這樣算了嗎？」

「當然不行！告訴我們要怎麼做！」顛覆激動地說，但又馬上停住，腦中浮現一個離奇無比的想法。「等等。妳不會是要我們去把她挖出來吧？」

他們期望娜蘭揮揮手，對她不相信有的天堂翻翻白眼，畢竟這是她聽到荒謬想法的一貫反應。當她說要去墓園時，大家以為她心裡想的是幫萊拉辦一場像樣的喪禮，最後一次跟她道別。但現在他們漸漸發現娜蘭提議的事可能更極端。令人不安的沉默降臨，意味著大家都想反對卻又不想第一個反對的時刻。

娜蘭說：「我相信我們應該要這麼做，不只為了萊拉，也為了我們自己。你們有沒有想過，我們死後會有什麼下場？想也知道我們都會得到同樣的五星級待遇。」她指著修美拉。「妳離家出走，親愛的，拋下丈夫，害妳的家人和妳的部族蒙羞。妳的履歷上還有什麼？在三流夜總會裡駐唱。這好像還不夠糟似的，妳甚至演過幾部三級片。」

修美拉臉都紅了。「那時我還很年輕，沒有——」

「我知道，但他們不會了解的。別期望別人會同情妳。抱歉，親愛的，妳會直接淪落到無主公墓。或許顛覆也是，要是他們發現妳過著雙重生活。」

「好了，夠了。」甄娜一二二插嘴，感覺到下一個就是她。「妳把大家都弄得很難受。」

「我說的是事實，」娜蘭說：「應該說，我們都有各自的包袱，而我比誰都多。這種偽善的生活要了我的命。每個人都喜歡看電視上不男不女的歌手表演，但要是他們自己的兒子女兒是那副德性，他們一定會發瘋。我親眼看到聖索菲亞大教堂外面有個女人舉著牌子，上面寫：

末日將近，地震即將來襲。一個充滿妓女和變性人的城市，活該受到阿拉的懲罰！面對現實吧。我是仇恨的磁鐵。我死了之後，一定會被丟到無主公墓。」

「別這麼說。」潔米拉懇求。

「或許你們不知道，但我們說的不是一般的墓園，那裡……只有『悲慘』兩個字可以形容。」

「妳怎麼知道？」甄娜一二三問。

娜蘭轉轉手上的一只戒指。「我有認識的人葬在那裡。」她不需要告訴他們，變性人社群裡的人最後幾乎都會淪落到那裡。「我們得把萊拉從那裡弄出來。」

「那就像因果循環。」修美拉雙手握住杯子。「我們每天都要受考驗。如果你說自己是真正的朋友，總有一天你的真心會受到考驗。宇宙的力量會要求你證明你究竟有多真心。我在萊拉送我的一本書裡看過。」

「我聽不懂妳在說什麼，但我同意，」娜蘭說：「因果，佛陀，瑜伽……哪一個都好。我要說的重點是，萊拉救了我一命。我永遠忘不了那一晚。只有我跟她兩個人。那些笨蛋不知道從哪裡冒出來，開始對我拳打腳踢。王八蛋還捅我胸口一刀，血流得到處都是。不騙你，我像被宰的小羊血流滿地。我以為我會掛掉，真的。後來女超人出現，克拉克．肯恩的堂妹，記得嗎？她抓著我的手扶我起來，那時我才張開眼睛，發現不是女超人，是萊拉。她大可以逃走，卻留下來……為了我。她把我救出去，我到現在還不知道她是怎麼辦到的。她帶我去看醫生，雖然是庸醫。醫生幫我縫合傷口。我欠萊拉一條命。」娜蘭吸氣又慢慢吐氣。「我不想強迫任何人，如果你們不想去，我也能理解，真的。就算得一個人去，我也要做。」

「我跟妳一起去。」修美拉聽到自己說。她把剩下的咖啡一飲而盡，總算有精神了些。

「妳確定？」娜蘭一臉驚訝，知道修美拉有焦慮症和恐慌症。

但今晚吞的鎮定劑似乎讓她忘了恐懼——直到藥效漸退。「對！妳需要有人幫妳。但我得再多煮些咖啡，或許我可以裝在熱水瓶裡帶走。」

「我也一起去。」顛覆說。

「你不喜歡墓園。」修美拉說。

「我是不喜歡……但我是這裡唯一的男人，我覺得自己有責任保護你們，不讓你們做傻事，」顛覆說：「再說，沒有我你們也弄不到那輛貨車。」

甄娜一二二睜大眼睛。「等等，大家先等等。我們不能這麼做。挖屍體是犯法行為！我可以問一下，之後你們打算把她帶去哪裡嗎？」

娜蘭動了動，現在才發現自己沒把計畫第二階段想清楚。「我們可以把她帶去一個怡人、像樣的地方安息，常常帶花去看她，甚至想辦法請人幫她做個墓碑。大理石的，又亮又光滑，刻上一朵黑玫瑰和達阿利最喜歡的詩。他很喜歡的那個拉美詩人叫什麼來著？」

「聶魯達。」顛覆說，眼神飄向牆上的一幅畫。畫中，萊拉坐在床上，身穿深紅色短裙和比基尼上衣，胸部呼之欲出，頭髮高高盤起，臉微微轉向看著她的人。她如此地美麗，遙不可及。顛覆知道這幅畫是達阿利在妓院幫她畫的。

「對，聶魯達！」娜蘭說：「那些拉美人有種把性和悲傷合而為一的特殊才能。大多國家的人都只擅長描寫一種，但拉丁美洲人兩種都很行。」

「或是希克美[22]的詩，」顛覆說：「達阿利和萊拉都很愛他。」

「對，太好了，所以墓碑的事就這麼辦。」娜蘭點頭表示認同。

「什麼墓碑？你們知道你們說的話有多瘋狂嗎？你們甚至不知道要把她埋在哪裡！」甄娜一二二說，雙手一攤。

所有眼睛轉向他。

娜蘭皺起眉頭。「我會想辦法的，可以嗎？」

「我認為我們應該把她埋在達阿利的身旁。」顛覆說。

「對，我怎麼沒想到？」娜蘭激動地說：「他埋在貝貝克那個陽光充足的墓園，地點超棒，景色又美，很多詩人和音樂家都埋在那裡，萊拉會有很多好同伴。」

「這樣她能跟生命中的摯愛在一起。」顛覆說，但眼睛沒看任何人。

甄娜一二二嘆了口氣。「大家可以醒一醒嗎？達阿利埋在一個有人看守的墓園裡。我們不能就這樣進去亂挖，得先拿到正式許可才行。」

「正式許可！」娜蘭嗤之以鼻。「大半夜有誰會檢查？」

修美拉起身走向廚房時，對甄娜一二二點點頭，撫平她的情緒。「妳不用來，沒關係的。」

「我沒有選擇。」甄娜一二二說，激動得聲音顫抖。「總得有人在你們旁邊，替你們禱告，不然你們下半輩子都會被詛咒。」她抬起頭看著娜蘭，挺起胸膛。「答應我妳不會在墓園裡罵髒話，不會說對神不敬的話。」

「我答應妳，」娜蘭開心地說：「我會好好對待妳的神靈。」

其他人你一言我一語時，潔米拉默默離開桌前。她穿上外套站在門前，正忙著綁鞋帶。

「妳要去哪裡？」娜蘭問。

「我在準備啊。」潔米拉平靜地說。

「妳不能去，親愛的。妳得待在家，給自己泡杯茶，看著卓別林先生，在家等我們回來。」

「為什麼？如果你們要去，我也要去。」潔米拉瞇起眼睛，鼻孔微張。「如果這是你們身為朋友的責任，那也是我的責任。」

娜蘭搖搖頭。「抱歉，但我們得考慮到妳的健康。我們不能半夜帶妳去墓園，萊拉會活剝了我的皮。」

潔米拉把頭往後一甩。「妳們可不可以不要再把我當做快死的人！我還沒有死，可以嗎？還沒有。」

她平常很少發怒，所以大家都安靜下來。

一陣強風從陽台吹來，窗簾隨風飛揚。一瞬間，房裡彷彿多了個人。就像幾乎察覺不到的呵癢，或是落在頸背上的髮絲。但後來風變強，現在他們都感覺到那股力量，還有拉扯。要不是他們踏進了某個看不見的領域，要不就是某個領域滲入他們的世界。當牆上的時鐘滴答流逝時，所有一切都等著午夜到來——牆上的畫、隆隆作響的公寓、耳聾的貓、果蠅，還有龍舌蘭·萊拉的五個老朋友。

22　土耳其的左派詩人。

路

比尤德爾路的轉角，烤肉餐廳的對面，有個讓很多粗心大意的駕駛落入圈套的測速陷阱，日後肯定會有更多駕駛自投羅網。不時會有一輛巡邏車埋伏在濃密的灌木叢背後，把肆無忌憚闖過十字路口的車子攔下來。

從駕駛人的角度來看，讓他們出乎意料的是警察埋伏的時間。有時是天剛亮，有時只有在下午時間。有些時候警察又完全不見人影，大家就以為警察打包回家了。但有時又會有一輛藍白色車時常停在那裡，像一頭等待時機撲向獵物的美洲豹。

從警察的角度來看，這裡是伊斯坦堡最糟的值勤地點。不是因為沒車可攔下來開罰單，而是因為太多。雖然開罰單幫國庫增加不少收入，當局卻不一定會感激。所以警察難免自問，那麼認真有什麼好處。再說，這份工作充滿了陷阱。他們攔下的車三不五時剛好就是某個大官、大老闆、大法官或大將軍的妻子、情婦、兒子或姪子。如此一來，警察的麻煩就大了。

有個同事就碰過這種狀況，偏偏這傢伙又剛正不阿。他把一名開鋼青色保時捷的年輕人攔下來，因為他危險駕駛（邊吃披薩邊開車，沒握方向盤）和闖紅燈。坦白說，伊斯坦堡每天不知有多少駕駛人犯同樣的錯。若說巴黎是戀愛之都、耶路撒冷是上帝之都、拉斯維加斯是罪惡之都，那麼伊斯坦堡就是一心多用之都。但這名警察仍然把保時捷給攔了下來。

「你闖紅燈——」

「真的嗎？」駕駛人打斷他：「你知道我叔叔是誰嗎？」

任何一個機靈的警察都會留意這個暗示。社會各階層的許許多多人，每天都會聽到類似的暗示並馬上接收到訊息。他們知道罰單可以修改，規則可以變通，有人就有例外。他們知道政府官員可以暫時蒙上眼睛，耳朵也可以視情況閉上。但這個警察雖然不是新人，卻有種無可救藥的毛病：理想主義。聽到駕駛人這麼說，他不但沒退縮，還說：「我管你叔叔是誰，規定就是規定。」

連小孩都知道這並非事實。規定有時候是規定。其他時候只是空話、可笑的文字或沒哏的笑話，視情況而定。規定是洞很大的篩網，各種東西都篩得過；規定是早就沒味道又不能吐掉的口香糖；規定在這個國家和整個中東絕對不是單純的規定。忘了這點害他賠上工作。這名駕駛人的叔叔是部長級的人物，後來命人把他調到連車子都很難看到的東岸偏僻小鎮。

所以，今天晚上兩名巡警守在這個討人厭的地點，都不想開罰單自找麻煩。他們舒服地靠著椅背，聽廣播上的足球賽——乙級聯賽，不是什麼重大比賽。較年輕的那個開始聊起他的未婚妻，而且說個沒完。另一個警察不懂怎麼會有男人這樣，他巴不得把太太拋到腦後，至少上班這幾個小時如釋重負。他以抽菸為藉口下車點了根菸，兩眼盯著空蕩蕩的馬路。這對他是全新的體驗。以前他有過無聊或疲勞的感覺，但對厭惡卻很陌生。他正在奮力對抗這種強烈的情緒。

抬起頭看到遠方一團厚實的雲霧時，他豎起眉毛。雷雨欲來，他不禁擔憂起來。正想著大雨會不會像上次一樣漫進各地的地下室時，有個尖銳而響亮的聲音嚇了他一跳。他頸部的汗毛立了起來。輪胎輾過柏油路的吱軋聲讓他頭皮發麻。他還沒轉身去看，就從眼角瞥見有東西在動。接著他看到一輛車：一頭怪獸衝上馬路，一頭金屬賽馬往隱形的終點線奔馳。

那是一輛小貨車，一九八二年的雪佛蘭Silverado。這種車很少會在伊斯坦堡看到，比較適合開在澳洲或美國那種寬大的道路上。看起來曾經是金翅雀那種活潑明亮的鮮黃色，如今蒙上塵土和鐵鏽。不過，真正抓住警察目光的是握方向盤的人。駕駛座上坐著一個魁梧的女人，閃亮的紅髮飛揚四散，嘴裡叼著一根菸。

貨車疾駛而去時，警察匆匆一瞥擠在車斗上的人。他們緊緊抱著對方抵擋狂風，雖然難以看清他們的臉，看他們低頭彎身的樣子就知道他們坐得很不舒服，手中還抓著看似鏟子、鐵鍬和十字鎬的東西。貨車突然轉左又轉右，要是路上有車鐵定會出事。後座的一個胖女人尖叫一聲，身體失去平衡，手一鬆，手中的十字鎬「砰」一聲滾到路上。接著他們全都消失不見，貨車、司機、乘客都是。

警察把菸丟到地上踩熄並嘖嘖口水，花了片刻消化剛剛目睹的畫面。當他打開車門拿出車上的無線電時，手抖個不停。

他的同事也瞪大眼睛看著馬路，開口時聲音很激動。「我的天啊，你看到了嗎？那是十字鎬嗎？」

「看起來是。」年長的警察說，盡可能穩住語氣。「去把它撿起來。我們可能需要它當證物，況且也不能任它丟在那裡。」

「你想是怎麼回事？」

「直覺告訴我，那輛貨車不只是要趕去某個地方……有點可疑。」他說完就打開車上的無線電。「值班人員二三六報告。是否收到？」

「請說，二三六。」

「雪佛蘭貨車，超速駕駛，可能有危險。」

「有其他乘客嗎？」

「是。」他的喉嚨突然哽住。「可疑貨物，後座四名乘客，往齊尤斯的方向開去。」

「齊尤斯？確認。」

警察重複一遍地點和描述，然後等發送員把資訊轉給該區警察局。

無線電的沙沙靜電聲消失之後，年輕的警察問：「為什麼是齊尤斯？晚上這時候那裡什麼都沒有，只是一個安靜的古老小鎮。」

「除非他們要去海灘。誰知道，或許是要去開月光派對。」

「月光派對……」年輕警察的聲音透露一絲妒羨。

「也有可能是要去那個悲慘的墓園。」

「什麼墓園？」

「哦，你不會知道的。那是海邊一個詭異又陰森的地方。靠近古老的堡壘。」年長的警察沉吟道。「很多年前的一個深夜裡，我們在追捕一個惡棍，那個混蛋跑進了墓園，我追了進去——天啊，當時我太天真。我在黑暗中絆到某個東西，是樹根還是大腿骨？我看都不敢看，只顧著跌跌撞撞往前追。我聽到前面有聲音，低沉的呻吟。我很確定那不是人的聲音，但聽起來也不像動物。我轉過身，從原路跑回去，可是那聲音卻跟著我跑——我對《可蘭經》發誓！一股怪異的腐臭飄散在空氣中，我這輩子從沒那麼害怕過。後來我幸運逃了出去，但隔天我太太跟我說：『你昨晚做了什麼？衣服臭死了！』」

「天啊，好毛。我從沒聽說過。」

年長的警察點著頭說：「是啊，算你幸運。有些地方不知道比較好，那就是其中之一。只有被詛咒的人才會淪落到無主公墓；只有那些注定翻不了身的人。」

翻不了身的人

離伊斯坦堡市中心約一小時車程，在黑海的岸邊，座落著一個古希臘的小漁村，名叫齊尤斯。此地以白沙灘、小飯店、懸崖峭壁，還有一座從未成功抵禦過入侵軍隊的中世紀堡壘聞名。幾世紀來，各式各樣的人來了又走，留下他們的歌曲、禱告和詛咒，包括拜占庭人、十字軍戰士、熱那亞人、海盜、鄂圖曼人、頓河哥薩克人，有一小段時間還有俄羅斯人。

今日再也沒有人記得這些歷史。齊尤斯是希臘名，原為Kilia，也就是覆蓋和抹去一切、用徹底遺忘取代歷史遺跡的沙土。如今，這條海岸線變成熱門的觀光度假勝地，聚集了海外和當地的遊客。此地到處可見各種對比：私人沙灘和公共沙灘；穿比基尼和包頭巾的女人；出外野餐的家庭和飛馳而過的自行車手；社會住宅跟高級別墅比鄰而居；濃密的橡樹、松樹和山毛櫸，還有柏油停車場。

齊尤斯的海浪頗為洶湧。激流和狂浪每天都會捲走一些人，海岸巡邏隊駕著橡皮艇將屍體打撈上岸。很難說死者究竟是太過自信才游出浮標，還是被暗流像甜美的搖籃曲一樣拉進懷抱。來度假的遊客都會從岸邊觀察在眼前展開的悲劇。他們舉手遮住太陽，從雙筒望遠鏡裡眺望，目不轉睛盯著一個方向，彷彿中了魔咒。重新開口時他們興致勃勃，就像分享刺激冒險的同伴，即使只有短短幾分鐘，說完又躺回日光浴椅和吊床上。有一會兒時間，他們會面無表情，似乎想移往別的地方，另一個沙灘一樣金黃但或許風沒那麼大、海沒那麼凶的地方。但這裡從很多方面來看都是個好地方，價錢可負擔，餐廳有水準，氣候溫和，風景迷人，而且天知道他們有多需要好好休息。雖然他們絕不會說出口，甚至不會對自己承認，但他們心裡有部分都痛恨死者竟敢在度假勝地溺死，這種行為自私得要命。他們辛苦工作了一整年，努力存錢，忍受陰晴不定的上司，吞下尊嚴，壓抑怒火，在絕望的時刻想像在太陽下的悠閒生活。因此，他們最後還是留在這裡。想冷靜下來時，他們就去泡泡水，拋開惱人的念頭：幾分鐘前有個不幸的人在同一片大海中送了命。

偶爾會有擠滿難民的船在海中翻覆。他們的屍體會被打撈上岸排在一起，記者圍在周圍寫下報導。之後，屍體就會被搬進本來用來載冰淇淋和冷凍魚的冷凍車，載往一座特別的墓地——無主公墓。阿富汗人、敘利亞人、伊拉克人、索馬利亞人、厄利垂亞人、蘇丹人、奈及利亞人、黎巴嫩人、伊朗人、巴基斯坦人等等都被埋在離家千里遠的地方，隨便丟在找得到的空隙裡長眠。他們的四面八方都是土耳其居民，雖然既非難民也不是非法移民，卻十之八九在自己國家也同樣受到排擠。於是乎，觀光客甚至很多當地居民都不知道齊尤斯有這麼一座獨一無二的墓園。這座墓園專收三種死者：沒人要的、身分低賤和身分不明的。

園中遍布三齒蒿、蕁麻和矢車菊，四周圍著木頭柵欄，但欄杆缺的缺、斷的斷，鐵絲網變形，成了伊斯坦堡最奇怪的一座墓園。這裡的訪客少之又少。連老經驗的盜墓者都跟它保持距離，害怕被不幸的亡魂詛咒。打擾死者安息本來就是件危險的事，打擾下場悽慘的死者簡直就是直接走向災難。

幾乎所有埋在無主公墓裡的人，某方面來說都是被遺棄的人。其中很多被家人、村子甚至整個社會遺棄。毒蟲、酒鬼、賭徒、小混混、流浪漢、逃犯、棄嬰、失蹤人口、精神病患、無家可歸的人、單親媽媽、妓女、皮條客、變裝癖者、愛滋病患者……沒人要的人，社會上的賤民，文化上的痲瘋病人。

在這裡長眠的還有心狠手辣的殺人凶手、連續殺人犯、自殺炸彈客和性侵犯，還有——或許難以理解——他們的無辜受害者。邪惡的和善良的，殘酷的和仁慈的，都一起埋在六呎之下，淒涼地一排連著一排。其中大多數連最簡單的墓碑都沒有。沒有名字也沒有出生年月日，只有一塊粗糙的木板上面寫了號碼，有的甚至連這個也無，只有一塊生鏽的金屬牌。就在一片雜亂之中，在幾千幾百個無人照料的墳墓之間，有一個才剛挖好的墓。

龍舌蘭·萊拉就埋在底下。

七〇五三號。

她右邊的七〇五四號是個自我了斷的音樂創作人，至今到處都還有人唱著他寫的歌，全然不知寫下這些動人歌詞的人躺在一個遭人遺忘的墳墓裡。無主公墓有很多自我了斷的人，他們多半來自小村鎮，那裡的伊瑪目不願替他們主持喪禮，家人也因為太過羞恥或哀痛而同意將他們埋在遙遠的異鄉。

七〇六三號，萊拉北邊的墳墓躺著一個殺人凶手。因為妒火攻心，他開槍斃了妻子，之後又衝去他懷疑跟妻子有染的男人家裡將他射殺。最後只剩一顆子彈，沒有了對象，於是他把槍對準自己的太陽穴，結果沒打中，轟了自己的一邊腦袋，陷入昏迷，幾天後才死去。沒人領回他的遺體。

七〇五二號，萊拉左邊的鄰居是另一個黑暗的靈魂。一個狂人。他決心要走進一家夜總會射殺所有正在喝酒跳舞的罪人，卻又弄不到槍枝，沮喪之下決定自製炸藥，在壓力鍋裡塞滿浸過老鼠藥的鐵釘。每個細節他都計畫好了，卻在製造致命武器時炸掉自己的家。鐵釘到處亂飛，其中一根直接打中他的心臟。這不過是兩天前的事，此刻他已經躺在這裡。

七〇四三號，萊拉南邊的鄰居是個信仰禪宗的佛教徒（墓園裡的唯一一個）。她從尼泊爾飛往紐約探望孫兒孫女，途中不幸腦溢血。飛機緊急迫降，她在伊斯坦堡，一個她從未到過的城市死去。家人希望她的遺體在當地火化再把骨灰送回尼泊爾；根據他們的信仰，她應該在斷氣的地方火化。但火葬在土耳其是非法的，根據伊斯蘭律法，應該將她盡快掩埋[23]。

伊斯坦堡沒有佛教墓園。這裡有各式各樣的墓園：古老的和現代的、穆斯林（遜尼派、阿列維派和蘇菲派）、羅馬天主教、希臘東正教、亞美尼亞使徒教會、亞美尼亞天主教會、猶太教，但就是沒有專收佛教徒的墓園。最後，老奶奶被帶來無主公墓。她的家人也點頭同意，說她不會介意，就算在陌生人之中她也能安息。

萊拉附近的其他墳墓是拘禁期間死去的革命人士。官方紀錄上說是「自殺，頸部綁著繩子（或領帶、床單、鞋帶）陳屍牢中」。屍體上的淤傷和燒傷訴說著另一個故事，顯示死者曾遭警方嚴刑拷打。有幾個庫德族的叛亂份子也葬在這裡，從這個國家的另一頭大老遠送來這裡。當局不希望他們在人民眼中變成烈士，所以就把他們的屍體像玻璃製品一樣小心包好運往別處。

墓園裡年紀最小的居民是棄嬰。這些放在清真寺庭院、陽光直曬的遊樂場或光線陰暗的電影院裡的包裹，幸運地被路人撿起來交給警察，警察還會好心地餵他們喝奶、給他們衣服穿，甚至幫他們取「幸福」、「喜悅」或「希望」這類振奮人心的名字，扭轉他們的不幸。但偶爾還是會有沒那麼幸運的嬰兒，在外面凍一晚就可以要他們的命。

伊斯坦堡每年的平均死亡人數是五萬五千人，其中只有一百二十人會淪落到齊尤斯的這個地方。

23 根據穆斯林傳統，人死後三天內就得安葬，並需保持大體完整，不得火葬、樹葬或海葬。

訪客

深夜時分，被閃電切成一片片的夜空下，有輛雪佛蘭小貨車飛馳而過古老的堡壘，揚起滾滾灰塵，哐啷哐啷往前駛去。車子沿著路緣一路滑行，猛地一轉，朝一片把陸地跟海面分開的高聳岩石前進，又在最後一刻及時轉回路上。往前再開幾碼，車子終於猛然停住。頃刻間一片靜寂，車裡車外都是，連傍晚就開始吹的強風似乎都逐漸減弱。

駕駛座的門「吱」一聲打開，鄉愁．娜蘭跳下車。一頭紅髮在月光下閃閃發亮，如一圈火焰。她上前幾步，兩眼盯著從眼前延伸而去的墓園。她仔細觀察眼前的景象：生鏽的鐵門、一排排破舊的墓地、充當標誌的木板、根本阻擋不了惡棍的破損圍欄，還有盤根錯節的柏樹。這地方看起來陰森又不歡迎人，跟她想像的一樣。她大吸一口氣，往肩後一瞥並宣布：「我們到了！」

這時候擠在車斗上的四個身影才敢移動。他們一個接一個抬起頭，嗅嗅空氣，像野鹿在確認附近有沒有獵人。

第一個起身的是好萊塢．修美拉。她一揹著背包爬下車就摸摸頭頂，檢查髮髻有沒有亂掉。髮髻突出來，還歪成奇怪的角度。

「天啊，我的頭髮亂七八糟。我的臉都麻了，凍僵了。」

「是風的關係，妳真沒用。今天晚上有暴風雨，我就叫妳要包住頭，但妳這個人啊，從來就不聽我的。」

「不是風，是因為妳的開車技術。」甄娜一二三說，吃力地從後座爬下來。

「那叫『開車』？」顛覆先跳下車再扶潔米拉下來。

顛覆的稀疏頭髮像羽毛一樣站起來。他很後悔沒戴毛帽，但也漸漸開始後悔大半夜跑來這個悽慘的地方，比起來沒戴帽子就不算什麼了。

「妳究竟是怎麼拿到駕照的？」甄娜一二三問。

「跟教練睡覺。」修美拉低聲說。

「喔，你們全都閉嘴。」娜蘭皺起眉頭。「你們沒看到路況嗎？多虧有我，我們至少平安無事地抵達了。」

「平安！」修美拉說。

「無事！」顛覆說。

「混蛋！」娜蘭快速又果斷地大步走向車斗。

甄娜一二三嘆了口氣。「呃，可以注意妳的用語嗎？我們說好了。在墓園裡不能大聲嚷嚷和口出惡言。」她從口袋拿出念珠開始撥弄。直覺告訴她，今天晚上的冒險行動不會太順利，她得盡她所能尋求好心神靈的幫助。

這時候，娜蘭放下後檔板，開始拿出工具：手推車、鋤頭、尖嘴鋤、鏟子、鐵鍬、手電筒，還有一捆繩子。她把東西放在地上，然後抓了抓頭。「十字鎬不見了。」

「那個，」修美拉說：「我……可能把它弄掉了。」

「什麼意思？可能把它弄掉了？那是十字鎬，又不是手帕。」

「就從我手裡滑掉了。要怪就怪妳自己，妳開車像瘋子一樣。」

娜蘭冷冷瞪她一眼，但在黑暗中沒人看到。「好吧，閒聊夠了，該行動了。我們的時間不多。」她抓起鐵鍬和手電筒。「每個人都拿一樣工具！」

大家一一跟著她往前走。大海在遠方呼嘯，使出強大的力量撲向海岸。風又吹起，捎來海水的鹹味。背後，古老的堡壘耐心地等著，數十年來如一日。有隻動物的影子掠過柵門，或許是老鼠或刺蝟，趕在暴風雨來臨前跑去躲起來。

他們一夥人悄悄推開墓園的柵門走進去。五個闖入者，五個朋友，尋找著他們失去的人。

就在這時候，月亮消失在雲後面，整片大地陷入暗影之中。有一瞬間，位在齊尤斯的這座孤寂墓地可能是世界上的任何一個地方。

夜

夜晚的墓園跟夜晚的城市不一樣。在這裡，黑暗與其說是缺少光亮，不如說它本身就是一種存在。一個活生生、會呼吸的實體。黑暗像好奇的動物跟在他們後面，究竟是在警告他們前方有危險，還是在等待機會把他們推向危險，誰都說不清。

他們迎著狂風往前走。一開始走得很快，就算不是被恐懼推著走，也因為心中不安而急急邁步。一行人排成縱隊前進，由娜蘭帶頭，她一手抓鐵鍬，一手抓手電筒。她後面是各拿一樣工具的潔米拉和顛覆，再來是推著空手推車的修美拉。甄娜一二二殿後，不只因為她的腿比較短，還有她忙著灑鹽片和罌粟籽驅走惡靈。

有股強烈的氣味從地面飄上來，是潮濕的泥土和石頭、野薊、腐爛的葉子，還有他們不想說出的東西發出的味道。類似麝香的濃烈腐敗味。他們看到長滿綠色地衣的石頭和樹幹，葉子般的鱗片在黑暗中如鬼影一閃一閃。有些時候，象牙白迷霧在他們眼前盤旋。有一度他們聽到彷彿從地下傳來的窸窣聲。娜蘭停下腳步，把手電筒四下照了照。直到這一刻他們才警覺這座墓園有多大、他們的任務有多艱鉅。

一行人盡可能一個接一個排成一列，儘管路很小、路面又很滑，因為這似乎是正確的方向。但過不久小路消失了，他們開始爬上墳墓之間沒有路徑的斜坡。周圍有數不清的墳墓，多半有牌子標出號碼，也有不少牌子已經不見。在微弱的月光下，這些墳墓看起來有如妖魔鬼怪。他們偶爾會看到特殊的石灰岩墓碑，甚至還有一個刻了一句話：

別以為你活著，而我已不在，
在這個遭人遺忘的地方，一切都非表面所見……　Y. V.

「夠了，我要回去了。」顛覆說，手中緊抓著鏟子。

娜蘭撥開袖子上的一根刺藤。「別傻了，那只不過是一首笨詩。」

「笨詩？這個男人在威脅我們。」

「妳哪知道他是男是女，上面只有縮寫。」

顛覆搖搖頭。「不重要，反正葬在這裡的人在警告我們別再往前走了。」

「就跟電影演的一樣。」修美拉低聲說。

顛覆點點頭。「沒錯，有一群遊客踏進一棟鬼屋，到了晚上他們全都死了！妳知道觀眾怎麼想嗎？全是他們自找的。明天的早報就會這樣寫我們。」

「明天的早報早就送去印了。」娜蘭說。

「好極了。」顛覆擠出微笑。有一片刻他們彷彿在萊拉位於多毛卡夫卡街的公寓裡，六個人在裡頭閒聊、取笑對方，聲音如風鈴叮叮噹噹響。

又一道閃電劃過，這次感覺好近，地面彷彿從底下被照亮。緊接著，雷聲劈劈啪啪響起。顛覆停下腳步從口袋拿出菸草袋。他給自己捲了根大麻菸，但火一直點不起來，因為風太大。最後終於點燃，他深吸一口。

「你在幹嘛？」娜蘭問。

「安定神經，我可憐的神經快不行了。我怕會在這裡心臟病發。我父親那邊的男人都不到四十三歲就死了。我父親四十二歲那年心臟病發。猜猜我今年幾歲！我敢說這個地方對我的健康有害。」

「得了，把自己弄得精神恍惚有什麼好處？」娜蘭豎起眉毛。「再說，香菸從很遠就會看到，不然你想戰場上為什麼要禁止士兵抽菸？」

「拜託，我們又不是在打仗！那妳的手電筒又怎麼說？敵人看得到我的菸屁股，難道就看不到妳手電筒的光？」

「我把燈對著地上。」娜蘭說，照照附近的一個墳墓以證明她的論點。有隻蝙蝠一驚而起，拍著翅膀從他們頭上飛過去。

顛覆丟掉手上的菸。「好了。現在妳開心了吧？」

他們彎來彎去，繞過木板和虯結的樹木，在冷風中滿頭大汗，繃緊敏感的神經，自知是一群不速之客。蕨類和薊擦過他們的大腿，秋天的落葉在腳下喀喳作響。

娜蘭的靴子卡到樹根，她絆了一下又重新站好。「什麼鬼！」

「別說粗話，」甄娜一二二警告她。「神靈可能會聽到，他們就住在墓穴底下的地道裡。」

「現在可能不適合告訴我們這個。」修美拉說。

「我不是要嚇你們。」甄娜一二二神情哀悽地注視著她。「要是碰到神靈，你們知道該怎麼辦嗎？別慌，這是規則一。規則二是別跑，因為他們動作比我們快。規則三，別嘲笑他們，女神靈的脾氣尤其壞。」

「這我完全可以理解。」娜蘭說。

「有規則四嗎？」潔米拉問。

「有，別被他們迷惑，神靈都是變身大師。」

娜蘭哼了一聲又趕緊閉嘴。「抱歉。」

「是真的。」甄娜一二二又說：「如果你讀過《可蘭經》就知道。神靈可以變換成各種形體，人類、動物、植物、礦物……看到那棵樹沒？你以為那是一棵樹，但它可能就是神靈變的。」

修美拉、潔米拉和顛覆都偷偷斜睨那棵山毛櫸一眼。它看起來古老又平凡，節瘤錯綜，樹枝看起來跟地底下的屍體一樣毫無生命。但現在仔細一看，他們卻覺得它或許真會散發神奇的能量，某種超自然靈氣。

不為所動繼續往前走的娜蘭放慢腳步，往身後一瞥。「夠了！別再嚇他們了。」

「我是在幫忙好嗎。」甄娜一二三不服氣地說。

就算那些胡說八道是真的，何必要塞給人一堆他們不知道拿它怎麼辦的資訊？娜蘭很想這麼回她，但終究還是忍住。在她看來，人類就像遊隼。這種猛禽雖然擁有自由自在翱翔天際的本領，有時卻會被迫或自願選擇受縛。

以前在安納托利亞時，娜蘭曾經近距離看過鷹隼蹲踞在獵人的肩膀上，乖乖等待主人的獎賞或命令。獵鷹者吹的口哨，就是終止自由的呼喚。她也看過那些尊貴的猛禽被蒙上頭罩，避免牠們太容易驚慌。看到就會知道，知道就會害怕。每個獵鷹者都明白，看到的愈少，鷹隼就愈平靜。

但蒙著頭罩就不知東西南北，天空和土地都化為一塊黑布，雖然得到安慰，鷹隼仍會緊張不安，彷彿隨時等著一拳飛過來。幾年後的現在，娜蘭覺得宗教（還有權力、金錢、意識型態和政治）就像那面頭罩。所有的迷信、預言和信仰，都把人類變得盲目好控制，甚至打擊他們的自尊，讓他們什麼都害怕。

但那不是她。當她凝視著在手電筒照射下有如水銀閃閃發亮的蜘蛛網時，她反覆對自己說她寧願什麼都不相信。不相信宗教，也不相信意識形態。她，鄉愁．娜蘭，永遠不會被蒙上眼睛。

伏特加

到了一個彎角，又要開始爬坡，五個朋友停下腳步。這裡的墳墓編號亂七八糟，沒照順序來。鄉愁・娜蘭用手電筒掃過去，唸出上面的數字：「七〇四〇、七〇二四、七〇四八……」

她皺眉，彷彿懷疑有人在取笑她。她的數學一向不好，其實其他科目也是。直到今天，她還是常作重回學校的夢。她看見自己又變回穿著難看制服的小男孩，頭髮剃很短，老師因為他差勁的拼音和更差勁的文法當著全班同學打他。那時候「閱讀障礙」還沒進入村子的日常用語中，老師或同學都對娜蘭的狀況毫不同情。

「妳還好嗎？」甄娜一二二問。

「好得很！」娜蘭恢復鎮定。

「這些墓碑好怪，」修美拉低喃：「現在要往哪走？」

「你們在這裡等，我先去看看。」娜蘭說。

「要不要我們其中一個陪妳去？」潔米拉一臉擔憂。

娜蘭揮了揮手，她需要獨處片刻整理思緒。她從外套拿出一個隨身酒瓶，咕嚕嚕灌了一大口給自己壯膽，然後把酒瓶拿給修美拉，因為五個人之中只有他們兩個喝酒。「試試看，但要小心點。」

說完她就消失了。

沒了手電筒，月亮又暫時躲到雲後面，四個人被丟在一片黑暗中。他們一點一點挨近彼此。

「你們知道都是這樣開始的，」修美拉低語：「我是說電影裡面。其中一個人拋下其他人，然後死得很慘。雖然事發地點離其他人不遠，但當然沒人知道。之後又有一個走掉，也是同樣的下場……」

「放輕鬆，我們不會死的。」甄娜一二三說。

若說吞了鎮定劑的修美拉開始緊張起來，那顛覆比她還糟。他問：「她給妳的酒……我們何不也喝一小口？」

修美拉遲疑了。「你知道你每次喝酒都很慘。」

「但那是平常，今天晚上是特殊狀況。我跟你們說過，我們家族裡的男人都很早死。我怕的不是這個地方，而是讓我全身發冷的死亡。」

「你何不抽你的大麻菸？」潔米拉好心地建議他。

「沒了。我這樣子要怎麼走？或是挖墳？」

修美拉和甄娜一二三互看一眼。潔米拉聳聳肩。

「好吧，」修美拉說：「老實說，我自己也得來一口。」

顛覆從她手中搶走酒瓶，豪飲一大口。接著又一口。

「夠了。」修美拉制止他。她自己也灌了一大口。一道烈火衝下喉嚨，她五官扭曲，彎下腰。「什麼……啊……這什麼？」

「不知道，但我喜歡。」顛覆說，又把酒瓶搶過來灌了一口。感覺很好，他立刻又唏哩呼嚕喝了一口。

「嘿，可以了。」修美拉把酒瓶搶回來，蓋上蓋子。「這東西很烈。我從來沒有——」

「好，我們走吧！走這裡！」有個聲音從陰影中響起。娜蘭回來了。

「妳的酒，」修美拉走向她，問：「是什麼鬼東西？」

「妳喝了嗎？那種酒很特別。他們叫它Spirytus Magnanimus，波蘭伏特加，或是烏克蘭、俄羅斯或斯洛伐克。我們為了是誰發明果仁蜜餅吵個不停，究竟是土耳其人、黎巴嫩人、敘利亞人還是希臘人……斯拉夫人也有自己的伏特加戰爭。」

「所以那是伏特加？」修美拉一臉不敢置信。

娜蘭咧嘴笑了。「沒錯！但跟其他伏特加都不一樣。酒精濃度百分之九十七，實際用途很廣。牙醫用來拔牙，外科醫生用來開刀，甚至做香水也用得到。但在波蘭，他們都是在喪禮上喝，為死者乾杯。所以我想帶來這裡應該很適合。」

「妳帶致命伏特加來墓園？」甄娜一二二搖著頭說。

「我不期待妳會感謝我。」娜蘭說，聽起來很受傷。

「妳找到萊拉的墳墓了嗎？」潔米拉故意改變話題化解緊張。

「找到了！在另一邊。各位準備好了嗎？」

沒等大家回答，鄉愁．娜蘭就用手電筒指著他們左邊的小徑並大步走去，沒注意到顛覆臉上浮現的詭異笑容，還有逐遍變得呆滯的眼神。

人非聖賢

最後他們終於找到了。五個人一個挨著一個傾身向前，盯著某個墓穴，彷彿那是一個他們必須解開的謎語。跟其他墳墓一樣，這個也只標出號碼，碑上既沒有刻「龍舌蘭」也沒有「萊拉」。甚至沒有墓碑，也沒有一小塊受到細心照料的土地，周圍整齊排出一圈花朵。只有一塊木板，某個墓園員工在上面草草寫上數字。

有隻蜥蜴受到驚嚇，急急從石頭底下逃去尋求掩護，最後消失在前方的糾結樹叢中。修美拉壓低聲音問：「萊拉就埋在這裡嗎？」

娜蘭沉默而堅定地站在原地。「對，開始挖吧。」

「等等。」甄娜一二二舉起手。「我們得先禱告，不能沒有像樣的儀式就把屍體挖出來。」

「好吧，」娜蘭說：「拜託別弄太久，我們得動作快。」

甄娜一二二從袋子裡拿出一個罐子，在墳墓周圍灑上她之前調配的東西：岩鹽、玫瑰水、檀木膏、荳蔻籽和樟腦。她閉上眼睛，掌心朝上，開始背誦《可蘭經》第一章。修美拉加入她。顛覆覺得頭昏腦脹，得先坐下來才有辦法禱告。潔米拉在身上畫三次十字，嘴裡唸唸有詞。

接下來的寂靜瀰漫著悲傷。

「好，開始了。」娜蘭說。

她用全身的重量把鐵鍬深深插進土裡，用靴子大力踩鍬片。之前她還擔心土會結冰，沒想到又濕又軟，她很快就開始掘土，動作形成一種節奏，不久就被熟悉安心的味道和泥土的觸感包圍。

腦海掠過一個畫面。她想起第一次看到萊拉的情景。一開始她只是妓院窗前的其中一張臉，呼吸使玻璃蒙上霧氣。她舉手投足嫻靜優雅，幾乎讓人忘了她身在何處。頭髮披肩，眼睛又大又黑表情豐富，很像娜蘭有次犁田時發現的銅板上印的女人。她就像那個拜占庭女皇，臉上的表情難以捉摸，抵抗著時間與空間。她還記得他們以前常約在糕餅店，跟對方掏心掏肺，互吐心事。

「妳有沒有想過她後來怎麼了？」有天萊拉突然問她：「妳那個小新娘……妳把她孤伶伶丟在那個房間裡。」

「我相信她一定嫁給別人了，現在都兒女成群了。」

「重點不是這個，親愛的，妳不是寄給我明信片嗎？妳應該寫封信給她，解釋來龍去脈並向她道歉。」

「妳是認真的嗎？我被迫跟人假結婚，那可能會要我的命，我逃走是為了自保。難道妳寧願我留下來，一輩子活在謊言裡？」

「當然不是。我們都得盡力改善自己的生活，那是應該的，但除此之外也要避免在過程中傷害別人。」

「天啊！」

萊拉用她那種耐心、體諒的眼神看著她。

娜蘭只好舉手投降。「好吧好吧……我會寫信給我親愛的老婆。」

「妳保證？」

娜蘭繼續挖著萊拉的墳墓時，思緒自動跳到這段遺忘已久的對話。她腦中響起萊拉的聲音，同時也想起自己從沒寫過她答應要寫的那封信。

顛覆站在墳墓邊，用又崇拜又驚奇的眼神看著娜蘭。他一向不擅長體力勞動。在家的時候，無論是要修理水龍頭或組裝櫃子，他們都會叫鄰居來幫忙。家裡的人都認為他是個喜歡研究無聊東西的人，例如數字和報稅，但顛覆喜歡把自己想成一個擁有開創心靈的人，一個沒人欣賞的藝術家，或是懷才不遇的科學家。天分因而白白浪費。他從沒告訴過萊拉，他有多羨慕達阿利。他還有什麼事沒告訴她？記憶在他腦中亂轉，每一段都是一塊獨立而鮮明的拼圖。這幅拼圖就是他跟萊拉長久以來的關係，一幅裂痕難以修補、缺了好多塊的拼圖。

伏特加在體內流動，血液在耳朵裡抽送，讓他思緒加快。他幾乎閉上耳朵，想要關掉聲音。他等了片刻，發現那股衝動還在，他把頭往後一甩，彷彿想從天空中尋找慰藉。一抬頭他看見奇怪至極的畫面，表情瞬間呆掉。有張臉從月球表面俯看著他。一張熟悉到令人訝異的臉。他把眼睛瞇成一直線。那是他的臉！有人把他的臉畫在月亮上！顛覆大吃一驚，不敢相信地倒抽一口氣，像俄國茶壺沸騰之前發出的嘶嘶聲又響又急。他噘起嘴，咬住嘴巴，試圖控制自己卻還是沒用。

「你們看到月亮了嗎？我在上面！」顛覆說，臉紅通通。

娜蘭停下手。「他怎麼回事？」

顛覆翻了翻白眼。「我怎麼回事？我好得很。為什麼妳老覺得我有事？」

娜蘭猛吸一口氣，丟下鐵鍬並跨步走向他。她抓住他的肩膀，檢查他的瞳孔，發現他的瞳孔擴張。

娜蘭迅速轉向其他人。「他喝了酒嗎？」

修美拉嚥嚥口水。「他不太舒服。」

娜蘭咬緊牙。「所以他喝了什麼？」

「妳的……伏特加。」甄娜一二二說。

「什麼？你們瘋了嗎？連我喝那種酒都很小心。現在誰要照顧他？」

「我，」顛覆說：「我可以照顧我自己。」

娜蘭又抓起鐵鍬。「別讓他靠近我。我是認真的！」

「來我這邊。」修美拉邊說邊把顛覆輕輕拉向她。

顛覆嘆了口氣，又氣又惱。被身旁最親近的人誤解這種再熟悉不過的感覺壓住他。他從來就不看重話語，總期望他愛的人跟他心有靈犀。每當必須說話時，他常喜歡暗示別人；必須祖露情緒時，他甚至藏得更厲害。或許誰都害怕死亡，但對那些內心深處知道自己一輩子都活在偽裝和責任中，被他人的需求和要求牽著鼻子走的人來說，死亡更是可怕。如今他已經活到父親過世的年齡，而且把父親和孤單的母親丟在凡城那個眼光狹隘又愛八卦的街坊，他更有資格問自己：他走了之後會留下什麼。

「沒人看到我在月亮上面嗎？」顛覆問，立著腳搖來搖去，整個身體像在洶湧海面上擺盪的木筏。

「噓，親愛的。」修美拉說。

「妳看到了嗎？」

甄娜一二三說：「有有有，我們看到了。」

「現在不見了。」顛覆說，垂下眼睛，一臉沮喪。「呼！沒了。死了就是這樣嗎？」

「你跟我們在一起。」修美拉打開她的保溫瓶，讓他喝點咖啡。

顛覆啜了幾口，但似乎還是沒平靜下來。「我說我不怕這個地方其實是騙人的。這裡讓我起雞皮疙瘩。」

「我也是。」修美拉輕聲說：「出發的時候還覺得勇氣滿滿，現在沒了。我一定會做很久的噩夢。」

雖然他們因為沒幫娜蘭而感到羞愧，四個人仍然無助地站在一起，看著一堆堆土接二連三被鏟出去，破壞這個怪地方擁有的小小秩序與和平。

墓穴已經挖開，顛覆和其他人站在土堆周圍，不敢低頭去看漆黑的坑洞。還不敢。

娜蘭從坑洞裡爬出來，氣喘吁吁，全身都是泥巴。她抹去額前的汗，不知道自己把泥土抹在額頭上。她說：「多謝幫忙，你們這些懶惰的混蛋。」

其他人沒答腔，全都怕到不敢出聲。答應參與這個瘋狂計畫和跳上貨車，感覺都像在探險，也是他們該為萊拉做的事。但現在他們突然間感到一股赤裸裸、原始的恐懼。真正在夜深人靜時面對一具屍體時，之前立下的誓變得無足輕重。

「來吧，我們把她弄出來。」娜蘭拿著手電筒往墓穴裡掃射。

有些樹根被光線照亮，像蛇扭來扭去。坑洞底部是裹屍布，上面散落著土塊。

「為什麼沒有棺材？」潔米拉問，她鼓起勇氣靠上前往下看。

甄娜一二二搖搖頭。「基督徒才有棺材。穆斯林把死者用裹屍布包起來就埋了。死亡把大家都變得平等。你們家鄉都怎麼做？」

「我從沒看過死人，」潔米拉說，聲音哽咽：「除了我母親。她原本是基督徒，婚後改信伊斯蘭教……可是……大家為了她的喪禮意見不合。我父親希望辦穆斯林喪禮，我阿姨想辦基督教喪禮，兩邊大吵一架，最後弄得很難看。」

甄娜一二二點點頭，悲傷將她淹沒。宗教對她一直是希望、愛和重新站起來的力量。就像一部電梯，把她從漆黑的地下室帶走，找回心靈之光。同樣的一部電梯卻輕易就讓人墜落深淵，想到這裡她就痛苦。溫暖她內心的教誨讓她更接近千千百百種不同理念、膚色或國籍的人，但同樣的教誨換了一種詮釋就能把人迷惑、分化和拆散，播下仇恨和血腥的種子。如果上帝有天召見她，她有機會坐在祂面前，她很想問祂一個簡單的問題：祢為什麼要讓大家誤解你，我美麗仁慈的真主？

她的視線慢慢往下移。眼前所見嚇得她回過神。她說：「萊拉的裹屍布上怎麼沒放木板保護她的身體？」

「掘墓者大概不在乎吧。」娜蘭拍拍手上的灰塵，轉向甄娜一二三。「好了，跳進去吧！」

「什麼？我？」

「我得在上面拉繩子，總得有人進去。妳個子最小。」

「沒錯。但我不能下去，不然就上不來了。」

娜蘭想了想，然後看看修美拉（太胖），再看看顛覆（太醉），最後是潔米拉（太弱）。她嘆了口氣。「好吧，我來。反正我在下面也待夠久了。」

她把鐵鍬放在旁邊，移近一點從邊緣往下看，胸中湧起一陣悲傷。底下躺著她最好的朋友，她相處超過二十年的女人，無論順境、逆境、摔到谷底兩人都在一起。

「好，就這麼辦。」娜蘭宣布：「我爬下去，你們把繩子丟給我，然後我把繩子綁在萊拉身上。我數到三，你們就把她拉上去，懂嗎？」

「懂！」修美拉啞聲說。

「要怎麼拉？我來看看。」顛覆問。還沒人來得及阻止他，他就一個勁撲向前。因為喝了超強伏特加，他平常蒼白的臉充血泛紅，讓人想起屠夫的砧板，雖然脫掉了夾克，卻還是滿身大汗。他盡可能伸長脖子探進墓穴，看完臉上頓時失去血色。幾分鐘前他在月亮表面看見自己的臉，大吃一驚。現在他的臉陰森森地印在底下的裹屍布上。那是死神對他的暗示。他的朋友或許不了解，但他知道亞茲拉爾[24]在告訴他，下一個就是他。他開始覺得天旋地轉，因為噁心想吐，他兩眼發黑往前倒，腳下失去平衡，兩腿軟掉往下滑，整個人栽進墓穴裡。

一切發生得太快，其他人都來不及反應——除了潔米拉，她放聲大叫。

「你看看你！」娜蘭兩腳分開站著，手扠腰，低頭查看顛覆的慘況。「怎麼這麼不小心？」

「親愛的，你還好嗎？」修美拉小心翼翼從邊邊瞥了一眼。

掉到坑洞裡的顛覆站著一動也不動，只有下巴在發抖。

「你還活著嗎？」娜蘭問。

重新找回聲音之後，顛覆說：「我覺得……我想……我在墓穴裡面。」

「對，我們看得出來。」娜蘭說。

「別慌，親愛的。」甄娜一二二說：「這麼想吧。你正在面對自己的恐懼，這對你是好的。」

24 伊斯蘭的死亡天使。

「拜託救我出去！」顛覆完全聽不進任何忠告。他小心避開裹屍布，舉步移到旁邊，但馬上又換了位置，害怕黑漆漆的坑洞裡有什麼看不見的東西。

「快點，娜蘭，妳得幫幫他。」修美拉說。

娜蘭把肩膀一聳。「為什麼要？或許讓他在那裡學會教訓對他有好處。」

「她說什麼？」顛覆稀哩呼嚕地說，好像喉嚨卡了什麼東西。

潔米拉趕緊說：「她開玩笑的。我們馬上救你出來。」

「沒錯，別擔心，」甄娜一二二說：「我教你禱告，幫你——」

顛覆的呼吸變快。跟黑漆漆的墓穴牆壁比起來，他的臉慘白無比。他舉手按住心臟。

「我的天啊！他好像快心臟病發了，跟他父親一樣，」修美拉說。「快想想辦法！」

娜蘭嘆道：「好好好。」

娜蘭一跳下墓穴，顛覆就伸手抱住她，這輩子他第一次看到娜蘭那麼安心。

「呃，可以把手放開嗎？我動不了。」

顛覆勉強鬆開手。從小到大他一再被人批評和否定，小時候是堅強、疼愛他卻很嚴厲的母親，學校是老師，軍中是長官，辦公室幾乎是所有人。多年來受到的壓迫壓垮了他的靈魂，本來或許會長出勇氣的地方成了一團軟泥。

娜蘭後悔自己剛剛太兇，她走上前雙手交握。「來吧，踩上來！」

「你確定？我不想害你受傷。」

「別擔心。快上去就對了，親愛的。」

顛覆一腳踩上娜蘭的手，膝蓋頂住娜蘭的肩膀，另一腳踩上娜蘭的頭，就這麼爬了上去。修美拉跟甄娜一二三和潔米拉聯手把他拉上來。

「感謝上帝！」一回到上面顛覆就說。

「是啊，辛苦事我做，功勞歸上帝。」娜蘭在坑洞裡發牢騷。

「謝謝妳，娜蘭。」顛覆說。

「不客氣。現在誰可以把繩子丟給我嗎？」

繩子丟了下去。娜蘭抓住繩子，把它綁在屍體上。「拉！」

一開始屍體一動也不動，似乎鐵了心要留在原地。接著，他們終於能一點一點把它拉起來。拉上來之後，修美拉和甄娜一二三小心翼翼地把屍體搬到地上，盡可能把動作放輕。

最後，娜蘭爬上來，雙手和膝蓋布滿刮痕和擦傷。「呼，累死我了。」

但沒人聽見她說話，其他人都瞪大眼睛盯著裹屍布，一臉不敢置信。把屍體拉上來的時候，一邊布料被扯開，露出部分的臉。

「這個人有鬍子。」顛覆說。

甄娜一二三抬起頭，驚恐地看著娜蘭，逐漸反應過來。「阿拉寬恕我們。我們挖錯墳墓了。」

他們重新把鬍子男埋好並把他的墓填平後，潔米拉問：「我們怎麼會犯這種錯？」

「都是因為醫院那個老先生。」娜蘭有點難為情，她從口袋拿出那張紙。「他的字有夠亂。我不確定到底是七〇五二還是七〇五三。我哪知道？不是我的錯。」

「沒關係。」甄娜一二三溫柔地說。

「走吧。」修美拉鎮定下來。「我們去挖對的那個墓，這次我們會幫妳。」

「我不需要幫忙。」娜蘭又變回自信滿滿的她。她抓起鐵鍬。「只要盯著他就好了。」她指指顛覆。

顛覆皺眉。他討厭別人把他當做弱者。他跟很多膽小的人一樣，相信自己體內住了個英雄，一直以來都是，而且渴望有天能挺身而出，讓全世界看到他真正的樣子。

這時候娜蘭已經開始挖土，儘管肩胛骨中間灼痛，手臂和身體其他部位也很痠。她覷了一眼手掌，擔心手會長繭。把外表從男變女的艱辛而漫長的過程中，最教她受挫的就是手。耳朵和手是最難改變的部位，外科醫師這麼跟她說。頭髮可以移植，鼻子可以整型，胸部可以隆乳，脂肪可以移除再注射到別的地方——能把自己變成全新的人是多麼不可思議。但手的大小和形狀很難改變，修再多次指甲也無法改變。而她剛好有雙農人強壯又厚實的手，這一直讓她覺得羞慚。但今天晚上她卻很慶幸有這樣的一雙手。萊拉要是活著，一定會以她為榮。

這次她慢慢地、小心地挖。修美拉、潔米拉、甄娜一二三，甚至顛覆都在她旁邊默默幫忙，一次搬走一小堆泥土。墓又挖好了，娜蘭又跳進去，繩子再度丟了進去。

把屍體拉上來時，他們發現這次屍體比上次輕。他們輕輕把它放在地上。因為不知道這次又會看到什麼，他們小心翼翼掀起裹屍布的一角。

「是她。」修美拉說，聲音哽咽。

甄娜一二二拿下眼鏡，用手掌擦擦眼睛。

娜蘭撥開黏在汗濕額頭上的頭髮。「好，我們把她帶到心上人的身邊。」

他們把朋友的屍體小心地放進手推車，娜蘭固定住軀幹並靠在腿上保持平衡。出發之前她打開酒瓶灌了一大口。酒精從她的食道熱燙燙流下肚子，溫暖舒服，像討人喜歡的營火。

又一道閃電劃破天際，打在一百呎左右以外的路面上，瞬間照亮了整座墓園。打嗝打到一半的顛覆猛然縮起身體，發出奇怪的聲音。後來那聲音變得像狼嗥。

「別再發出那種聲音。」娜蘭說。

「不是我！」

他說的是實話。一群狗不知從哪裡冒出來。大概有十隻，或許更多。一隻大型黑色雜種狗站在前面，耳朵平豎，眼睛閃著黃光，齜牙咧嘴。狗群步步逼近。

「狗！」顛覆大力吞口水，喉結快速上下擺動。

甄娜一二二小聲地說：「或許是神靈。」

「等牠們咬妳屁股，妳就知道是哪一種了。」娜蘭說。她慢慢移向潔米拉，擋在她前面。

「如果是瘋狗該怎麼辦？」修美拉說。

娜蘭搖搖頭。「看到牠們的耳朵嗎？有剪過，所以不是野狗，已經閹了，說不定還打過預防針。大家冷靜。只要不輕舉妄動，牠們就不會攻擊我們。」她停住，好像想到一個新點子。「修美拉，妳身上有吃的嗎？」

「幹嘛問我？」

「打開那個袋子，妳在裡頭裝了什麼？」

「就咖啡而已。」修美拉說，但之後嘆了口氣又說：「好吧，還有一點吃的。」

她從背包裡拿出吃剩的晚餐。

「我不敢相信妳帶了這些。」甄娜一二二說：「妳在想什麼？」

娜蘭說：「那還用問，當然是半夜在墓園裡來個野餐。」

「我只是想我們可能會肚子餓。」修美拉嘟起嘴：「感覺會是很漫長的一夜。」

他們把食物丟向狗群。三十秒內食物就沒了，但三十秒就足以讓這群狗起內訌。食物不夠讓每隻狗都吃飽，於是混戰轉眼爆發。一分鐘前牠們還是一個團隊，現在卻成了敵人。娜蘭抓起一根棍子浸入肉汁，再使勁把它丟向遠方。狗群奮起直追，對彼此狂吠。

「牠們走了！」潔米拉說。

「暫時。」娜蘭提醒大家：「我們得動作快。千萬別走散，腳步加快，但別突然有大動作，免得激到牠們，懂嗎？」

新目標讓她精神一振，她推著手推車往前走。一行人拖著疲憊的雙腿，手中抓著工具，沿著原路大步走向貨車。雖然有風，屍體還是發出一股細微的味道。就算那味道再強烈一點，也不會有人提起，因為不想害萊拉傷心。她一直都很喜歡她的香水。

回歸

雨終於傾盆而下。娜蘭涉過泥巴，踩過車轍，奮力推著手推車。顛覆拖著腳疲憊地走在潔米拉旁邊，拿著唯一的一把傘替她遮雨。因為全身濕透，他似乎清醒了一些。緊跟在他們後面的是修美拉。她呼吸吃力，不習慣這樣的體力勞動，手緊握著她的吸入器。不用看她就知道自己的襪子慘不忍睹，膝蓋刮傷還流血。甄娜一二二踉踉蹌蹌走在她後面，踩著吸飽水的鞋子努力趕上比她高大強壯的朋友，腳一直打滑。

娜蘭抬起下巴，沒來由地停下來。她關掉手電筒。

「為什麼關掉？」修美拉說問：「這樣什麼都看不到。」

實際上並非如此。月光雖然微弱，卻還是照亮了小徑。

「安靜，親愛的。」娜蘭的臉上掠過憂慮的神色，全身變得僵硬。

「怎麼了？」潔米拉小聲問。

娜蘭把頭歪成奇怪的角度，聽著遠方的聲音。「有沒有看到那裡的藍色燈光？那片樹叢後面有一輛警車。」

大家往她指的方向看。墓園柵門外大約六十呎，有輛車停在那裡。

「喔，不！完了，我們慘了。」修美拉說。

「怎麼辦？」甄娜一二三才剛趕上大家。

娜蘭束手無策。但她一向認為，當領袖有一半的工作就是要有領袖的樣子。「這樣吧，」她不慌不忙地說：「我們把手推車留在這裡，它太吵了，即使在大雨裡都是。我來揹萊拉，我們用走的。到貨車那邊後，大家都跟我一起擠進前座，後座留給萊拉。我會用毯子把她蓋起來，然後我們慢慢地、小聲地離開這裡。到了大路我就猛踩油門，就這樣。像小鳥一樣自由自在！」

「他們不會看到我們嗎？」顛覆問。

「一開始不會，太暗了。最後當然會，但那時候就太遲了。我們已經溜之大吉。這個時間路上都沒車，可以的，我說真的。」

又一個瘋狂計畫，但他們再次一致贊成，因為眼前沒有更好的選擇。

娜蘭抬起萊拉的屍體再甩到肩上。

現在咱們扯平了，她心想，記起他們被惡棍攻擊的那一晚。

那是達阿利死去很久之後發生的事。結婚之後，萊拉從沒想過有天會再回街上討生活。她告訴每個人，尤其是她自己，那部分的生活已經結束，彷彿「過去」是一只想摘下就摘下的戒指。但當時一切彷彿都有無限可能，愛情和青春一起跳著輕快的探戈。萊拉擁有她想要的一切，幸福無比。後來達阿利走了，跟當初走進她的生命時一樣突然，留給萊拉一顆永難癒合的破碎之心，還有愈堆愈高的債務。原來達阿利付給壞嬤嬤的錢是借來的，但不是跟革命同志借的（雖然他嘴上這麼說），而是去借高利貸。

此刻，娜蘭想起某天晚上在阿斯馬里梅斯區的餐廳發生的事。他們三個人常去那裡吃晚餐。葡萄葉捲飯、油炸淡菜（達阿利為大家點的，但多半是點給萊拉吃的）、果仁蜜餅、糖漬榲桲配凝脂奶油（萊拉為大家點的，但多半是點給達阿利吃的），還有一瓶拉克酒（娜蘭為大家點的，但多半是點給自己喝的）。酒足飯飽之後，達阿利已經醉陶陶，這很難得，因為他擁有他所謂的「革命份子的紀律」。娜蘭從沒見過他的革命同志。萊拉也沒有，但他們已經結婚一年多，不免令人納悶。達阿利從沒公開承認，就算被問起多半也會否認，但從他的行為清楚可見，他擔心革命同志不會認同萊拉和她的怪朋友。

每次娜蘭想提起這件事，萊拉就會狠狠瞪她，想辦法改變話題。後來萊拉提醒娜蘭，現在時局混亂，無辜百姓被殺，每天都有炸彈爆炸，大學校園變成戰場，法西斯民兵上街鬧事，刑求在監獄變成司空見慣。對某些人來說，革命或許只是一個詞，對其他人來說卻是生死攸關的事。情況這麼嚴峻，幾百萬人在受苦受難，他們只因為一群年輕人還沒跟他們見面就生氣，也太傻了。娜蘭雖不同意但尊重她的看法。她想知道什麼樣偉大的革命容不下她還有她剛隆過的胸部。

那天晚上，娜蘭下定決心要好好問問達阿利。他們坐在窗邊的座位，微風捎來忍冬和茉莉的香味，混雜了菸草、油炸食物和茴香的味道。

「我想問你一件事。」娜蘭說，迴避萊拉的目光。

達阿利立刻坐直。「太好了，我也有個問題想問妳。」

「哦！那你先問，親愛的。」

「不，妳先。」

「我堅持。」

「好吧。如果我問妳，西歐城市和我們的城市最大的不同是什麼，妳會怎麼回答？」

娜蘭豪飲一口拉克酒才回答。「這個嘛，我們這裡呢，女人搭巴士通常得隨身帶著別針，被騷擾時就可以用針刺色狼。我想西方大城應該不會。當然一定有例外，不過基本上我會說，『這裡』跟『那裡』的明顯差別，就是巴士上使用別針的次數。」

達阿利笑了。「是啊，或許這也是，但我認為最重要的差別在於墓園。」

萊拉好奇地瞥了他一眼。「墓園？」

「是的，親愛的。」達阿利指了指她面前還沒碰過的果仁蜜餅。「妳要吃嗎？」

萊拉直接把盤子推給他，知道他跟小朋友一樣愛吃甜食。

達阿利說，歐洲大城的墓園都經過仔細規劃並用心維護，綠意盎然到會被當成是皇家庭園。伊斯坦堡就不是了，這裡的墓園跟地面上的生活一樣混亂。但也不全然是整不整潔的問題。在歷史上的某個時間點，歐洲人想出把死者移往城市外郊的聰明點子。雖然說不上是「眼不見，心才淨」，但肯定是「眼不見，城市才淨」。於是，墓園蓋在城牆以外，鬼魂跟生者分開，整個過程快速又有效率，就像把蛋黃跟蛋白分開。後來證明這種新配置好處多多。不用再看到墓碑之後（沉重地提醒人生命的短暫和上帝的嚴酷），歐洲人的生產力開始大爆發。因為把死亡趕出日常生活，他們得以專注於其他工作：譜寫詠歎調、發明斷頭台和後來的蒸氣火車、殖民其他地區、瓜分中東……只要能夠甩開生也有涯的惱人念頭，這些全都做得到，甚至更多。

「那伊斯坦堡呢？」萊拉問。

達阿利舀起最後一點蜜餅碎屑，說：「這裡不太一樣。這城市屬於死者，不屬於我們。」生者在伊斯坦堡只是暫居者、不速之客，今天來明天就走了，每個人都心裡有數。居民在每個轉角都會看到白色墓碑，無論是公路、商場、停車場或足球場，墓碑散落在各個角落，像一串斷裂的珍珠項鏈。達阿利說，數百萬計的伊斯坦堡人如果難以發揮全部的潛能，都是因為跟陰森森的墳墓比鄰而居的緣故。當一個人時常被提醒死神就在轉角，手中的鐮刀在夕照下閃著紅光，就會失去創新的渴望。所以創新的研究落空，基礎建設失敗，集體記憶跟衛生紙一樣輕薄。反正大家都逃不過最終的命運，何必要規劃未來或記取過去？如果每個人終究會死，民主、人權、言論自由等等，又有什麼重要？墓園的規劃和對待死者的方式，就是這兩個文明最顯著的不同。這就是達阿利的結論。

三個人陷入沉默，聽著背後餐具和盤子的鏗鏘聲。至今娜蘭還是不知道她為什麼會說出接下來說的話。話就這樣脫口而出，彷彿有自己的意志。

「先掛的會是我，等著瞧吧。我要你們兩個在我的墓前跳舞，不准掉眼淚。抽菸，喝酒，親吻，跳舞——這就是我的遺願。」

萊拉皺眉，聽到這些話很難受。她抬起頭，臉對著在頭上閃爍的日光燈，美麗的眼睛是雨的顏色。但達阿利只是笑了笑，笑容溫柔而哀傷，內心深處彷彿知道，無論娜蘭怎麼說，他們之中第一個走的是他。

「所以妳要問我什麼？」達阿利問。

娜蘭突然間改變心意。他們至今為什麼還沒見過他的革命同志，不知道會不會來的燦爛未來到底會有什麼樣的革命，這些全都不重要了。或許在這樣一個不斷變化和崩解的城市，什麼都不值得擔憂。而他們唯一能仰賴的，只有當下這一刻，而這一刻已經消失大半。

五個朋友渾身濕透、疲憊不堪地走到雪佛蘭前。所有人都爬進前座，除了駕駛。娜蘭在後座忙著固定萊拉的身體，在她身上繞一圈又一圈繩子，再把繩子綁在貨車邊，確保她不會滾來滾去。終於覺得滿意後，她才坐進前座加入其他人，輕輕關上門，吐出憋了好久的一口氣。

「好了，大家都準備好了嗎？」

「好了。」修美拉在一片寂靜中說。

「我們要靜悄悄。最難的部分已經完成，接下來就好辦了。」

娜蘭把鑰匙插進點火裝置，輕輕一轉。引擎醒過來，一秒後，音樂大作。惠妮・休士頓的歌聲湧入黑夜，問破碎的心哪裡去了？

「幹！」娜蘭罵道。

她飛快往收音機一拍，但還是太遲。那兩個下車伸伸腿的警察盯著他們的方向看，目瞪口呆。

娜蘭瞥了眼後照鏡，看見兩個警察跳上車。她挺起肩膀，說：「好吧，計畫改變，抓緊了！」

回到城市[25]

回到濕滑的路上後，一九八二年的雪佛蘭加速開下山坡，穿過樹林，把泥漿往四面八方噴濺。道路兩邊有破破爛爛的廣告和招牌，其中一個四角剝落，字幾乎看不清楚：歡迎蒞臨齊尤斯……你的夢幻假期……就在轉角。

娜蘭把油門踩到底。她聽見警笛大作，雖然距離還很遠，那輛小Skoda奮力在泥濘中加速，一不小心就會打滑失控。娜蘭突然間很感激這場雨、路上的泥濘、暴風雨，還有這輛老雪佛蘭。一旦進城，他們要比警車快就更難了。到時候她就只能相信自己，畢竟後街小巷她很熟悉。

路在右前方一分為二，高大的冷杉在中間形成一片樹林，有隻鹿在頭燈的強光照射下呆立不動。看到這隻動物，娜蘭靈機一動。她把方向盤一轉，讓車軸跟路緣平行，但願貨車底盤夠高，然後直直開進樹林並馬上關掉車燈。一切發生得太快，沒人敢出聲。他們靜靜等著，相信命運、上帝或任何超出他們能夠掌控的力量。一分鐘後，警車飛馳而過，沒看到他們，直直往

25 作者注：「伊斯坦堡（Istanbul）」這個字來自中世紀希臘文 eis ten polin，意思是：到城市。

十哩外的伊斯坦堡前進。

回到路上之後，放眼望去只有他們一輛車。到了第一個十字路口，高掛在電線上隨風擺盪的紅綠燈剛好由綠轉紅。小貨車搖搖晃晃全速往前奔馳。城市在遠方逐漸浮現，天際線上方一道橘光劃破幽暗的天空。很快就要天亮。

「我希望妳知道自己在做什麼。」甄娜一二三說。她已經把能說的禱告詞都說完，車上空間不夠，只好半坐在修美拉的腿上。

「別擔心。」娜蘭說，把方向盤抓得更緊。

「對啊，幹嘛擔心，」修美拉說：「要是她繼續這樣開車，我們反正也活不了多久。」

娜蘭搖搖頭。「好了，別緊張了，各位。一到市區，我們就不會那麼醒目，找到小巷鑽進去我們就隱形了！」

顛覆從窗戶看出去。伏特加對他的影響分成三階段。最初是亢奮，再來是恐懼和不安，最後是憂傷。他拉下窗戶，風灌進狹小的車內。雖然盡量保持冷靜，他還是無法相信他們有可能甩掉警察。要是他被逮到跟一具屍體和一群怪模怪樣的女人在一起，他要怎麼跟他老婆和超級保守的丈人家交代？

他往後靠，閉上眼睛。往前延伸的一片黑暗之中浮現萊拉的身影，但不是長大之後的她，而是一個小女孩。她穿著學校制服，白襪紅鞋，鞋頭有點磨損。只見她快步跑向院子裡的一棵樹，跪下來抓起一把泥土塞進嘴巴裡嚼。

顛覆從沒告訴過萊拉，他親眼看到她吃土。當時他大吃一驚：為什麼會有人要吃土？過不久他就發現她手臂內側的刀痕，並猜想她的大腿和小腿說不定還有更多。因為擔心，他跑去逼問她這件事，但她只是聳聳肩。*沒關係的，我知道什麼時候該停。*這句自白（確實就是）反而讓他更擔心。他比任何人更早陪伴她度過痛苦，時間也比任何人更長。沉重而濃烈的悲傷沉入心裡，有如拳頭擰住他的心臟。他從不曾跟任何人透露這份悲傷，這些年來他灌溉著它，因為愛如果不是把另一個人的痛苦當做自己的痛苦一樣照顧，那麼什麼才叫愛？他伸出手，但女孩卻消失在他眼前，有如幻影。

顛覆・席南一生有過許許多多的遺憾，但什麼都比不上他沒對萊拉說出口的話。從小在凡城一起長大，每天早上一起走路去上學，看著頭頂的天空逐漸變藍，下課跑去找對方，夏天到大湖邊打水漂兒，冬天捧著熱呼呼的蘭莖茶並肩坐在花園牆上研究美國畫家的畫。從如此久遠以前他就已經愛上了她。

伊斯坦堡的街道跟齊尤斯的馬路不同。即使是一大清早，路上也絕非空無一人。雪佛蘭鏗哩鏘啷經過一片又一片公寓，窗戶陰暗空蕩，像缺牙或凹陷的眼睛。三不五時會有東西突然從貨車前面冒出來，有流浪貓、輪完晚班要回家的工廠工人、在高檔餐廳前尋找菸屁股的街友、被風追得團團轉的雨傘、站在馬路中央對只有自己看得到的幻影咧嘴笑的毒蟲。娜蘭提高警覺，傾身向前，準備隨時轉向。她喃喃自語：「這些人是怎麼回事？這時候應該在被窩裡才對。」

「我敢說他們看到我們也這麼想。」修美拉說。

「我們有任務在身好嗎？」娜蘭瞥一眼後照鏡。

除了閱讀障礙，娜蘭還有運動協調障礙。拿到駕照對她來說不是件容易的事，修美拉之前的影射雖然無禮，卻不能說全錯。她跟教練打情罵俏，一點點而已。不過，這些年來她從沒出過車禍，在這個每平方碼的危險駕駛人比拜占庭留下的寶藏還多的城市，這可不簡單！她一直認為，開車某方面就像性愛一樣。要能盡情享受它就不能急，還要不忘體貼另外一方。尊重這段過程，順其自然，不要較勁，也千萬別想主導。但這城市到處是亂闖紅燈的瘋子，還有切進緊急車道好像活得不耐煩的人。娜蘭有時為了好玩會緊跟在他們後面閃頭燈、按喇叭，幾乎貼上他們的後保險槓，近到都能從對方的後照鏡看到駕駛人的眼睛，還有底下掛的空氣芳香劑、足球三角旗和寶石念珠。她看見他們驚恐的表情，因為發現在後面追他們的是女人，而且可能是變性人。

快到貝貝克時，他們發現有輛警車停在他們要走的陡峭山路的轉角。那條路上去就是那座古老的鄂圖曼墓園，更遠是海峽大學。警車特地停在那裡等他們，還是剛好停在那裡休息？無論是哪一種，他們都不能冒險。娜蘭立刻換檔掉頭，踩下油門，車速錶的指針跳向紅色區。

「怎麼辦？」潔米拉問。她額前浮現滴滴汗珠，白天的打擊和晚上的勞頓開始對她虛弱的身體造成傷害。

「我們再找別座墓園。」娜蘭說，平常的氣勢蕩然無存。

他們已經浪費太多時間。不久就要天亮，到時候他們就會載著一具屍體在路上漫無目的地亂轉，不知道該把它送去哪裡。

「可是天快亮了。」修美拉。

看到娜蘭不知該說什麼，好像已經走投無路，甄娜一二二垂下了雙眼。打從離開墓園，她就飽受良心的譴責。挖出萊拉的屍體令她難受，她擔心他們可能在阿拉的面前犯了罪。此刻當她看著娜蘭露出少見的慌亂表情時，另一個念頭將她敲醒。或許他們五個人就像袖珍畫裡的人，彼此互補時更強大、更鮮明、更有生命力。或許她應該放輕鬆，放開自己習慣的做事方法，畢竟這是萊拉的喪禮。

「這種時候要怎麼找別座墓園？」顛覆拉著鬍髭問。

「或許沒那個必要。」甄娜一二二細聲說，大家得仔細聽才聽得到。「也許我們不需要埋了她。」

娜蘭一臉困惑，五官扭曲。「妳說什麼？」

「萊拉不想要土葬，」甄娜一二二說：「以前我們在妓院聊過這個話題一、兩次。我記得我告訴她保護這個城市的四聖徒。我跟她說：『我希望有天能埋在聖徒神殿的旁邊。』萊拉說：『那很好，希望妳能如願，但我不想。如果可以選，我才不想被埋在六呎深的地底下。』那時候我聽了有點氣，畢竟我們的宗教規定得很清楚。我叫她別胡說，但萊拉很堅持。」

「什麼意思？她想要火化？」顛覆大聲問。

「天啊，當然不是。」甄娜一二三把眼鏡往上推。「她是指海葬。她說她出生那天，聽說家裡有人把養在玻璃缸裡的魚放了。她好像很喜歡這個點子，她說她死了以後要去找那條魚，即使她不會游泳。」

「妳是在告訴我們，萊拉想被丟進大海？」修美拉問。

「我不確定她是不是想被『丟』進去，她也沒有留下遺囑什麼的。但是沒錯，她說她寧可在水裡，也不想在地底下。」

娜蘭板起臉，但兩眼依然直視前方。「為什麼不早說？」

「為什麼要？這種話題你們又不會當真，況且那麼做是犯法的。」

娜蘭轉向甄娜一二三。「那妳為什麼現在又要告訴我們？」

「因為我突然想通了，」甄娜一二三說：「她的選擇或許跟我不同，但我尊重她的選擇。」

大家全都陷入沉思。

「所以我們該怎麼做？」修美拉問。

「我們帶她去海邊。」潔米拉說。她的輕快語調和堅定語氣讓其他人覺得，打從一開始這就是正確的選擇。

於是，雪佛蘭就這樣往博斯普魯斯大橋飛馳而去。也就是當年萊拉曾經與成千上萬名伊斯坦堡人一起慶祝啟用的那座大橋。

第三部　靈魂

大橋

「修美拉？」

「嗯？」

「妳還好嗎，親愛的？」娜蘭緊抓著方向盤問。

修美拉半閉著眼睛，說：「我有點睏，抱歉。」

「今天晚上妳吃了什麼藥嗎？」

「可能有一點。」修美拉無力地笑，頭落到潔米拉的肩上昏睡過去。

娜蘭嘆道：「哦，好極了！」

潔米拉慢慢靠過去，重新調整位置好讓修美拉睡得更舒服。

眼睛一閉上，修美拉就墜入柔軟如絲絨的睡夢中。她看見自己變回當年在馬爾丁的小女孩，依偎在姊姊懷中。是她最喜歡的一個姊姊。接著，其他兄弟姊妹走過來，大家開始轉圈圈，開心地笑。遠處，收割一半的田地平坦地延伸而去，加百利修道院的窗戶映著光線。她拋下兄弟姊妹，走向古老的建築，聽風呼呼穿過石頭的裂縫。不知為什麼它看起來不太一樣。走近之後她才發現原因。修道院不是磚頭砌成的，而是藥丸。所有她配著水、威士忌、可樂、茶或直接乾吞的藥丸。她五官扭曲，開始啜泣。

「噓，只是作夢。」潔米拉哄著她。

修美拉安靜下來。不受汽車的轟轟聲影響，她的表情變得安詳，頭髮鬆開，金髮底下的髮根仍舊黑烏烏。

潔米拉開始用母語唱起一首搖籃曲，聲音跟非洲天空一樣清澈透亮。聽著她的歌聲，娜蘭、顛覆和甄娜一二二即使半個字都不懂，也能感受到這首歌的溫暖。不同文化竟能孕育出類似的習俗和曲調，世界各地的人痛苦難過時都被能心愛的人抱在懷裡輕輕搖晃，那種安心的感覺真教人不可思議。

雪佛蘭往博斯普魯斯大橋奔馳而去時，天空展開了萬丈光芒。打從萊拉在金屬垃圾桶裡被人發現到現在，已經過了整整一天。

娜蘭加速前進，頭髮濕濕地黏在脖子上。貨車「噗」的一聲，一顫一顫，有一瞬間她很擔心這輛車要讓他們失望了，但它還是轟隆隆地全速奔馳。她一手把方向盤抓得更緊，另一手拍著它，柔聲說：「我知道，親愛的。你累了，我了解。」

「妳在跟車子說話嗎？」甄娜一二二含著微笑問：「妳跟什麼都會說話——除了上帝。」

「妳知道嗎？如果這件事有好結果，我答應妳，我會跟祂說聲哈囉。」

「妳看。」甄娜一二三指著窗外。「我想祂正在跟妳說哈囉。」

窗外，地平線上的天空轉成牡蠣內殼的亮紫色，細緻而璀璨。廣闊海面上散落著點點船隻和漁船。這城市看起來光滑又柔軟，彷彿無稜無邊。

開往亞洲海岸的途中，奢侈豪宅映入眼簾，這些中產階級的堅固別墅再過去，在更高更遠的山上則是一排又一排搖搖欲墜的小屋。墓園和聖徒的神殿散落在建築物之間，蒼白的古老石碑像白色風帆，好像隨時會飄走。

娜蘭從眼角查看修美拉，然後點了根菸，比平常少了些罪惡感，好像人睡著了氣喘就不會有大礙。她努力要把煙從打開的窗戶呼出去，但風又把煙全部吹回來。

她正要把菸丟出窗外，顛覆從角落裡高聲說：「等等，先讓我抽一口。」

他靜靜抽著菸，愈來愈憂心，不知道孩子們現在在做什麼。想到他們從沒見過萊拉，他就心碎。他一直以為有天他們會聚在一起吃頓豐盛的早餐或午餐，而孩子馬上就會愛上她，就跟他一樣。現在都太遲了。他好像不管什麼事都慢半拍。他必須停止躲躲藏藏，停止把生活切成一塊一塊，想辦法把不同的現實合在一起。他應該把朋友介紹給家人，把家人介紹給朋友，如果家人不接受他的朋友，他應該盡他所能讓他們理解。要是沒那麼難就好了。

他丟掉香菸，關上窗，把額頭貼在玻璃上，感覺體內起了變化，正在累積力量。

娜蘭從後照鏡看到兩輛警車開上這條路，遠遠跟在他們後方，開往大橋。她目瞪口呆，沒料到警察這麼快就追上來。「有兩輛警車跟在我們後面。」

「或許我們應該有個人下車分散他們的注意力？」顛覆說。

「我可以。」甄娜一二三立刻說：「我或許沒辦法幫你們搬屍體，但這個我可以。我可以假裝受傷之類的，警車就得為了我停下來。」

「妳確定？」娜蘭問。

「嗯。」甄娜一二三堅定地說：「確定。」

貨車「吱」一聲停住，娜蘭扶甄娜一二三下車又立刻跳上車。修美拉聽到騷動聲醒過來，微微張開眼睛，在座位上動了動又睡著。

「祝妳好運，親愛的，小心點。」娜蘭對著打開的車窗說。

接著車子就呼嘯而去，把甄娜一二三留在人行道上，她的小小影子橫亙在她和這座城市之間。

到了大橋中間，娜蘭踩下煞車，倏地把方向盤往左轉，開到路邊後停下車。

「好了，我需要幫忙。」娜蘭難得承認。

顛覆點點頭，挺起胸膛。「我準備好了。」

兩人衝向車斗，解開萊拉身上的繩子。顛覆飛快從口袋拿出絲巾，塞進裹屍布的皺摺裡。

「我不該忘了給她的禮物。」

他們合力把萊拉的身體抬到肩膀上，分攤重量，然後拖著腳走向及膝的欄杆前。兩人小心翼翼跨過欄杆再繼續往前走。走到外欄杆之後，他們把身體放在金屬平台上，停下來喘口氣。站在頭頂上方粗大彎曲的鋼索下，兩人突然顯得很渺小。他們互看一眼。

「來吧。」顛覆說，臉部的線條顯得堅毅。

他們把屍體推出欄杆，一開始輕輕的，有點猶豫，像在鼓勵第一天上學的小孩勇敢走進教室。

「嘿，你們兩個！」

娜蘭和顛覆都怔住不動。一個男人的聲音劃破空氣，輪胎擦地的尖銳聲，橡膠燒焦的味道。

「住手！」

「不准動！」

一名警察跳下來，一聲接著一聲喝令。

「他們殺了人，現在想棄屍！」

顛覆的臉色發白。「不是的！她已經死了！」

「閉嘴！」

「把他放在地上，慢慢地。」

「是她，」娜蘭忍不住說：「聽著，拜託讓我們解釋——」

「安靜！別再輕舉妄動。這是警告，不然我就要開槍了！」

另一輛警車停下來。甄娜一二二坐在後座，眼神充滿恐懼，臉色灰白。她沒辦法分散他們的注意力太久，沒有一件事照著計畫走。

又兩名警察下了車。

大橋的另一邊車道上，車子愈來愈多。汽車緩緩通過，好奇的臉從車窗裡打量。有一輛私家轎車的後車廂高高堆著行李箱，載著剛度假回來的一家人；還有一輛市區巴士載了一半的早起鳥兒，有清潔女工、店員、小販，此刻大家都目瞪口呆。

「我說，把屍體放下來！」警察重複一遍。

娜蘭垂下雙眼，兩頰發紅，突然間她想通了。萊拉的遺體會被警察搶回去，重新埋在無主公墓裡，他們什麼都無能為力。他們已經盡力了，卻還是功虧一簣。

「對不起，」娜蘭輕聲說，一半轉向顛覆：「都是我的錯，我全都搞砸了。」

「不要輕舉妄動，把手舉起來！」

即使一手抓著屍體，娜蘭還是往警察前進一小步，舉起另一隻手投降。

「把屍體放下來！」

娜蘭屈膝，準備輕輕把屍體拉回地上，但她頓了頓，發現顛覆沒有照做。她困惑地瞥他一眼。

顛覆站著不動，好像完全沒聽到警察說的話。他幾乎閉上眼睛，把所有顏色從天空、大海和整座城市中濾掉，一瞬間世界變成黑白兩色，就像萊拉最喜歡的電影，除了一個旋轉的呼拉圈，一個鮮豔自信、充滿生命力的橘色圈圈。他多麼希望能這樣讓時光倒轉，多麼希望自己當年沒有給萊拉搭巴士的錢，讓她離開他身邊，而是請她留下來嫁給他。他為什麼那麼膽小？沒在適當的時間說出適當的話，為什麼要付出這麼高昂的代價？

顛覆的體內突然迸出一股強大的力量，他往前一斜，把屍體推下欄杆，拂面的微風帶著鹽味，味道像他的眼淚。

「住手！」

聲音在空中散開，海鷗嘎叫，槍聲響起。一顆子彈擊中顛覆的肩膀。那種痛很難受，怪的是竟然還忍得過去。他看見了天空，無垠，無畏，寬容。

貨車裡頭，潔米拉尖聲大叫。

萊拉墜向空中，下墜兩百呎，又快又直。底下，大海藍光閃耀，有如奧運規格的游泳池。向下墜落時，裹屍布的些許皺摺散開，在她周圍和上方飄揚，像她母親以前養在屋頂上的小鴿子。只不過這些鴿子全都自由自在，沒有籠子關住牠們。

她筆直墜入大海。

遠離一切混亂喧囂。

藍色鬥魚

萊拉很怕自己落在划著小船獨自捕魚的漁夫頭上；或是剛好從橋下滑過、在甲板上想家正好看見這一幕的水手；或是在豪華遊艇上為員工準備早餐的廚師。那樣的話只能算她倒楣。但這些都沒發生，她在海鷗聒叫聲和呼呼風聲中墜落。太陽從地平線升起，對岸縱橫交錯的房子和街道彷彿著了火。

她頭上是一片清澈藍天，照耀著大地，為昨晚的暴風雨致歉。底下是片片浪花，有如畫家的畫筆噴出點點白沫。遠方矗立著這座古老的城市，四面八方擁擠和混亂的，受傷和傷人的，全都美麗如昔。

她感覺到光，覺得滿足。一碼一碼往下墜的同時，她把負面感受一個個丟掉：憤怒、悲傷、渴望、痛苦、懊悔、怨恨，還有它的表親：嫉妒。她把這些一一丟棄。接著，她全身一震，劃破海面。水在她周圍散開，世界活了過來。一種前所未有的感覺，無聲，無邊無際。萊拉環顧四周，把一切盡收眼底，儘管大海如此浩瀚。她看見前方有個小黑影。

是那尾藍色鬥魚，就是她出生那天被放進凡城溪水裡的小魚。

「終於見到妳，真是太好了，」小魚說：「妳怎麼那麼久才來？」

萊拉不知該如何回答。她在水裡能夠說話嗎？

看到她一臉困惑，藍色鬥魚笑著說：「跟我來。」

找回聲音之後，萊拉難掩害羞地說：「我不會游泳。以前從沒學過。」

「別擔心，妳知道所有妳應該知道的事。跟我來。」

她往前游，一開始慢慢的，笨手笨腳，之後動作變得平穩自信並漸漸加快速度。但她並不打算去哪裡，再也沒有必要匆匆忙忙，也沒有什麼好逃了。一群鯛魚繞著她的頭髮游來游去。鰹魚和鯖魚搔著她的腳趾。海豚護送著她，在海浪上翻騰，激起陣陣水花。

萊拉環視著全景，一個色彩繽紛的宇宙，四面八方都是光彩奪目的新世界，彼此匯合，融為一體。她看見沉沒客輪的生鏽殘骸。她看見遺失的寶藏、監測船、帝國大砲、報廢汽車、古老的沉船，還有被塞進麻袋丟出宮殿再丟下大海的妃子，她們的首飾如今跟海草糾結在一起，眼睛仍在害她們下場如此悽慘的世界裡尋找意義。她還看到鄂圖曼和拜占庭時代的詩人、作家和叛亂份子，每個都因為反叛文字和信仰不忠而被丟進大海。可怕的和優美的，一切都圍繞在她周圍，豐富繁盛。

一切的一切，除了痛苦，底下這裡再也沒有痛苦。

她的腦袋已經完全關閉，身體已經開始分解，靈魂正追著一隻鬥魚跑。離開無主公墓讓她鬆了一口氣。她很高興能成為這個蓬勃世界裡的一份子。她從不知道世上有如此舒服和諧的感覺，如此無邊無際的藍，有如新火苗一樣閃亮耀眼。

終於獲得了自由。

後記

位於多毛卡夫卡街上的公寓裝飾了氣球、彩帶和小旗子。今天是萊拉的生日。

「顛覆人呢？」娜蘭問。

現在他們這樣叫他多了個正當理由，因為他終於徹徹底底顛覆了自己的生活。當初在一群可疑友人的陪伴下，把一名妓女的屍體推下博斯普魯斯大橋而遭警察開槍制止，他就上了各大報紙。同一個禮拜他丟了工作、婚姻和房子。後來他才發現他太太早就出軌，所以每天晚上看到他出門才那麼開心。這讓他協議離婚時多了些籌碼。至於太太的家族那邊，他們從此不再跟他說話。幸好孩子沒這樣對他，而且他每個週末都能見到他們，對他來說這樣就夠了。現在他在大市集擺了個小攤位，專賣仿冒品，賺的錢只有過去的一半，但他並無怨言。

「塞車。」修美拉說。

娜蘭揮了揮剛修過指甲的手，手指夾著一根未點的菸和達阿利的Zippo打火機。「我以為他沒有車了，這次他還有什麼理由？」

「因為沒車，所以得搭巴士。」

「他很快就到了，再等他一下。」潔米拉安慰。

娜蘭點點頭，走出去陽台拉張椅子坐下來，一低頭就看見甄娜一二三拎著塑膠袋從雜貨店走出來，步伐吃力。

娜蘭扶住腰，突然乾咳起來，老煙槍的毛病。胸口一陣疼痛。她年紀大了，既沒有退休金也沒有存款，沒錢養活自己。他們五個人一起住在萊拉的公寓裡分擔費用，是再聰明不過的辦法。他們各自生活不堪一擊，互相扶持才更強大。

遠處，屋頂和圓頂之外就是大海，有如玻璃閃閃發亮，萊拉就在海底深處的某個地方——一千個小萊拉附著在魚鱗和海草上，從蚌殼裡發出開朗的笑聲。

伊斯坦堡是一座流動的城市。沒有任何事物永恆不變。沒有什麼安安穩穩。一切想必是幾千年前就開始了。當時冰原融化，海平面上升，洪水湧入，原本的生活方式全部摧毀。悲觀主義者或許先逃走，樂觀主義者選擇再等等，看情況會如何發展。娜蘭認為，人類歷史上無止無盡的悲劇之一，就是悲觀主義者比樂觀主義者擅長存活，而這就表示，邏輯上來說，人類身上帶有不相信人類的悲觀主義者的基因。

洪水來襲，從四面八方灌入，淹沒沿途的一切，動物、植物、人類都無法倖免。黑海就這樣形成，還有金角灣、博斯普魯斯海峽和馬爾馬拉海。大水在四周奔流時，當地人合力闢出一片乾土，某年某月，一個大都會就在上面拔地而起。

這片土地，孕育他們的國家，至今尚未穩固。閉上眼睛時，娜蘭聽得到水在他們腳下翻騰，變動著，旋轉著，探索著。

仍在不停變動。

給讀者的話

這本書中有很多事物都真實存在，但仍是一本虛構小說。

齊尤斯真的有一座無主公墓，而且擴張的速度很快。最近，愈來愈多渡海前往歐洲卻在愛琴海溺斃的難民被葬在這裡。他們的墳墓也跟其他墳墓一樣，只有數字，很少有名字。

書中提到的墓園居民，靈感來自新聞簡報和長眠該地的真實人物，例如從尼泊爾前往紐約的佛教徒老奶奶。

妓院街也真實存在。故事中的歷史事件也是，包括一九六八年在越南發生的美萊村屠殺，以及一九七七年五一勞動節在土耳其發生的街頭大屠殺。當時狙擊手埋伏在洲際飯店並對群眾開火，如今那裡變成馬爾馬拉飯店。

一九九〇年之前，只要能證明受害者是妓女，強暴犯都可利用土耳其刑法四三八條將刑期減少三分之一。立法者主張：「強暴行為不會對妓女的身心健康造成負面影響。」一九九〇年，性工作者遭受攻擊的次數日漸頻繁，全國各地都出現激烈的抗議行動。由於公民社會的激烈反彈，刑法四三八條終於廢除。然而，國內卻很少為性別平等或改善性工作者的處境而修改法律。

最後，小說中的五個朋友雖然是我的想像，靈感卻來自真實的人，都是我在伊斯坦堡認識的本國人、外國人和新住民。萊拉和她的朋友雖然完全是虛構人物，但小說中描寫的友誼，至少在我眼中，跟都這個古老而迷人的城市一樣真實。

無主公墓，土耳其

Photo credit © Tufan Hamarat

致謝

有些特別的人在我寫作的過程中幫助我，我對他們感激不盡。

誠心感謝我的優秀編輯，Venetia Butterfield。能跟比誰都了解自己的編輯一起合作，一路有她的指引、鼓勵、信心、關愛和堅定的支持，是小說家最大的幸運。謝謝妳，親愛的Venetia。我也深深感謝我的經紀人Jonny Geller的聆聽、分析和看見。每一次跟他對話都在我心中開啟一扇窗。

感謝耐心閱讀我的初稿並給我意見的人。Stephen Barber，一個神奇的朋友，慷慨大方的好人！感謝Jason Goodwin、Rowan Routh和親愛的Lorna Owen一路相伴。謝謝Caroline Pretty，妳是最善解人意的好幫手。感謝Nich Barley幫我看前面幾章，鼓勵我別懷疑別回頭繼續寫就對了。大大感謝Patrick Sielemann和Peter Haag從一開始就站在我這邊。我怎能忘記你們對我的寶貴支持！

我也想表達對英國企鵝出版社的Joanna Prior、Isabel Wall、Sapphire Rees、Anna Ridley和Ellie Smith，以及Curtis Brown的Daisy Meyrick、Lucy Talbot和Ciara Finan的感激。同時要感謝Sara Mercurio從洛杉磯寄來美好無比的電子郵件，還有Anton Mueller從紐約寄給我的金玉良

言。另外要感謝Do an Kitap的編輯和朋友，你們是一支逆流而上的美麗且勇敢的團隊，把對書的熱愛當做你們唯一的指引。也很感謝親愛的Zelda和Emir Zahir，還有親愛的Eyup，還有我母親Shafak——我從很久很久以前就把姓改成她的名字。

我的外婆在我開始寫這本小說前不久過世。我沒去奔喪，因為當時很多作家、記者、知識份子、學者，還有朋友和同事都因為毫無根據的理由而被逮捕，我無法安心返回祖國。母親要我別因而憂慮。但我確實憂慮，也很內疚。我跟外婆很親，是她帶大的。

完成小說那一晚，天上掛著一道眉月。我想著龍舌蘭・萊拉和外婆，雖然前者是虛構人物，後者如我的血液一樣真實，我卻覺得他們已經認識並結為好友，一對邊緣人姊妹。畢竟，對於持續在月光下歌頌自由的女性來說，心靈的分界根本微不足道……

文學森林 LF0143

倒數10分又38秒

10 Minutes 38 Seconds in This Strange World

作者

艾莉芙・夏法克（Elif Shafak）

屢獲殊榮的土耳其裔英國小說家，以土耳其文和英文寫作，已出版18本書，其中11本是小說，作品已翻譯成54種語言。最新小說《倒數10分又38秒》入圍布克獎（Booker Prize）及英國皇家文學會昂達傑獎（RSL Ondaatje Prize）決選，並入選二〇一九年布萊克韋爾年度圖書（Blackwell's Book of the Year）。前一部小說《愛的哲學課：雲遊僧與詩人魯米》（*The Forty Rules of Love*）被英國廣播公司（BBC）選入「形塑我們世界的100部小說」（100 Novels that Shaped Our World）。擁有政治學博士學位，曾在土耳其、美國和英國多所大學任教，包括聖安妮學院、牛津大學，並為牛津大學榮譽院士。

她是皇家文學學會會員與副主席、世界經濟論壇全球創意經濟議程委員會（Weforum Global Agenda Council on Creative Economy）成員，與歐洲外交關係委員會（ECFR）創始成員。她提倡婦女權利、多元性別認同者（LGBTQ+）權利和言論自由，是一位鼓舞人心的演說家，兩度登上TED Global論壇。她發表於全球重要刊物的文章影響甚鉅，獲頒法國藝術騎士勳章（Chevalier de l'Ordre des Arts et des Lettres）。二〇一七年被《POLITICO》選為「能提供你提振心靈最需要的力量」（who will give you a much needed lift of the heart）的12位人物之一。曾任眾多文學獎項評審及英國惠康圖書獎（Wellcome Prize）主席，現為美國筆會／納博科夫獎（PEN Nabokov Award）評審。

個人網站：www.elifshafak.com

譯者

謝佩妏

清大外文所畢，專職譯者。

封面設計 蔡佳豪
版權負責 李佳翰、陳柏昌
行銷企劃 楊若榆
編輯協力 詹修蘋
副總編輯 梁心愉

初版一刷 二〇二一年五月三日
定價 新台幣四二〇元

ThinKingDom 新経典文化
發行人 葉美瑤
出版 新經典圖文傳播有限公司
地址 10045臺北市中正區重慶南路一段五七號十一樓之四
電話 886-2-2331-1830 傳真 886-2-2331-1831
讀者服務信箱 thinkingdomtw@gmail.com
臉書專頁 http://www.facebook.com/thinkingdom/

總經銷 高寶書版集團
地址 11493臺北市內湖區洲子街八八號三樓
電話 886-2-2799-2788 傳真 886-2-2799-0909
海外總經銷 時報文化出版企業股份有限公司
地址 桃園市龜山區萬壽路二段三五一號
電話 886-2-2306-6842 傳真 886-2-2304-9301

倒數10分又38秒 / 艾莉芙・夏法克（Elif Shafak）
著. -- 初版. -- 臺北市 : 新經典圖文傳播, 2021.05
336面 ; 14.8×21公分. --（文學森林 ; LF0143）
ISBN 978-986-06354-3-0（平裝）

864.157　　110005877